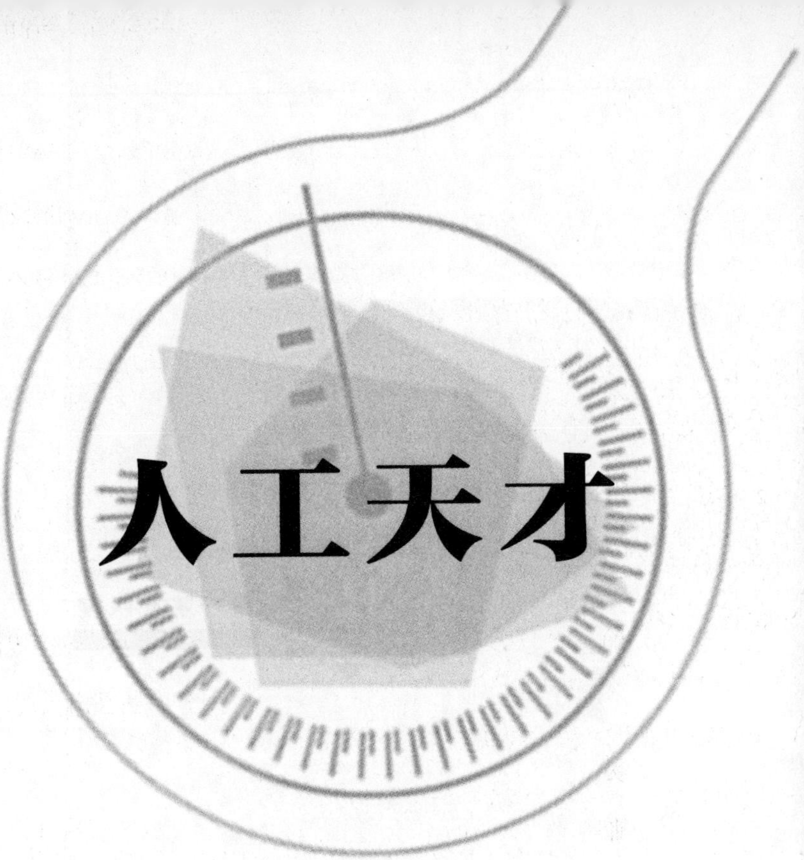

人工天才

亢霖／著

贵州出版集团
贵州人民出版社

曼陀罗悬疑馆

·人物简介·

罗　迅

性别：男
年龄：33 岁

职业： M 大学青年化学教师。

外貌性格： 外表清瘦俊朗，平和文静，内里热情有进取心，期望达到一个事业巅峰。

擅长： 化学教学科研。

经历： 前半生的人生轨迹正常无曲折，完成小学、中学、大学、研究生学业后，成为一名大学教师，在化学专业上资质普通，却在妻子孙艾协助下通过服用药物等人工智能方法获得超能力，有望成为人工天才。因个人原因涉嫌卷入同校化学教授钱良毅的死亡案件，当一切真相大白时，他的整个生活也完全被颠覆。

孙　艾

性别：女
年龄：33 岁

职业： 科技公司公关经理。

外貌性格： 端庄美丽，聪明大方，情商高，善于人际交往，对丈夫有执着的感情，内心隐藏着巨大秘密。

擅长： 人际沟通，产品推广。

经历： 罗迅的妻子，与罗迅青梅竹马一起长大，借助特殊方法帮助丈夫达到他本人能力所不能企及的理想和目标，实际上掌握着人工天才制造的技术秘密和组织秘密，其身份本身也是一个巨大的秘密。

钱良毅

性别：男
年龄：47 岁

职业：著名化学家，M 大学教授。

外貌性格：成熟端正，略显沧桑，外表是去是典型的精英知识分子，对科研事业执着导致受到不明诱惑。

擅长：化学科研，是杰出的科学巨子，诺贝尔奖候选者。

经历：原本是一名普通的大学教授，在短短几年里科研才华大爆发，成为国际知名的化学家，

有望获得诺贝奖的科学精英。事实上他能获得这些成就有着外人无法想象的秘密原因——

他是一个人工天才。他的死亡拉开了揭出一切真相的序幕。

朱海从

性别：男
年龄：45 岁

职业：高级刑警。

外貌性格：端正从容，刚毅而不生硬，有着举重若轻的淡然气质，不露声色的幽默。

擅长：刑事侦查。

经历：是有经验的资深刑警，凭借敏感的嗅觉、天空行空的联想和冒险的行动，由远隔万里表面没有联系的事件中抓出线索，破获了一起跨国大案，揭出一个即将改变世界的阴谋组织。

苏卡容

性别：男
年龄：25 岁

职业： 职业足球运动员。

外貌性格： 矮小灵活，倔犟有野心，在挫折中渴望成功。

擅长： 足球。

经历： 泰国足球运动员，本来能力平庸却突然爆发，成为世界巨星，其实是秘密的人工天才，在访华期间猝死。

岩本仓

性别：男
年龄：40 岁

职业： 职业围棋手。

外貌性格： 中等身材中等样貌，木讷寡言，外表平静中有潜在的神经质倾向。

擅长： 围棋。

经历: 日本围棋手，本来资质平庸面临职业瓶颈，突然获得棋力爆发式增长，战胜了人工智能棋手阿尔法狗，并横扫中、日、韩棋界，却在万众瞩目中突然精神分裂。

目录

人工天才

人工天才

楔子

钱良毅无法接受，最后的时刻正在步步逼近。

一切犹如南柯一梦。

一个多星期前，他收到来自普林斯顿大学的邀请函。信中除了邀请他在新学年访问演讲外，再次确认，数位业内权威人士和知名教授决定，联名推荐他做诺贝尔化学奖候选人。

顶峰就在眼前，他只需要走完最后一里路了。在一个星期前，那已经是一段可以忽略不计的距离。

此刻，那却是一个永远到达不了的目的地了。

一切在意料之外，一切也早有预兆。在此刻，最真实的，是一切都将烟消云散了。

他想发出喟叹，却连喟叹的动作都做不出来了。

此刻，在这间独属于他个人的办公室里，他倒在地上，动弹不得，浑身像被套上了无形的枷锁。此前他还试图呼救，却也发不出任何声音了。

办公室的门被牢牢锁上了，那是他自己锁上的，没有人能进来，等到人们发觉异样破门而入时，一切也都结束了。

不对，门把手正在旋转，有人还有办法进来。

在一瞬间，他产生了不现实的希望。但在来人推门而入，现出完整的身形后，希望像气泡一样破灭了。

这是她，那个女子，那个这些年来跟他拥有一个共同秘密的人。

“钱教授，我来跟你做最后的告别，这是伙伴间应有的礼貌。”

钱良毅说不出话来，也做不出任何表情，只能用眼神表达。

女子却能读懂他的一切眼神，尤其是临终前的每个眼神。

他们之间太熟悉了，远远超出了一般的亲人或者男女关系。

“您想知道这一切是不是安排的。没错，这是系统的安排，您有了一个态度和决定，就得承担这个态度和决定的后果。系统是仁慈的，系统也是公平的。”

钱良毅无法有更多的动作，只有从眼睛里喷出明显的怒火。

“不，您不应该有这样的愤怒，临走前的人应该平静，才能得到救赎。再说，您懂得是谁给了您现有的一切，能给予，也就能收回。”

钱良毅从心底发出了一声听不见的叹息。

他的愤怒消散了，泄气了。他不得不承认，她说得对。

人们只知道他是一颗突然爆发的科学巨星，却不知道他是怎样爆发的。数年前，他只是一个普通的化学讲师。如果没有他和她共有的那个秘密，他毕生都将平庸下去。

在那个秘密里，除了他和她之外，还有一个无所不在的庞大存在。

“人人都把您当作天才，但归根结底，您自己心知肚明，您其实是一个人工天才。没有人知道人工天才是什么，但您享有这个荣耀，也就拥有了这个宿命……”

身体里的痛楚信号进一步加剧，在通知他大限的来临。这种变化反映在他的神色上，被女子准确地读到了。

“看得出来，您求生的意愿仍然强烈，其实一切还可以改变，只要您能重新考虑……”

不！

钱良毅坚决地闭上了眼睛。

“好，好……”女子有些凄然，“您终究会坚持某些原则，一切可能早就注定了，我不该在开始时抱有幻想，现在更不该有。”

他的眼睛重新睁开，跟她做最后的无声对话，不仅仅是跟她，还跟她身后那个无所不在的庞大存在。

“您对没有在这个时刻见到小野新平先生有遗憾？不要紧，你虽然不能再次见到他，但就是在此刻，他也一直在看着您。”

小野新平！

在这最后时刻，终于又听到了这个独特的名字，他已经不知道心中是什么滋味了。

“什么，您想知道小野新平先生究竟只是一个系统，还是一个具体的人？这个问题太复杂了，我也无法回答了。我只能说，在这个星球上，到处都有他的存在。您就记住第一次见到他时他的样子吧。”

钱良毅闭上眼睛，他再也不会睁开了。

他想到了很多事情，其中包括她所说的第一次。

那一次，他见到的确实不是一个人，是一面电视墙一样的装置，一块块屏幕上，闪动着各类唯有他能看懂的图形。那鲜活的一幕，那之后更加神奇和诡秘的一幕幕，在他脑海里变幻叠加，渐渐地在他嘴里化作一种苦涩的味道。他知道，那是死亡的味道。

他回不去那个第一次了。

一、流言

1

苏卡容第一次面对这个奇怪的“朋友”。

那是一面由屏幕组成的墙，从低到高，或明或暗，闪烁着各种图像。那些图像大部分是些奇怪的线条和形状，苏卡容看不懂。

也有他能看懂的，是一些世界级球员踢球的镜头，其中当然包括苏卡容的偶像梅西。

在这个奇怪的时刻，那些镜头仍能让苏卡容热血沸腾。即便苏卡容不是梅西那样的超级巨星，他也至少是一个职业球员，有着对球艺的热爱。

但他只是一个身处泰国的平庸球员，正因为竞技状态严重下滑，在二十五岁就面临着职业生涯中止的危机。

他的道路在哪里？

“不要犹豫，道路就在眼前。”

这时夸猜的声音，从侧后方传来。夸猜这个经纪人一直有些怪怪的，身上有一种狡狯阴狠的气质。夸猜没有放弃像苏卡容这样毫无希望的球员，也是他让人费解的奇怪的地方。此刻，这个怪怪的经纪人把他带到这面怪怪的电视墙前。

苏卡容觉得，那些屏幕犹如一只只眼睛，瞪视着他，而在这整整一面瞪视着他的墙面上，有一处空白的凹陷，深入墙体，凹陷处放着一把椅子。

“这就是那个朋友。”夸猜平静的声音把苏卡容从失神中唤醒过来。

“什么，他在哪里？”

苏卡容瞪大了眼睛，不由得嘴巴也微微开启了。

夸猜宽怀地笑了：“看到那把椅子了吧，坐上去，把旁边的头盔戴上，就会更加认识这个朋友了。”

苏卡容狐疑地向前迈了两步，又停下来：“夸猜，这究竟是什么意思，你在耍我吗？”

夸猜反问：“饼干好吃吗？”

一瞬间，苏卡容身体里的某种东西像是被唤醒了，一种让他陌生的冲动和活力占据了他。

不久前，夸猜曾经递给过他一种乌黑的东西，让他品尝一下。他在吞咽掉那种味道犹如普通饼干的东西一个小时后，身体有了奇怪的反应，产生了强烈的踢球欲望。当他忍不住拿起足球放在脚面上颠动时，一种前所未有的轻盈感充溢了周身。

那是一种愉快忘我的境界。在那一刻，苏卡容就是世界最佳球员。

苏卡容马上警觉。他早听到传言说，夸猜这个经纪人不简单。有人怀疑夸猜在成为经纪人之前，曾经混迹于边境三角地带的黑帮山寨里，从事过贩毒等生意。他马上质问那“饼干”有没有问题，是不是有“不干净的东西”，比如违禁药品、兴奋剂……

夸猜当时的回答是轻蔑的：“没有那么低级。”

“饼干就是这个朋友送给你的，正式的名字当然不叫饼干，叫回忆素。”

回忆素！

仅仅这个独特的名字，就像又唤醒了苏卡容身体里的什么。他扬起头，面对着整面电视墙，从上到下地打量着这个“朋友”。

夸猜朝一面屏幕努努嘴：“想成为那个家伙吗？”

屏幕上，梅西正用他习惯的动作摆脱对手，起脚射门。

“别开玩笑，我今天被俱乐部扫地出门了。”

“这不重要，这个俱乐部以后求你回去，你也不会理会他们了，”夸猜的食指指向椅子，“坐上去，接受这个朋友吧，你不仅能成为任何伟大的球员，还能远远地超过他们。”

“不可能，我没有那么高的天赋，除非给我换一个身体。”

“有的事情，不用换身体，换换脑袋就够了。”夸猜说着，伸手从近旁摸到一个遥控器一样的东西。

2

M大学化学系的青年讲师罗迅最近着迷于体育新闻。

罗迅本就是一个球迷，而最近世界体坛猛料迭出，在许多不是球迷的人那里也成为谈资。

和众人一样，罗迅关注两条刷屏的新闻。新闻离罗迅很远，就像离任何一个如他一般的普通人一样远。

两条新闻分别有两个主角，两个离罗迅这样的普通人很远的人。

第一条，到目前为止不知主角是谁，甚至不知是不是一个人类。

人工智能围棋程序“阿尔法狗”在完胜所有人类高手，宣告人工智能对人类在围棋领域的全面胜利之后，最近突然被网络上的一个神秘棋手击败了。在跟系办公室秘书小黄侃大山时，罗迅说这可能又是一次炒作，不过是另一只“阿尔法狗”。但就像全世界的普通人一样，他期望这个神秘棋手是一个活生生的人。

第二条，主角是一个踢球的，名叫苏卡容，出生在泰国，短短时间里，由一个东南亚的末流球员成为皇家马德里队的主力前锋。

不过一年前，不但没有人会想到这样的情节，甚至没有人知道苏卡容这个人。作为一名泰国联赛的普通球员，他因为表现不佳面临被球队解约、提前退役的困境。不料在赛季中段，他突然爆发，展现出超常的能力，迅速被欧洲球探盯上。在短短时间里，他实现了连续转会，以火箭般的速度成为世界顶级球星。

在最近，在全世界范围里，没有比苏卡容的崛起更完美的励志故事了，一个普通到极点的草根，突然间逆袭，达到行业的最高点，让许多普通人都不禁有所幻想。

但罗迅是清醒的。聊天的话题归话题，凡人大多数还是凡人，不可能一跃成为天王巨星。比如他自己，就不可能成为钱良毅那样的人，虽然在表面上，钱教授跟他还是同校同系的同事，抬头不见低头见。

苏卡容的故事太遥远了，只是一个童话。现实不是童话，是骨感而冰冷的。

在回家的路上，罗迅联想到一个不恰当的比喻。虽然都是化学教员，他面对着钱良毅教授，就像一年前龟缩在泰国清迈一隅的苏卡容面对远在天边的梅西、C罗一样。苏卡容在不到一年的时间里创造了神话，率队战胜了梅西所在的巴塞罗那队，还把上了岁数的C罗挤上了替补席。而他罗迅，是永远没有机会望到钱良毅的项背的。

罗迅得面对骨感的现实，他得乘车一个多小时才能回到郊区的家。如果不趁着下午没课躲过下班高峰，他就会在地铁里被挤成相片，或者在地面上堵车两个小时以上。如今，高校的青年教师已经没有就近的宿舍可以安家了，在寸土寸金的学院区附近，他买不起能作为一个家的房子。当然，学校附近仍然有大户型宿舍，但只有学术地位高的专家教授才能分到，至于最大户型的院士楼，顾名思义，只有院士级的专家才有资格，六十岁以下的没有人能入住。

除非你是钱良毅。

人只妒忌跟自己差不多的人，差距太远，就只有赞赏和崇拜了。罗迅是没有理由妒忌钱良毅的。罗迅在不久前才好容易由助教提升为讲师，钱良毅不仅是教授，还不是一般的教授。虽然只比罗迅年长不到十岁，但钱良毅在化学领域已经超出了那些六七十岁的前辈，达到了世界顶级水平，被视为化学界不世出的天才。

当然，钱良毅并非一直就是一个骄子，直到罗迅刚入学时，钱还是一个不显山不露水的青年教师。他是在近几年里突然蹿红的，短时间连续在国际学术期刊发表重要论文，迅速升为副教授、教授、博导，在国际化学界赢得声望，直至被视为诺贝尔奖的有力候选者。这个历程已经成为M大学内外的一个传奇。

罗迅确实没有理由妒忌钱良毅。

罗迅比不上钱良毅，可能还比不上钱良毅之外的很多人，但他也有生活的支点，有着对生活满意的理由。比如，在乘车一个小时回到家中后，他可以长久坐在卧室里，面对着墙壁上的一张大幅照片。

那个位置通常是悬挂婚纱照的。照片上也确实有两个人，一个是罗迅本人，比现在青涩稚嫩许多，另一个是罗迅的妻子孙艾，有着跟现在相像又不同的轮廓、面目。

那不只是青春无敌，那时，他们尚未成年。

那自然不是一张婚纱照，而是一张剧照。在照片上，罗迅的面孔被染成黑色。

罗迅不是演员，是一个理工科的教师，但是他有这样一张剧照。

许多年前，他们还是家乡城市的青涩少年，学生会组织文体活动，排演了莎士比亚的话剧《奥赛罗》。罗迅在其中扮演男主角黑人将领奥赛罗，同年级的美丽女孩孙艾扮演女主角苔丝狄梦娜。那是最美好的时光，那种美好一直延续到了现在。

罗迅不知道多少次凝视着这张经过放大处理的照片，自然，它胜过任何婚纱照。照片上，孙艾轻舒手臂，对着“奥赛罗”，也对着画面之外的观众倾吐着什么。罗迅已经忘掉了她当时的台词，但永远忘不掉她的姿态。这一幕已经被永久定格下来，成为他们如今生活里的一道风景线。通过那张照片，许多味道就隔着岁月扑鼻而来。

《奥赛罗》是一出悲剧，罗迅和孙艾的生活却不是悲剧，在排演话剧的年代，他们青梅竹马，直到今天，他们仍然在一起。在照片上，罗迅不仅看到他熟悉的过往，还能回味妻子年少时代那种神秘的陌生，那是更让他心动的一种东西，他说不出来，却会被莫名地感动。

罗迅想，这张照片上的人和事，就是他这个普通人可以不嫉妒钱良毅或者任何人的理由。

在这个下午，罗迅沉浸在一种惯常的熟悉氛围中，他一个人享受，这氛围却时刻跟照片上的另一个人有关。

这种氛围被一个电话打断了。

“出大事了。”

电话是小黄打来的，最近罗迅常跟他大侃一些体育话题。他以为这个系办秘书又在大惊小怪，故弄玄虚。

“什么事情啊，赢阿尔法狗的棋手现身了？”

“钱教授……钱良毅去世了。”

3

“尸体什么时候被发现的，”朱警官一边在M大学林荫道上朝对面的化学楼张望，一边随口问道。

“周五上午十一点钟，系办的人去钱教授办公室送期刊，推门后发现他倒在地上。”

学校的保卫处长耐心回答， 从语气里可以听出，这个人的死亡在他心里引起过震动，目前还心有余悸。这种类似的反应，朱警官在接触到好几个M大学的人时，都有所体察。

“确定是心脏病突发？”

“是的，很不幸。”

钱良毅在这天上午八点左右抵达办公室，这是他固有的规律。如果有课程或实验，就先去完成，之后再返回办公室；如果没有，他就在办公室里阅读资料或撰写论文课案。送报刊的系办人员发现他躺卧在办公室地板上，马上呼救，先由校医务室紧急处理，再送往医院急救。然而为时已晚，早在被发现时，他已经死亡，医院方面的作用，仅仅是确认死因为急性心肌梗死。普通情况下，在确认死者死因后，就进入善后事宜，仅仅由保卫处向警方通报一下。他因为身份特殊，不仅要通报，还要由公安局的刑侦骨干朱警官前来确认复查。

如果一切都经过确认，朱警官前来，也应该是走形式。

朱警官说："这个钱教授，以前有过心脏不好的症状吗？"

"没有，不过医生说，这种急性心肌梗死不一定有病史，一个健康人也有发病概率。钱教授很不幸，发生了这种状况。"

朱警官点点头，继续问道："我不大懂，这个钱教授到底多有名啊，感觉不只贵校在关心。"

保卫处长说："科学上的事情我也不懂，反正好像在世界上都数得着，说是诺贝尔奖也就这几年的事儿，他被称为M大的镇校之宝哇。才四十多岁，可惜，太可惜了。"

"乖乖，"朱警官不由得喟叹，"诺贝尔奖级的，那应该是大科学家，这岁数达到这样的成就，应该举世罕见吧，怪不得……真是挺可惜的。"

保卫处长的感慨中增加了悲伤："其实我算是看着钱良毅走过来的，他刚入校还是小年轻时我就认识，也是多少年不显山不露水的一个普通老师。他突然就时来运转开了窍，厉害得不得了。没想到英年早逝，真是人有旦夕祸福。"

"是这样啊……"朱警官沉吟道，视线掠过一排排李树，落在了校园里老旧俄式风格的建筑上。

"要不要我再带你去化学楼钱教授办公室看看？"保卫处长注意到了朱警官的视野。

"不用了，已经看过两次了，"朱警官说，"咱们也不能什么事情都神经敏感，没有什么疑点，就按正常死亡处理吧，虽然是突然的正常死亡。”

朱警官跟保卫处长打了招呼，一个人顺着林荫道走出了校门，又回头看到化学楼高点的塔尖。

钱良毅教授突然死亡，同系的青年教师罗迅首先从系办的小黄处听到消息，一时竟有呼吸困难之感。

对于这个消息，整个M大和科学界也受到了超乎寻常的震动。“钱良毅死了”的消息像一块巨石，落入原本平静的湖水中，激起了巨大的波澜。这种不幸让亲近他的人猝然悲痛，也让更多人心情复杂。对于学校，甚至对于学界来说，用一句官方的正式说法，就是“科学界蒙受了突如其来的重大损失”。

罗迅的心情更复杂。

以他目前的境况，当然远远算不上钱在学术上的竞争对手，没有什么矛盾，但也谈不上有更深的关系。他其实对钱有景仰之意，曾经主动表达过“跟钱教授更多学习更多交流”的意愿，钱的回应是得体甚至热情的，但这种表面的善意回应之下，是保持距离的推拒。他有些许的受挫感，不过他可以清楚地了解到，与他人保持有分寸的距离，是钱良毅这位年纪不大的大科学家固有的处世风格，不是个别针对他。

除了交往泛泛外，罗迅隐隐约约听到了一些传言，这些传言将他和钱良毅联系到了一起，而这种传言在抵达他的耳朵时，变得非常模糊、暧昧。他可以想见，在其他人那里，传言应该有更清晰更具体的内容。

这些传言会不会在罗迅心里留下阴影呢？罗迅的态度是：任何未经证实的传言都应该当作谣言，否则就是自寻烦恼。

钱良毅教授死了，于公是一个重大损失，于私却不该对罗迅的生活造成多大影响。罗迅回到郊区的家里，拥有自己的二人世界。自然而然，他会跟妻子孙艾谈起这个最令人惊讶、惋惜的话题：“钱教授英年早逝，真是可惜。”

孙艾感慨道：“是呀，钱教授也算熟人了，咱们身边认识的人里，他算是最优秀、最有学问的了，人品也特别好，实在可惜。”

罗迅注意到，孙艾在谈论起这件事时，眼睛里有淡淡的泪花。

罗迅想，妻子不掩饰对一个优秀男子的惋惜之意，因此，妻子是一个单纯、坦荡的女人。

4

“钱良毅是被谋杀的。”

朱警官突然收到这样一条短信，有些意外，却也不算特别吃惊。

从理论上来讲，一个原本健康的人猝死，自杀、他杀和病死的可能性都存在，目前的结论是钱因突发心脏病而猝死，这种情形已经得到了钱的家人的认可。钱有一次婚姻，没有子女，前妻现在身在国外。钱年迈的父母虽然悲痛，但对于儿子因病去世的结论也没有异议，准备举行追悼会和告别仪式之后就返回老家。如果没有人提出异议或新的证据，此事便可以终结。

仅仅有一条短信，当然不至于就将思路带往谋杀的方向。朱警官想了想，回了一条："谁是凶手？"

"在男女关系方面受害的人。"

一条短信就讲出了这样的"案情"，朱警官一方面觉得不能小题大做，一方面也不能完全置之不理。

他首先请同事警员安排，将钱良毅的遗体继续保存一段时间，再电话约定M大保卫处长，联系再对相关人员做一些重新深入调查。最后他才拿起手机，继续向那个发来短信的号码发送信息询问。

但对方不再回复。

朱警官直接拨打电话，话筒里的回复是"您拨打的电话号码是空号"，他再请同事到电信部门帮助查明电话号码来源，很快有了回音，这个号码在遥远的异地被购买后仅用来发送了两条短信，就又被注销了，由于该地部分号码尚未全面推行实名购买，也无法查到何人使用了这个号码。

显然，对方刻意隐藏身份，希望匿名"提供线索"。

朱警官并不急于展开调查，约保卫处长喝了茶，问道："学校里有没有人跟钱教授有过节？"

保卫处长想了想，说："应该没有呀，要说他年纪轻轻，一下子春风得意，背地里妒忌的人肯定有，但说有什么深仇大恨，倒还不至于。他平时跟人打交道也比较简单，主要是埋头于研究工作，典型的知识分子呀，要说跟谁有多好，可能都是泛泛之交，可要说跟谁有多大过节，也没有。”

朱警官点点头，用纸巾擦拭了一下茶杯留下的水迹。

保卫处长有些不安：“怎么，情况有变，钱教授他……”

“应该不大会，只是需要最后排除一下，”朱警官说，“钱教授的遗体需要稍微保存一段时间，不会太久。”

保卫处长点头：“我们请家属配合。”

朱警官举起茶杯，喝茶时不由得发出了很大声音，放下茶杯，又叮当一声将杯盖碰得脆响，笑道：“我还真是一个大老粗，跑到贵校这么高大上的地方来，教养有待提高哇。”

保卫处长也笑道：“我是在学校里，可也不是知识分子，大老粗一个。”

朱警官说：“客气呀，我看你用电脑系统掌握这学校里的情况，也有高精尖的味道……对了，有没有一个叫罗迅的人？”

保卫处长确认：“有，也是化学系的，还算熟，不过平时跟保卫这边打交道不多。”

看来，这个罗迅在学校里远远算不上风云人物。朱警官顺势问道：“罗迅的老婆也是学校里的？你用不用查查电脑。”

“不用，”保卫处长未加思索，“他爱人叫孙艾，不在我校，在一家股份公司任职，那家公司跟我校有人才战略合作，有时候她会跟学校打一些交道，她倒跟不少人挺熟的。”

“她跟罗迅是通过工作关系认识的？”

“不，他们算是青梅竹马了，好像初中和高中都在一个学校，后来又一起在我们M大学上大学，一起毕业的。”

朱警官请保卫处长帮忙筹划一些事情，保卫处长有些疑惑，但也不多问：“好，我全力配合。”

朱警官得以见到一些跟青年教师罗迅有交往的人，大部分是M大学的教师和行政工作人员。保卫处长热心地表示，用不用也请一些罗迅授课的学生，朱警官摇头，说与学生无关，不必惊动他们。

面对这些了解情况的人，朱警官都只问一个问题：罗迅老师跟他的妻子孙艾夫妻感情如何？

在被问到的人里，回答大同小异。

教师A：非常好，有名的好。

教师B：感觉他们结婚多年，认识多年，还是好像在热恋里一样，怀疑他们是不是连架都没吵过，或者是不是也吵过，别人看不到呢？

人事处职员C：罗迅的性格比较内向，跟周围大部分的人保持距离。孙艾虽然不在学校，但因为工作关系，反而跟学校里不少人打过交道，在人际关系上对罗迅有所弥补。总的来讲，是关系非常和谐的一对年轻夫妻。

在这些回答当中，让朱警官印象比较深的，是化学系系办秘书小黄的说法。

小黄说：“罗迅和孙艾算是从小在一起，一起从一个小城市来到一个大城市，经历许多，算得上一起患过难，一起享过福，建立起那种信任关系，一般年轻人比不了。所以就算有一些流言蜚语，也影响不了他们……”

“流言蜚语？”朱警官对小黄的这种说法有兴趣，追问道。

小黄一下子有些局促，在朱警官再三以警察身份和信誉予以保证后，勉强说道：“孙艾是一个漂亮女孩，社交能力很强，由于工作关系跟各种人打交道，所以……”

“所以，是不是有人说她跟钱教授……”

小黄意识到这些对话可能造成的后果，正色道：“谣言总是有的，但谣言止于智者。那些捕风捉影的事情，不知道是从哪里传出来的，反正我是不信，大部分有点儿头脑，有点儿责任心的人，也都不信。罗迅更是从来不信。”

“罗迅是不是根本就没听到过这些？”

小黄一时不知如何回答，只有苦笑，在苦笑中，朱警官看到了这个高校办公室行政人员的一点儿恼怒和敌意。

流言就像流水，在任何地方都不缺乏。

但流言一定是谣言吗？

5

朱警官是在一个傍晚见到莫晓晓的。他觉得，这是一个见一面就会让人没齿不忘的女子。

在外表上，莫晓晓算得上清丽，有着大而圆的眼睛，洁白整齐的牙齿。男人见到的第一眼，会怦然心动，寄予纯情的想象。

但她一开口，这种想象便被击碎了。

“我说警察叔叔，你到处问人家这些男男女女的事情，嫂子知道吗？回家跟嫂子讨论吗？或者……你们在婚姻里模仿实践一下吗……”

朱警官阅人无数，能做到喜怒不形于色，只微微皱了一下眉头。

莫晓晓说话时，端正清秀的样子马上消失不见了。她歪着头，眼睛里闪烁着游移的光，还有一点儿大舌头。

“您就尽管问吧，别人不敢说的，我敢。”

朱警官一视同仁，问了同一个问题，罗迅跟孙艾的夫妻感情如何。

“好，好得很，像孙艾那样的人，对付罗迅还不容易，把他捏得死死的，当然好了。”

语言真是一种奇妙的东西。其实莫晓晓表达的事实跟其他人并没有两样，但加上她的个人感情色彩，味道就变了。

“警察叔叔，你问我就问对了。”

对于“警察叔叔”这个戏谑的称谓，朱警官微微有一点不快，但不妨碍他关心主要问题，尤其是对方有倾吐的意愿。

他理所当然地追问“为什么问对了”。

“因为没有人比我更了解孙艾，没有人比我了解罗迅，不仅在这个学校，就是在这个城市，也只有我是对他们知根知底的人。”

朱警官已经提前了解了基本情况，他知道罗迅、孙艾和莫晓晓来自同一个地方，同一所中学，有着共同的成长环境，过去还有一种类似三角恋一般的感情纠葛。从结果看，她是失败者，她现在这种姿态，有着过去的根源。但一般人会将这样的情绪隐藏在心底，不会像她这样无所顾忌地表现出来。

在见面之前，朱警官已经了解到，莫晓晓不是一般人。

她是因为感情问题，变成今天这个样子的吗？仅仅一次恋爱失败，就足以让一个人变得像一个风尘女子？还有，她还“追随”罗迅夫妇到一个城市里来，进入同一所单位，这也太过执着了。

当然，这些都不是当前的迫切问题。

“孙艾就是这个世界上最能装的女人，从小到大，在哪里都自以为会受到欢迎，她觉得这个世界就是为她准备的，当然，男人也都是为她准备的，哼哼……”莫晓晓冷笑的声音里，有着齿冷的味道。

朱警官觉得，到了提出那个关键问题的时候了。

“孙艾跟钱良毅教授的关系如何？”

莫晓晓瞪大眼睛，在短到不能再短的时间里露出了一丝惊讶的表情，接下来就咯咯咯地笑了起来。

“我当是什么事，原来还是调查钱良毅的事情啊，好，我知道，人已经不在了，大部分人都明哲保身，不敢跟你说实话。我不管，我有什么说什么。你要真问，我就说，钱良毅跟孙艾的关系不一般，不一般到什么程度，我没有证据，但谁都知道，起码她跟钱的关系，比她老公罗迅跟钱密切得多。”

“罗迅知道自己的妻子跟钱教授关系好吗？”

“知道，怎么不知道，但孙艾早给他灌了多少年的迷魂汤，他对她可真是绝对信任，看在眼里也不生疑，把他这个老婆当作最无辜的白雪公主……”

“你觉得孙艾是一个值得信任的妻子吗？”

莫晓晓像听到世界上最愚蠢的问题，又笑了起来：“信任，信任值多少钱一斤啊？警察叔叔你见的人多，见的女人应该也多吧？我跟您谈人心，可能有点儿班门弄斧。可我有一点比你强，就是我自己是一个女人。这个世界上不正经的骚女人分两种，一种是我这样，明面上就骚，人人都在背地里吐唾沫。一种表面上是一个纯洁的天使，背地里其实什么事儿都没耽误。您说，哪一种更骚更坏呢？”

朱警官躲开了莫晓晓轻佻的目光，起身致谢，离开时，听到对方在身后发出“喜欢跟您再聊天”的笑语声。

朱警官不会因为哪一个人的独特，便特别重视某种说法。他把询问的情况做了一些整理，勾勒出一种大致的舆论氛围。同时，他不算过于封闭、保密的调查行程，也带来一些新的传言与舆论，对此他也有认知。

这一轮询问的情况可以做出简单归纳：几乎所有的人都认为罗迅和孙艾夫妻感情良好；绝大部分人认为孙艾是一个没有品行瑕疵的好妻子，有关她不贞的说法纯属造谣和流言蜚语；只有两、三个人提到她和钱良毅关系不错，一个是化学系系办的小黄，一个是M大图书馆馆员莫晓晓；只有一个人影射她跟钱良毅可能有暧昧关系，是莫晓晓。

这种归纳不能得出最终结论，却勾勒出一个大致轮廓：孙艾确实跟钱良毅打过不少交道，这是个事实。不管是不是谣言，确实有关于孙艾跟钱良毅有染的说法，这是一个传言。

过了一段日子，朱警官才找到罗迅本人。

对这个警察此前在学校里的一些活动，罗迅已经有了一些耳闻。见面时，他有微微的紧张："朱警官，您要找我问什么事情？我一定知无不言。"

朱警官沉静地看了这个年轻老师几秒，淡淡地问道："钱良毅教授生前，你跟他的关系如何？"

"我很崇敬他，但是关系不算太亲密。"

"你的妻子孙艾跟钱教授有一些来往吧？"朱警官直接问道。

"有，那都是一些工作关系，"罗迅消除了紧张，完全坦然了，"我知道有一些谣言，但我相信我的妻子。"

朱警官点点头，起身告辞。罗迅问道："您还会找孙艾了解情况吗？"

"不用了。"朱警官快步地离开了，让礼节性起身送客的罗迅基本没有赶上他的脚步。

朱警官在离开M大后，直奔一所医院，找到了脑外科权威医生丁学松："我有事情请你帮帮忙，时间很紧，需要你保留一点儿东西。"在对方首肯后，他踏实了。

过了一天，朱警官告诉保卫处长，钱良毅教授的死亡无须立案，谋杀案不成立，遗体可以火化了。

所有人如释重负。

二、对局

1

“我一直觉得，这次不是谷歌公司自导自演，应该是一个人，您认为呢，岩本君？”

中年男子藤田跟棋手岩本仓下着让六子的指导棋。在大阪，岩本仓有着五六个藤田这样的成人学员，加上他开办的孩童围棋班，他得以以一个棋手的身份生存。

岩本仓是一个话不多的人，一边落下白棋棋子，一边淡淡地应道：“可能吧。”

藤田在棋盘上败局已定，却对刚才的话题意犹未尽：“要是这个神秘棋手是日本人就好了，不仅可以再次证明棋道的深刻，人类的伟大，还能重振日本棋界的颓势。这么多年，日本围棋被中国和韩国压得抬不起头。岩本君，你们身为职业棋手，难道不可以再努力一点吗？”

岩本仓的嘴角抽动了一下，没有说话。

藤田自知失言，嗫嚅道：“岩本君，我没有不敬之意，只是……”

“神秘棋手可能仍然是一种人工智能，但是，也不一定就不是人。”这是岩本仓在这一天说得最完整的一句话。

离开道场，岩本仓驾车穿过大阪市区，一直抵达了北郊的箕面，那里有他独居的公寓。

从六年前跟前妻美惠子谈妥条件，结束一段不大愉快的婚姻后，他一直独居。当初做那个决定是艰难的，不亚于他决定做一个职业棋手。

他唯一一段婚姻失败了，他作为棋手的职业生涯也是失败的。是不是从结果可以证明，他的决定都是失败的？

或者，他根本就是一个失败的人？

他又要做出一个决定了，虽然一直被催促着，他迟迟没有动作，但现在终于要付诸行动了。

岩本仓坐在了电脑前。有些按键一旦按下，一切就改变了。

他想起那种催促他的力量，那是一种黑暗中的力量。他需要那种事物，但想起来的时候，他又会有所不快。

半个月后的中午，围棋爱好者藤田开着电视机吃午饭，看着看着，他停止了咀嚼，嘴里的饭团不知不觉掉了出来。

电视新闻令他瞠目结舌。

大标题几乎覆盖了三分之一电视屏幕：“神秘棋手现身，本尊岩本仓六段。”

电视画面上，在摄影机林立、照相快门响成一片还夹杂着一些呼喊的环境里，岩本仓镇定地向着四面俯身鞠躬，一遍遍地重复着“谢谢”。

在电视机、互联网和手机上看到这一幕的，自然不只是藤田，也不只在日本。身在欧洲的泰国球员、身在中国的化学讲师，都有机会迅速了解到这条新闻。

到了这个时候，即便不关心人工智能也不喜爱围棋的人，也认识到，历史又一次被扭转了。

在半个月里，棋手岩本仓干净利落战胜了人工智能阿尔法狗两次，对三名日本顶尖九段都是中盘胜。

对弈者之一、现任日本围棋名人头衔拥有者在投子认负后，不由低声咕哝道："岩本君，究竟发生了什么？"

岩本仓礼貌而冷酷地低了一下头："承让，请多关照。"

无论职业棋手还是藤田这样的爱好者，越是跟岩本熟识的人，越比世界上其他人更加惊奇。

岩本仓本来天赋一般，棋力中游。当年他在状态最佳、胜率最高的时候，努力取得了六段资格，此后就一路下滑，胜多负少，在职业棋界的边缘挣扎，最后几乎无法取得正式棋赛的参赛资格，不得不在道场里教棋为生。

谁也料不到，他突然之间变成了超出普通人的天才。

凡人逆袭的故事确实是励志感人的，但在一项需要天赋的智力技艺上能达到逆袭，总让人觉得不可思议。在一次次的发布会和新闻采访中，岩本仓的说明和解释是：他仿佛一夜之间开了窍。以前多年学棋、下棋的积累，一下子在脑子里被盘活了。

岩本不是一个擅长言辞的人，于是更擅长的学者和媒体有了各种评论和补充。大致看法是人类的强大潜能一般情形下都在沉睡，偶尔会在某些人身上因缘际会地被唤醒。岩本仓就恰巧是这样的幸运者。

全世界都有一种思想，就是这个世界上有时候确实会发生一些神秘的、难以理解的事情。不管怎么样，这次发生的是一件好事。

好事在继续。短短时间里，岩本仓密集地拿下了各类世界棋赛冠军，在中、日、韩三国的所有个人、集体赛事里所向披靡。

日本棋界欢天喜地，在多年被中、韩压制后，终于有了一位天才人物为日本夺回了荣誉。

这种局面是理所当然的，因为岩本的对手早就已经不是人类。

这个中午，藤田再也没有心思吃完午饭，不由得笑出声来，没想到自己的围棋老师是一个突然神灵附体的天才。按照课程规划，下午三点之后，岩本仓会跟他下指导棋。岩本老师还会来吗?

不抱希望的藤田抵达道场，惊喜地发现：岩本老师竟然已经在棋盘前恭候。

指导棋之后，道场的管理者、所有棋手、爱好者和服务生都聚拢了过来。

岩本对众人说：“各位，我要暂别一段时间了，有一些事情需要去做，做完之后我再回来。”

所有人都知道，这个围棋天才要去做什么。

那是一场比赛，也是一次全球瞩目的直播。

谷歌公司宣布，新一代更强大的人工智能围棋程序“大师”已经升级就绪，会再度跟人类的代表岩本仓决战。这一次，可能会创下全球直播的收视纪录。

比赛当天，藤田准备了清酒，打算一边看直播一边酌饮助兴。在自顾自地呼喊了两声“岩本君必胜”后，他又自顾自地喟叹道：“岩本君本色不改，现在已经是超级大人物，还跟过去一模一样，真是难得。”和他一起收看的棋友纷纷应和，也不知道是不是都像他一样熟悉岩本。

电视信号终于切入了棋赛现场。人工程序“大师”一方已经准备就绪，是一帧连接电脑主机的巨大屏幕，还有一个盘坐在对局枰前的男子，负责将“大师”的棋子落在棋盘上。

最后时刻如秒针一般响动在全世界收看者的耳畔，岩本仓出场了。

看上去，岩本六段跟往日没有太多不同，身着标准的正装，冲着摄像镜头挥了挥手。

猜先之后，岩本仓执黑先行，在右上角的星位落下第一子。

一子落下，棋局展开，全世界的兴奋点有了着落。电视的话外音解说展开。事实上，双方一共没有落下几子，但各国各平台的讲棋者已经滔滔不绝。

藤田不喜欢直播时镜头切入讲解大厅，讲解员在大棋盘上摆棋分析的画面此时有些无聊。他希望一直看到对局现场的岩本老师。

他不知道，万里之处，在中国、在欧洲、在泰国，都有人跟他是同样的心情。

岩本仓在落到第十子时，陷入了长期思考，这个时候，棋盘上还空空荡荡，在一局有限时的对局中，没有棋手会在此时耗费太多时间。

但岩本仓足足二十分钟没有落子，在全球无数双眼睛的期待中，他一动不动地端坐着，犹如一具泥塑木雕的玩偶。

究竟发生了什么？面对还无须过多思考的局面，这个天才在思考着多么深邃的问题？

终于，岩本仓有了动作，人们以为他就要落子。

最不可思议的情形发生了。

岩本仓突然将眼前的棋盘掀翻在地上，冲着摄像镜头大喊了一句什么。

全世界不谙日语的人听不懂岩本说出了什么，懂日语的藤田和全日本的观众听得分明，岩本吼道："我是上帝，你们都是魔鬼。"

"天哪！"藤原对着电视不由得微抱住头颅，因为他不只听到了他的岩本老师出格的呼喊，还看到他冲向对面的人，扭打起来，并且拿起棋子，试图砸烂身旁的大屏幕。

对于这个突发事件，全世界各电视台和网络平台有不同的处理方法。有的迅速中止了转播，有的继续播出这种令人难堪的场景，因为这恰恰是最爆炸的新闻。

不管各平台如何处理，随着网络的迅速渗透，一个事实无可怀疑地流传起来——代表着人类最高智慧水准的天才棋手岩本仓突然发疯了。

2

由于同校同系杰出化学家钱良毅去世，一段时间里，罗迅没有像往常一样太多关注最近那些神奇的体育新闻。当那个战胜人工智能的神秘人类棋手身份曝光后，也没有和最喜欢这类话题的系办秘书小黄侃大山。在此期间，小黄忙于协助处理钱教授的善后事宜，罗迅也接受了警察一次惯例式的询问。

不过，在那个日本棋手和人工智能“大师”再次对局时，他还是跟妻子孙艾一道收看了直播。

像全球观众一样，他目睹一个人的突然疯狂，一时很震惊，还好这是一件遥远的、与他无关的事情。

孙艾慨叹道：“也许，天才本身就是一种容易疯狂的人。”

“所以，还是像我一样，做一个普通人好。”罗迅说，同时跟妻子交换了一下眼神。

在彼此的眼神里，他们都意会到比说出来的话更多的一些事情。

罗迅又一次在心里揣摩，那些事情究竟是好，还是不好？

他们一起看到了一个大新闻，但不会为此失眠。此事全球关注，但与他们的生活无关，只是谈资而已。

在第二天，罗迅马上面对了生活里更真实的内容。

他收到了一条短信。

他的困意完全消失了，不过也谈不上有什么意外。

确实，莫晓晓很久都没有发过短信来了，也暂时没有了一些其他形式的对他的接近，最近连碰面都没有过。但他知道，这并不意味着这个人完全从自己的生活里退出了。

她一直在。

对罗迅来讲，莫晓晓已经是蔓延前半生的一种存在，是挥之不去的一个影子，尽管在漫长的时间里一直给他带来困扰，但已经算不上阴影了。罗迅甚至暗暗有一种想法，对于他来讲，莫晓晓简直犹如另一个孙艾，陪着他度过了早在他们来到这个城市之前，早在他们成年之前，就开启的漫漫人生。

莫晓晓发来的短信内容是："你要被那个绿茶婊骗一辈子吗？"

在漫长的时日里，每当接到这样的短信，罗迅自然是不会回的，就像莫晓晓当面走过来，对他表示亲昵，直言不讳地跟他说"你离开她，跟我过日子吧"。他也只是笑一笑，绕道躲开。

莫晓晓接下来又发了一条短信："如果你想听听她究竟做过什么，下午在校北门的咖啡厅聚聚，我讲给你听。"

罗迅自然不会去，像这样的邀约，莫晓晓不知道发出过多少次了，罗迅从来不去，甚至也不回应，而莫晓晓每一次在约会未果之后，下一次就像没有被拒绝过一样，再次发起"进攻"。他跟她形成这样一种奇怪的关系，远远早于来到这个城市之前。

或者可以说，他们三个人早就形成了这样一种关系。

罗迅再次注视那占满了他身心的大幅照片，经过处理之后，照片上每个细节像被一一擦亮了，像是透过久远的岁月，向当下散发着魔力。照片上，孙艾的手臂向右侧伸出，眼睛里泛出明亮的光彩。罗迅早就不必真用眼睛去看了，他记得那照片上每一平方厘米的内容。但是，他依然喜欢这样定定地看着，看着看着，他会觉得孙艾变得陌生起来，仿佛她不仅仅是他最熟悉的妻子，还是一个有很多未知领域的女子。他喜爱这个有些神秘的她，也有一点点酸楚的感觉。

“你又在发呆。”孙艾从外面进来，佯嗔着。

罗迅站起来：“要是你不喜欢，哪一天就把它摘下来吧。”

这是一句简单的反话，两人都知道不会照办。这是一种长久的默契。

孙艾微微收敛笑容，用眼睛发出了淡淡的疑问。孙艾是一个眼明心亮的人，什么都瞒不过她，她的目光在问他：发生了什么？

“没有，没事儿。”罗迅不愿意现在提及莫晓晓的短信，虽然他并不想隐瞒她。对于她，这也早就是一个老话题了，甚至比他更古老。他不愿意让这个人在他和她之间出现频率过高，虽然多年来频率都不算低。

孙艾叹了一口气，不作声坐在他身旁，把头靠在他的肩膀上。这样，一件本就可以当作不存在的事情就彻底不存在了。

与不愿提起的某个人、某件事情相比，另一件更严重的事情反而可以被提及。

罗迅说："钱老师的追悼仪式结束了，以为会很隆重，没想到非常简单。"

孙艾说："简单应该是钱老师家人的意思吧，钱老师这个人在研究领域里很高调，在涉及排场这些事情上很低调。他的父母很了解他，所以……"

"他的前妻从国外回来了吗？"

"没有，不过应该知道消息。在钱老师家人的建议下，治丧办没有向他的前妻发出邀请。她不可能不知道消息，不来出席，也是一种选择吧。"

曾经生活在一起的两个人之间，有多少不足为外人道的事情，决定着彼此相处的方式，哪怕天人永隔时，仍然在决定着。罗迅和孙艾一起沉默下来，像是体验着别人的故事。毕竟，这是别人的不幸。

罗迅突然想起了什么："奇怪。"

"什么奇怪？"

"我跟钱教授同校同系，为什么关于他的事情反而要从你那里知道？"

孙艾不知说什么好，不过她没有躲避，侧过脸来，与罗迅直视着。

罗迅又严肃地看了她一会儿，笑了出来，她也跟着笑了起来。

他把她重新揽在怀里，两手轻轻扳动着她的肩膀。

“你就不怕我听信了那些谣言？”

“当然不怕，”她用头发滑动着他的手臂，“不会连这一点儿信心都没有，无论我对你，还是你对我。”

罗迅继续抚摸着她的肩膀，动作更加轻柔。

孙艾想要顽皮一下：“如果你信了那些话，会做什么呢？”

“我会做一个男人该做的事情。”

两个人都沉默了。孙艾的笑容映在对面的窗玻璃上，显得非常甜美。

罗迅想起了昨晚看的直播，那是一件离他们比较远的事情。他自己也不知道，是为了另找一个话题，还是真想继续探讨那一幕。

“真没想到，那个日本人会发疯。”

“是，可能这就叫天妒英才吧。”

“人类当中最后一个能够战胜人工智能的天才，就这样毁了。”

“人工智能完全在智力上战胜人类是早晚的事情，就是再多几个天才也挽回不了，”孙艾说，“但是，有一样东西机器人永远取代不了。”

“什么？”

“人的感情。”孙艾长舒一口气，罗迅能看到气流由她的口中涌出，在空气里摇曳。

“有时候，人也不是毫无机会，倒是可以借用一些更有意思的人工智能。”

罗迅将孙艾的脸庞捧在手里，注视着她，她也仰头正视着他。

罗迅说：“那个东西，你又带来了。”

3

罗迅和孙艾对彼此的一点一滴都熟稔于心。只在某一种时刻，两人间会荡漾出一种微妙的陌生感，那来自特殊的事情。

现在，这种时刻又到来了。

罗迅其实很享受这样的微妙和陌生，虽然这其中也有一点淡淡的不安。

孙艾没有马上回答罗迅的发问，稍稍躲避了一下罗迅的目光。

有一种问话，当发问时，双方便已经知道了答案。

孙艾徐走几步，从包中拿出一个小小的塑料容器，容器是小巧精致的，仿佛其中保存着某种精巧贵重的首饰。

孙艾的指尖轻拈，打开盖子，将一个物件倒在手心里，摊开了手掌。

不用看，罗迅早已经知道那个物件。

在孙艾纤白的手心里，是一颗直径半厘米左右的蓝色颗粒。如果没有泛出一点色泽独特的晶莹蓝光，它跟普通的药丸类似。

罗迅没有马上从孙艾的手中接过药丸，偏过头来，又问了一句：“那么，我什么时候把它吃掉呢？”

“什么时候都可以，”孙艾脆亮地回答，“不过，这是最后一颗，以后没有了。”

“以后没有了？”罗迅喃喃道，像是发问，又像是自言自语。

孙艾偏过头，像看着一个落寞的孩子，笑道：“看你那个样子，那么失落，以后不用这种药丸，可以直接去做保养啊。”

“保养？那么，这算是一种身体保养，还是一种头脑保养呢？”

孙艾想了想，答道：“都是，也都不是……不过头脑算不算身体的一部分呢？”

罗迅也想了想，答道：“也算，也不算。”

罗迅从孙艾手里接过蓝色的药丸，又放在自己手心里端详了一会儿。

孙艾说：“看上去，你有些舍不得。你可以多看几眼，几天也行，只要不过期就行。”

“不用了。”罗迅抬起手掌，将药丸一下子送入口中，又一仰脖，吞咽了下去。他自己都觉得这个动作有些夸张。

孙艾又笑了：“瞧你，一副决绝的样子，壮士一去兮不复还哪，这又不是毒药。”

罗迅闭上眼睛，等待着某个时刻的来临。一般药丸不可能有这么迅速的药效，但是这个不同，他知道。

孙艾是善解人意的，退出了卧室，把这个空间留给闭目的罗迅。

罗迅继续等待着，周围是平静的，他的身体和头脑里也是平静的，平静到了寂静的地步，时间像是无形的水流，在他周围流淌，没有一片涟漪。

突然之间，仿佛开闸放水一般，罗迅已处于惊涛骇浪之中。

当然，他仍在卧室里，坐在木椅上，仍然微闭双眼，没有更多动作。激荡和翻转都发生在他的头脑里。

这是一种让他欣喜的激荡，难以用语言传达。原本有些混沌的思维领地突然间明澈起来，原本许多模糊的记忆突然间清晰起来，犹如过电影一般，而且不是一个个按顺序清晰起来，而是像陈列一般，齐刷刷摆在他头脑里某个巨大无边的“展示柜”上，不管他翻起哪一段，都清晰可见。一些早已忘却的情景，他可以像走近一个陈列品一般，走到最近的地方，仔仔细细地看到其中每一个细节，而一些往事，只要他愿意回忆，也都像在他眼前放电影一样，清清楚楚地回忆起来。

罗迅想，这种药丸被称为“回忆素”，真是非常贴切，它几乎可以帮他回忆起一切他想回忆的事情来，还能让他看到已经被丢在记忆的角落里、被遗忘的事情。

罗迅睁开眼睛，周围一切如常，他仍然待在这间熟悉又温情的卧室里。孙艾已经体贴地离开了这个空间。

他面前仍然有她，是照片上那个多年前的她。

他仍然待在这个地方，一切跟吞下回忆素之前一般无二。但是，他头脑里的变化在睁眼之后，继续清清楚楚地保留了下来。

所有那些被瞬间擦亮的回忆里，有一类对他来讲最为宝贵，就是他的本行，他多年学习积累的化学。

罗迅像有了双重视力，一边看到周围普通而固定的小小空间，一边像在眼前展开了一张元素周期表。其实岂止是元素周期表，从他幼小时喜欢上化学这门课程起，他读过的每一页专业书籍，演算过的每一道公式，动手做过的每一次试验，直到后来读了本科、研究生之后的每一种学习、阅读、研究、试验的内容，都巨细无遗地展现出来。他虽然无法用手去翻开那些材料，他的头脑里却有一只无形的手，帮他一一翻开，让他重新深入当时的场景，一本教科书上的某一个公式，一支试管里的液体变色，都一清二楚。

这感觉太美妙了，美妙到有些恐怖。

罗迅不是第一次享有这种美妙了，他之前已经有一段时期，持续地处于这种美妙当中，只不过，这种美妙在每一次来临之后，会持续地递减，褪色，直到消逝。到了完全消逝的时候，他就成了一个跟以前一样的普通人，他的记忆不是无限清晰，当然也不是全数忘记，只是处于一个正常普通的范围，记住一些事情，记不住一些事情。

如果没有尝到那种所有记忆都一清二楚的味道，罗迅不会有什么不适。

但是他尝过了。

那么，如果要重新回到这种美妙当中，只有一个途径——回忆素。

这真是一种神奇的药丸，罗迅一度不敢相信世界上真有这种神奇的东西。直至他已经服用到第五次，仍然很恍惚。

不过，他觉得更神奇的，是回忆素竟然是孙艾提供给他的。

他们相识已经二十年了，他们之间的感情一直没有降温。但他想不到，她竟然还有如此神奇的渠道。

这一切怎么会发生呢？不可思议。

4

虽然拥有硕士学位，还是在读博士，但罗迅不认为自己是一个在读书方面有天赋的人。事实上，从小到大，无论在哪一个阶段哪一种班级里，他的学习成绩从来没有名列前茅过，可以说是一直跌跌撞撞，采取了很多正当不正当的方法才混到今天。他怎么可能对钱良毅那样的人心存妒忌？他其实对自己的智商都不免怀疑。回首来路时，他会怀疑又庆幸，到底是怎么混过来的？

就算到了目前这个阶段，他还是有些关卡要过，比如评职称时，要考外语。

职称外语对一般的高校老师来讲都不是太大问题，对罗迅来说却是。如果说他对化学专业本身还算在行，外语几乎就是他的软肋。到M大工作数年，同时进校的同事早就评定了讲师，有的还成了副教授，只有他仍然是一个助教，卡就卡在职称外语考试上。

罗迅知道必须过这一关，决定用功苦读一下，混过去，无奈就算苦读也非常吃力。当初他能够通过外语四、六级，完全是仗着年轻，死记硬背，对着模拟题照猫画虎。如今年过三十，他的记忆力大不如前，死记硬背，勉为其难，一做模拟题，仍然命悬一线。

罗迅无奈，只有下工夫开夜车。

直到有一天，孙艾说，她想了一个办法。

一听说“办法”，罗迅连忙摆手：“你该不会说是找人替考吧？那可不成，现在监考太严，抓住就完蛋了，连老师都做不成了。”

“哪有那么笨，肯定是更好的办法，只是……”

罗迅很少见过妻子犹豫的样子，不过这犹豫没有持续几秒。她伸开手掌，罗迅看到一颗泛着蓝光的颗粒。

那是罗迅服用的第一粒回忆素。

罗迅从来没想到，世界会用这样的药物，那虽然不是整个另类世界，却存在一个人脑中所有的过去。

当然，罗迅在当时不会随意打开，他首先解决当下问题，于是，每一道职称外语试题，甚至他从小到大学习过的每一种外语教科书，都像活生生摆在眼前一样，任他翻阅。

罗迅顺利地通过职称考试。在接下来的数周内，罗迅在本专业里的钻研也豁然开朗了。尽管化学不是一个靠博闻强识便能够取得成效的学科，但如果记住每一种材料、每个试验细节和每一个数字，自然也是如虎添翼。

这种照相机一般的回忆功效，过了一阵就在罗迅脑子里衰退了。他又变成以前那个头脑平平的人。

孙艾说，回忆素不是药，但效果跟药效类似，有时限。

像尝过了一种至高美味一样，有了第一次，就很想有第二次。罗迅知道，像这样一种奇妙的东西，不大可能轻易得到。对于妻子孙艾，除了希望她再拿来一颗蓝色颗粒外，他有了几个疑问。

第一，回忆素是哪里来的，她怎么会得到这个东西？

第二，回忆素的原理是什么，如何实现这种神奇效果？

第三，有没有办法让这种神奇的功效持续下去，不要衰退？

对于回忆素的原理，孙艾并不能完全用科学的语言精确说明。回忆素的效果跟罗迅的化学专业有关，孙艾说，人体内分泌一种酶，这种酶尚未被正式命名，目前暂称为“回忆酶”。记忆事实上就是人脑和身体中潜藏的痕迹，这些痕迹有的刻痕较深，被称为长期记忆，可以被长久地记住。有的是短期记忆，过了一定时间就会被遗忘。回忆酶的作用是刺激脑中的海马体和杏仁核，将短期记忆转化为长期记忆。

罗迅还是有许多不明之处，主要是他脑中的景象太细致太逼真，就像一幅画面或一个场景，当初他看的时候，不见得能看到画面里的每个细节，在回忆素的作用下，却有着比当初亲眼所见更清晰的呈现。对此，孙艾也不能完全说明其中的道理。

罗迅说：“你有没有服用过回忆素呢？”

孙艾微微低头：“对我又没有用，是对你有用。那东西很珍贵，或者说，很贵……”

罗迅被感动了，是的，这么神奇的东西当然不是随随便便得来的，孙艾为了让他能够挺过那一关，不知通过多么不可思议的途径弄来了这样的“神药”。孙艾一直被大家认为是一个美丽贤淑，又神通广大的人。作为一个妻子，神通广大究竟好不好呢？

孙艾想起了什么，说：“还没有发现回忆素对身体产生的副作用，不过，这还是一种实验产品……”

这当然是一种实验产品，罗迅知道，如果它会在寻常市场上出现，改变的将不是某一个人的一次考试，而是整个世界。

孙艾说，是因为工作关系，她极偶然地结识了一家日本的生物技术公司，他们的工程师对她一见如故，两人不仅有生意上的合作，还很快成为朋友。后来，工程师不顾商业秘密，透露了公司正在研制的高精尖产品……

“这个工程师是男的还是女的？”罗迅问。

“男的，叫小野新平。”孙艾抬起头，眼睛并不眨动一下。

罗迅笑了笑：“挺好，挺好。”

“你不高兴了，还是……还是吃醋了？”

“没有，哪里有，”罗迅的笑容更加坦然，“我老婆被别人喜欢，我该高兴啊，证明她有魅力，不就证明我更有魅力吗？”

孙艾没有说话，眼圈微微泛红。

罗迅说：“你完全可以不告诉我有这样一个小日本工程师。”

“你要有一点儿不高兴，以后我不跟他们打交道了。”

“不，”罗迅说，“如果你不打交道，就不会再有回忆素了。”

5

孙艾说，回忆素是一种处于研制阶段、并未公开的合成药物。那个日本工程师只是拿出了一颗样品给他，这种东西不可能持续供应的。

罗迅接受了这个结果，却有着掩盖不住的失望。

如果仅仅是失望，时间一久，他还可以自我调适到忘却、不介意。但是不久后，他有了更严重的负面反应，严重的程度难以用失望来概括，得用失落。

罗迅真的陷入了空前失落之中，他半夜失眠，白天犹如梦游，整个人无精打采。

他想把这种状态在人前隐藏起来，却隐藏不住，所有的人都清清楚楚地看到他的不正常。有一天，系办的小黄忍不住了，直接问道："罗老师呀，你是不是病了？"

"没有，没有……"罗迅匆匆走开，脚步趔趄，他心里明白，现在这个样子，引起小黄和其他人的疑问，是早晚的事情。

罗迅走出系办公楼，远远看到一个人走了过来，心中更加紧张。虽然这个人一般不会跟他讲什么话，能打个淡淡的招呼就不错了。

罗迅要打起精神，跟他打这个普通的招呼。

但这个人却站住了，很少见地跟他讲了几句话。

化学巨子钱良毅在罗迅面前停住脚步，这是反常的，多少年来，罗迅觉得自己在这个人眼里基本上跟空气一样。

“你好，罗老师。”钱良毅说。

“您……您好……”罗迅有些手足无措。

钱良毅说：“罗老师，最近天气不大好，咱们都要注意身体，虽然年纪不大，但科研教学工作太繁忙了，您说呢……”

“是，是……”罗迅摸不着头脑，同时，那种身体里被抽空的感觉，让他语不成句。

钱良毅竟然又停了几秒，抬起头来：“不过，跟外界相比，一个人内在的变化有时才更重要，也更可怕，需要我们自己努力克服。”

不待罗迅回应，钱良毅迈步向前，走进了化学楼。

罗迅瞠目结舌。

在那段日子里，罗迅觉得自己完全变成了另一个人，似乎精气神通通被从躯体里抽走了，仅剩下一个空壳，整天了无生气。周围的人对他的态度好像也变了，除了钱良毅会突然很意外地跟他多说几句不明其义的话。罗迅不知道，究竟是客观上大家真的变了，还是他的心理作用。

走着走着，身后突然响起一个声音：“你现在就像是一个游魂。”

这是一个非常熟悉、但罗迅非常不愿意听到的声音。他的第一个想法是赶紧逃走，却奇怪地停了下来，转身面对。

莫晓晓叉着两手，悠然地走过来：“看看你的样子，整天魂不守舍的。”

“我……”罗迅在她面前本就不会太自然，此时更是完全语塞。

莫晓晓像绕着一根僵立的柱子，绕着他转了半圈，说：“我不知道那个娘们儿怎么弄的，把你搞成了这样，但我知道，她一定还和过去一样，不会安什么好心，你早晚会被她害死的……”

“那个娘们儿”当然是指孙艾。罗迅虽然浑身无力，脑子很乱，语无伦次，却不知从哪里来的力量，提高了嗓门：“莫晓晓，你……这么多年了，你究竟要什么时候才放过我们？”

“真正放不过你的是她，”莫晓晓嗓音不大，却透着一点儿歇斯底里，“走着瞧，你跟她在一起，早晚会没好下场的。”

罗迅没法子，在慌张中向下瞅瞅，示意莫晓晓跟他一起走到校东门附近一个稍偏僻处。他换上和蔼又严正的态度：“晓晓，咱们可不可以好好谈一谈，再一次……再一次谈一谈？”

“好哇，”莫晓晓的眼睛变得水汪汪的，轻佻中夹杂哀怨，“无论谈多少次，只要是你谈，我都永远期待。”

罗迅无奈：“晓晓，这么多年过去了，你一直是这个样子，这也不是办法。我希望……希望你能从此不要再闹了，放过我吧，也放过我们吧，其实也就是放过你自己。我和孙艾都结婚这么多年了，你应该……应该成个家，过正常生活了，你一直这样下去，不是办法……”

“家，你说的那是你们的世界，对我，家早就是一个梦了。”莫晓晓用右手将鬓角的头发拂向脑侧。这个动作让罗迅感受到一丝遥远的清纯气息，又很快被吞没在这个女子的放浪中了。

莫晓晓说："我不可能有家了，不过我不在乎。有谁会看上我这样一个名声不好，一边明目张胆纠缠着已婚的昔日同学，一边不停跟各类男人混迹的女人？说实话，我睡过的那么多男人里有不错的，可惜里面没有你，也没有人能替代你……"

罗迅皱着眉头，躲过莫晓晓刻意越凑越近的面庞和头发："晓晓，我们是从小一起长大的，我不希望看着你一直这样下去，也不能接受你一直对我和孙艾……"

"晚了，哈哈哈……"莫晓晓突然欢快起来，"如果你二十年前还是一个小鲜肉的时候，能够对我这个不良少女投以爱的关怀，也许我能变吧……不，那样我也变不了，没准拉着你一起堕落，毁了你的大好前程呢，哈哈哈……"

罗迅知道，像以前的屡次尝试一样，这次交谈又失败了。他转身迈步，不向莫晓晓打招呼就打算离开了。

"等一等，"莫晓晓说，"钱良毅教授最近跟你老婆的公司有交流，你想不想知道……"

罗迅停下脚步："孙艾跟钱教授什么事情也没有。除了你之外，没有人会相信那些谣言。"

"是吗？你好自信哪，"莫晓晓说，"就算只有我一个敢说出来，那也不见得就是谣言。"

罗迅不为所动，平静地用眼角的余光看着对方："晓晓，你还有什么事情吗？”

莫晓晓的表情变化程度很大，突然间像要流下眼泪来：“你真的完全不在意咱们的过去了？”

“我们的过去是作为同学的过去，不是你所以为的那种过去，你所认为的那种过去，我只跟一个人共有过，就是孙艾。”

莫晓晓浑身抖动了一下：“好吧，不管有没有那样一个过去，有的事情是真实而扔不掉的。”

在莫晓晓的脸庞和眼神里，仿佛展开了一幅宏大的电影画面。

三、青春

1

夕阳西下，天空像蒙上了一层彩色玻璃，杨树的树叶在风中摇曳着，空气中散发着小城校园附近特有的淡淡花香。远远地，一队学生走近又走远了，有自行车铃声清脆地响了几声，又随着远去的车子消失了，像少年们的笑语一般。

罗迅迎着夕阳向前行走。他的脸上已经有了类似于青年男子的轮廓，其实他只有十五岁。他疾步向前，希望赶上一个人，一个女孩子。女孩的短发在身后摆动时，他的内心会跟着一起微微颤动。

他很快看到那个人，看到那个熟悉的背影。他有些胆怯地用变声不久的嗓子叫了一声："孙艾。"

孙艾回过头来，爽朗地笑了一下："罗迅，你出来了。"

这是值得两个人永远铭记的一天，至少在罗迅的认知里是如此。这天下午，轰动这所小城的中学生话剧《奥赛罗》在学校附近的城市剧场上演，罗迅和孙艾分别出演男女主角，在舞台上展现着青春的风姿，也留下了后来摆在他们卧室里的优美照片。

在那一天，罗迅不仅抵达了少年时代的一个巅峰，也觉得他和她朦胧美好的情愫接近了破晓的临界点，他有些胆怯地期望着，一些事情能更加明确一些。

但孙艾在得体地谢幕、卸妆并和众人告别后，同他并没有特别的举动，就匆匆离去了。演出是在下午进行，此时孙艾走在学生队伍里，刚好跟放学回家的少年们一般无二，不像是刚刚从一个绚丽舞台上走下来。

罗迅追上去，掩饰着内心的慌张："明早咱们一起上自习，可以吗？"

"可以，但是我现在有事，我得赶紧去看看晓晓。"

这个时候罗迅才意识到，今天的演出，莫晓晓并未到场观看。不仅如此，莫晓晓已经连续数天没有到校上课。罗迅对此并不十分在意，但孙艾跟她关系要好，罗迅也得拿出一些关切来："我陪你一起去吧。"

"不用了，男生不方便。"孙艾说着，在路口转弯，向另一个方向快步走了。

十五岁的罗迅站在路口，有些失神，夕阳在他眼里像红色的玻璃球。淡淡的花香混合着附近烧饭的煤烟味儿，涌进了他的鼻孔。

在许多年里，那个傍晚特殊的夕阳色彩，那鼻子里涌入的气味，一直留存在罗迅的身体里，提醒着曾经发生的事情。

罗迅后来知道，孙艾赶到莫晓晓家中时，莫晓晓正将烟头狠狠烫在自己的胳膊上。

"你干什么？"孙艾劈手抢下烟头，一把扳住莫晓晓的肩膀，却被推开了。

“不要你可怜我，我最讨厌你这种大好人的样子。什么都比我强，还来关心我，这样你就更完美了，更可以显摆了。我不要上你的当，当你的工具。”

孙艾紧紧抿着嘴唇，眼含着热泪，听着莫晓晓嘶声地发泄着。

“你问我干什么？我怎么知道我要干什么？你看看这个家，他们都不回来，他们都各有各的家了，没有人觉得我重要了。”

“我觉得你重要，”孙艾把手掌放在莫晓晓的头顶上，不顾对方将她的手臂甩开，“晓晓，你听着，就算全世界都放弃了你，我也不会放弃你的。”

莫晓晓不再挣脱，撕心裂肺地哭了起来，把头深深埋在孙艾的怀里。

这时，有个人不知何时静悄悄站在了离两个女孩不远的地方，注视着这伤感的一幕。

莫晓晓首先发现了这个人，哭泣戛然停止了。

孙艾抬起头来：“罗迅，你怎么来了？”

“对不起，”罗迅的声音低沉得不像一个十五岁的少年，回应着孙艾，却又是向莫晓晓说话，“门开着，我担心你们两个女孩子……没敲门就进来了。”

莫晓晓完全不哭了，脸上露出冷冷的表情，手上的动作也生硬起来，推开了紧搂着她的孙艾：“我不要你……你们可怜我，这是我的家，请你们离开吧。”

“晓晓，不要这样，你听我说……”

“请出去！”莫晓晓指着门的方向，“你们俩一起出去，我不想见到你们。”

罗迅和孙艾并肩默默地离去，走到门口，身后又响起了莫晓晓颤动的声音：“你，等一等。”

不用回头，也不用分辨，三个人都知道，这个“你”指的是罗迅。

罗迅回过头去。

莫晓晓是平静的，与刚才的失态相比，这种平静有些可怕：“我知道，这整个世界都是她的，我总希望还能给我留一点儿什么，哪怕就一丁点儿，我希望这一丁点儿就是你，可为什么老天总是这样对我，连这一点都……”

罗迅想反驳，更想安慰，却不知从何说起，只有沉默，僵立在门和莫晓晓之间的地板上。

孙艾说：“晓晓，你不要这么想问题，我们都还小，以后的路还长。你的我的那些，通通不重要，你这个朋友才是重要的，如果可以，我什么都可以拿来跟你换，不过……”孙艾抬头看了看罗迅，“有的东西，我是不愿意跟你换的。”

莫晓晓看看罗迅，又看看孙艾，笑了起来：“我知道了，你不但什么都有了，什么都从我这里夺走了，还用这种温柔的样子来羞辱我，对吗？你滚。”

罗迅和孙艾真的离去了，身后传后莫晓晓尖利的叫声："罗迅，我是不会放过你的，我倒要看看，是你们这么小就开始的早恋能挺得久，还是我挺得久。"

2

多年之后，罗迅的眼睛里仍然会闪现红色玻璃球般的夕阳，鼻孔里仍然涌起淡淡花香和烧饭煤烟的香味。那个傍晚的气息和事情，像是为他的一生画出了轮廓。

这是一个秋天，三个未成年人已经面临成年世界的折磨和考验，其中以莫晓晓的世界最严酷。

从记事起，莫晓晓就在父母的争吵中度日，直到十四岁这年，家庭正式破裂，父亲离去。到了十五岁，母亲抛下一句"你长大了"，也离开这个家去跟别人重组家庭。年少的莫晓晓只能每月从父母那里得到两人均摊的生活费，成为一个孤独生活的少女。

莫晓晓本来学习资质尚可，在家庭的破裂和周围的异样目光中，他渐渐偏离正轨，经常不上课。在学校里，只有优等生孙艾和另一个男同学罗迅会对她时时关心。那时还没有"闺密"这样的称呼，多年之后，孙艾说："那时候，我们就是莫晓晓的闺密了。"

"是吗，可闺密的蜜月期维持不了两年哪。"

那是三个少年的关系濒临破裂的时候，奇怪的是，这种关系始终没有真正破裂。他们之间时敌时友，亦敌亦友，一直从小城纠葛到了M大学。在莫晓晓一次次的过分的挑衅和纠缠里，孙艾是宽容大度的，罗迅也是仗义又讲原则的，但事实真的是这样吗?

在三个少年里，孙艾品学兼优，每一步都走得坚实。她还处处激励罗迅，包括运用两人间的恋情，让他维持住了足以进入一类重点大学的成绩。这种扶助成了两人间的习惯，直至她拿出一种叫回忆素的神奇“营养品”。

有时候，已经成为大学老师的罗迅会感慨：“你的成绩和头脑都比我强得多，不走科研这条路可惜了。”

孙艾温柔地说：“让你成为一个你想成为的样子，就是我最大的心愿，我做什么都行，反正饿不死。”

在少年时代，孙艾试图用类似的态度和方法帮助莫晓晓，却没有产生同样的效果。

莫晓晓多数时候不但不领情，还会朝她吼道：“我不需要你的施舍，滚开。”有时候，莫晓晓也仍然会像一个好姐妹一样，在她的怀里哭鼻子，又再将她推开。

莫晓晓高一就辍学了，从此跟社会上的一些人混在一起。有时候罗迅和孙艾背着书包路过时，莫晓晓会和一群少年嬉笑起哄：“好学生就是厉害，早早就成两口子了。”有时候，莫晓晓会大声叫道：“罗迅，你早晚是姑奶奶的人。”

终于有一天，罗迅一个人经过那段柏油路时，在一群人的起哄中，莫晓晓站在路中间，拦住罗迅的去路。

罗迅只好站住。

“不要慌，我不会吃了你。”

在周围一片“就吃了吧，吃了吧”的叫嚷声中，莫晓晓走上前来，拦腰抱住他，亲吻了他的嘴唇。

罗迅的整个身体僵住了，在莫晓晓让开去路后，他麻木地向前走着，觉得像是受到了羞辱，可胸中又有一种火辣辣的异样心悸。

身后传来莫晓晓的喊叫：“罗迅，你一定觉得孙艾就是一个好女孩，我就是一个坏女人，这不一定。”

罗迅没有把这件事情告诉孙艾，但莫晓晓长期以来的种种举动，孙艾不可能不知道。

在这样的纠葛里，一直行进在“正轨”上的罗迅和孙艾无可奈何地看着莫晓晓一天天跟那些“不良青少年”混，他们不敢想象在莫晓晓身上发生了些什么，跟那些男男女女之间又做过些什么。

中学时代结束，罗迅和孙艾都有理想的结局，考入一流名校，也离开了小城。

没有谁的人生从头至尾都是完美的，孙艾也遭遇了变故，她的父亲不幸病逝，母亲因伤心过度罹患了失智症。但她一直同男友相互扶助，最痛苦的时日熬过去，接下来就是光明的日子。

出人意料的是，莫晓晓并没有完全堕落。到了十九岁这一年，她参加了一个补习班，重新捡起书本。这其中也有一些孙艾的援手和努力，莫晓晓考取了一个本地的大专。

孙艾说："不管她什么样，对我们什么样，她是跟我们一起长大的姐妹，犹如家人。"

时光荏苒，在孙艾的敦促和帮助下，罗迅在本科毕业后考取了本校研究生。孙艾没有继续学业，凭着她本人的能力，很快找到了一份工作。孙艾说："我仍然是要读书的，但是不着急，两个人总得先有一个工作吧。"

两个人！

罗迅的心脏不由震颤一下。这么多年下来，虽然一直相伴，但她从没有表达出一个定局来。他有时都怀疑，是不是孙艾因为顾忌莫晓晓，会有什么变数。当她轻描淡写、理所当然地把两个人一起生活当作必然的前景时，他才终于确信。

但孙艾补充说，两人间事情要先放一放，她要先解决一下另一个人的问题。

"你是指晓晓吧？"罗迅不假思索。

孙艾说："莫晓晓不能在咱们家乡小城里工作生活，她在那里留下的事情太多，负担太多，她得走出来。"

罗迅不完全知道莫晓晓在小城经历过什么，但他们能揣测出是一些什么类型的人和事。

莫晓晓应该离开。

可离开小城，她有什么样的生计和前途呢？

罗迅很了解孙艾，但有些地方仍然不够了解。

莫晓晓来得比他想象的要快，她到了这个大城市后就有一个职位——M大图书馆图书管理员。

莫晓晓竟然比几年后留校任教的罗迅更早成为M大的教职员工，一开始是临时的，几年后也转了正。

孙艾只是一个M大的本科毕业生，毕业就离校了，居然有这样的路子和神通，罗迅都觉得有些神奇。

“事在人为，每个困难和问题总会有解决的途径。”孙艾说着，面色温柔，让罗迅又钦佩，又怜惜。

莫晓晓来了，她得到了老同学最关键的援手，对他们的态度却根本没有改变。

莫晓晓对孙艾说：“小艾呀，你帮了我这么大的忙，一定认为我会感激你一辈子。我确实会想办法回报你，如果有机会的话，但我不会感激你，因为这其实是你又一次用这种方法羞辱我，别人不懂，咱们俩心知肚明。”

莫晓晓对罗迅说：“你什么都好，就是有时候会看不清一些真相，你看表面。我想告诉你，最危险的人往往就是看上去最完美的那个。我知道，到目前为止，我跟她比，在你身上，我输了。但一切还不是最终答案。”

“过几天就有最终答案了。”罗迅平静地说。

莫晓晓到M大学图书馆报到工作之后不到一个星期，罗迅和孙艾登记结婚。两个人举办了简单的婚宴，只小范围邀请了亲友，莫晓晓在邀请之列，但她没有来。孙艾有些失望，罗迅却松了一口气。

谁知道她来了之后，会说些什么做些什么，以至于婚宴办不下去呢？

果然，莫晓晓虽然没有来，却发给罗迅一条短信："你选择了一个错误的人，一条错误的路，总有一天，我会重新把你打捞出来。"

这样，莫晓晓就等于直接宣布，事情没有结束。

但罗迅是男人，由不得莫晓晓。此后工作地点在同一个大院，孙艾仍然关怀着莫晓晓，莫晓晓仍时时向罗迅"进攻"，却也掀不起什么风浪。这种少年时代开始的奇怪关系维持多年，一直到了他们都不算太年轻的时候。

直到罗迅服用了一种秘密药丸。

那是一种神奇的蓝色颗粒。

3

在职称外语考试前，罗迅第一次得到回忆素。孙艾说，以后不会持续供给。

但在罗迅"症状"严重的时候，她又拿来了一粒。

罗迅又一次进入了澄明忘我的"美好"境界，持续了一段日子后，一切又低落下去。

他进了一轮轮循环。

在发生了一些远远近近的事情后，他又一次精神恍惚，情绪低落的情形到来了。

有人议论道，该不会是钱良毅教授的突然死亡，刺激到了他吧？更了解内情的人说，不会，哪怕钱是校内外崇敬的名教授，罗迅和他关系一般，感情淡薄，何况他老婆还……

只有孙艾知道内情和原因，看着罗迅一天天地萎靡，孙艾叹气道："早知道这样，当初我就不应该让你接触回忆素。"

"不，"罗迅一把揽住孙艾，"你没有错，回忆素让我有了从未有过的感觉，老婆，求求你，帮我再找一粒吧。"

孙艾瞪大了眼睛，有些惊恐地看着他。他这时反应过来，他是半跪在她面前，甚至有一种乞求的无赖样子，这是完全不符合他的形象和他们夫妻关系的一种姿态。

他一下子羞惭了，站起来，坐回沙发，低下头。

"我刚才……感觉像一个吸毒成瘾的人在索要毒品……"罗迅脱口而出。

这句话还在半空中，罗迅就被自己吓了一跳，事实上，两人都震惊了，像突然看到了一个没有发现的世界。

回忆素是毒品吗?

"回忆素不是毒品，"孙艾说，"它是仍在研发、尚未完全成熟的一种保健品。"

罗迅低下头："那咱们该怎么办呢？"

孙艾凝神想了想，说："要不然，我带你去见见小野新平先生？"

一个下午，孙艾和罗迅驱车横穿城市，一开始，罗迅还能辨别出城市中心大道、四环、外环高速这样的路，渐渐地，他就完全认不出路了。孙艾把车开得很慢，他们经过一些时窄时宽的道路，车窗外的两旁时而是挂着广告牌的低矮房屋，时而是成排的树木，在罗迅眼里犹如闪烁而不真实的幻影。终于，他们抵达一个地下车库入口，孙艾对罗迅微笑了一下，将车缓缓导入通道。

这确实是一个地下车库，但孙艾并没有寻找车位停车，在开过了一片空旷之地后，是一条狭长弯曲的地下走廊。两旁墙壁是淡蓝色的，涂画着一些他认识和不认识的图案。

罗迅有一种错觉，像是进入了一个山寨的海底世界。

车子在一堵看不出来的门前停下了，看不出来是因为门的颜色和形状完全融合在墙体里，唯一的识别处是这个地方突然开阔，有几个停车位。

孙艾和罗迅并排走去，门自动开了。

不待罗迅发出疑问，孙艾说："人脸识别技术，我的资料在这里有存储。"

门后的空间仍然是狭长的，但比刚才开车经过的走廊开阔很多，两旁像寻常写字楼里一样，有许多工位和电脑，但没有一个人。

"现在是集体休假时间，他们的作息规律跟常人不同。"孙艾边走边说。

在狭长空间的尽头，是巨大的金属墙壁，孙艾没有停步，隐藏的金属门向两侧徐徐拉开。

展现在罗迅面前的，是一面巨大的“电视墙”。满墙的屏幕又不像普通的电视显示器，有着独特的尺寸和形状，从低到高，或明或暗，闪烁着各种图像。那些图像大部分是一些奇怪的线条和形状，罗迅看不懂，但也有能看懂的，是一些化学元素特征的动画展示，以及一些实验数据、公式变换之类。

罗迅觉得，那些屏幕犹如一只只眼睛，瞪视着他。在这整整一面瞪视着他的墙面上，有一处空白的凹陷深入墙体。

凹陷处放着一把椅子。

“我们在这里等待小野新平先生？”

“不用等了，这就是小野先生。”孙艾指着巨大的电视墙。

罗迅转过脸，看着孙艾，像看着一个陌生人。

孙艾微微一笑：“我不是开玩笑，小野新平是一个代号，代表着这个系统。”

“这是一个什么系统？”罗迅仍然觉得那些屏幕像在瞪视着自己。

“头脑保养系统，”孙艾说，“这是顶配，专门针对专业人士。”

针对专业人士是什么意思呢？罗迅扫视着那些闪烁着各类图形的屏幕，在一些变幻的曲线和化学公式面前，像是悟到了什么，又不能完全肯定。

孙艾说：“你既然来了，就试一试吧。”

不需孙艾示意，罗迅就知道，此时应当走上前去，坐在那把椅子上，戴上挂在一侧的金属头盔。坐定后，他问道："怎么这里一个人没有，你就这样……这样带着我进来了？"

孙艾沉凝了一刻，说："该有人的时候就有人了。"

罗迅不再迟疑，坐了下来。这样，他就不再看整面屏幕墙，而是面向孙艾，面向她身后已经关合的金属门，面向金属门外他们一路走来的狭长空间。

4

不知道何时孙艾手里多了一个黑色的匣子，像是一个遥控器，她一边摆弄一边说："如果闭上眼睛，效果会更好。"

罗迅闭上了眼睛，感觉到显然已经通电的头盔稍稍升高的温度，除此之外一片安静，当下并没有什么反应。

渐渐地，他有了类似乘坐飞机的感觉，似乎身体被带动着，缓缓向前滑行，他下意识地把手伸向腹部，是习惯性地去检查安全带，发现确实有一个带扣，不知何时已经自动地扣在了身体上。他的滑行感其实是椅子渐渐地升高，变换角度，转换成比较舒适的半躺姿势。

移动戛然而止，一切重新静止下来，周围像是更加安静了，仿佛连孙艾都不存在了。罗迅忍不住想睁眼看看，又觉得应该坚持一下，就继续保持闭眼等待的姿态。

一股新的陌生感出现了，不是来自外界，而是发生在体内。

这其实是一种既陌生又熟悉的感觉，罗迅并没有任何动作，嘴里却像有一颗东西，那东西也没有经过他的主动动作，自动被吞咽了下去。他能清晰地感觉到那东西顺着咽喉、食道，抵达了胃部，在胃部，那东西静止下来，像是享受着温润的泡浴环境，静待着缓缓被融化。

“回忆素。”罗迅下意识地喃喃道，他仍然微闭着双眼。

这确实是回忆素入口并被吞咽的感觉，在并无真实药丸的情形下，罗迅获得逼真的体验。这体验是从何而来的，他此刻也不想细究。他身体上的每个毛孔都打开了，本能地期待着回忆素的效应。

果然，这种并非实物的回忆素发挥了同样的效应。罗迅没有睁眼，眼前却格外明亮了起来。实际上，他“看”得比任何时候都清楚，那些淡薄了的记忆，像影像图片一般，清晰地陈列在他面前，他犹如在图书馆资料室里面对着一份份检索分明的图书资料，可以随便取阅，更像对着无数频道的影像图片，可以随便观察，而这些内容都是他曾经的记忆，其中最让他觉得宝贵的，是他的所有专业记忆，他接触和钻研过的每一本教科书，每一次试验，各种试剂溶合……那些有时让他沉浸其中，有时也让他疲惫和厌烦的专业内容，此刻环绕在周围，让他通体透明。

这是最美妙的感觉。

“好是没有终点的，还可以更好的。”

这是孙艾的声音，此时在罗迅听来，却是陌生的。他知道孙艾就站在他对面，却像听到来自遥远天际的回音。在她的话语里有一种情感的暗示，使他仍然闭着双眼，期待着再发生一些什么。

再发生的事情，真的是罗迅以前所没有体验过的，是超出回忆素曾经提供过的体验。

罗迅眼前那些“影像”和“资料”，那些原本属于他记忆的事情，像调换正反面一般，又像转换频道一般，纷纷退隐不见了，换上了新的内容。这些新的内容一出现，就在罗迅胸口引起一道无声的惊叹。

那都不是罗迅自己的记忆内容。

那都是跟他的化学专业相关的各类内容。

在庞杂又罗列清楚的影像、资料和数据里，罗迅辨识出了从经典化学家门捷列夫到刚刚故去的钱良毅的种种化学专业成果，不只是成果，还包括过程，每种演算，每种试验的精细分析，成功和失败的原因，最终得出的结论每一丝每一缕的细节，所有这些成果在实践运用中的具体方法，环节，乃至带来的科学和社会效应……

这是关于这一学科几乎所有的现有成果，它的内容是几何级数的，电脑识别运算都旷日持久，一个像罗迅这样的普通专业人士，就算有几十次生命也不可能全数掌握。

可现在，它们都清晰和一眼见底地环绕在罗迅四周，唾手可得。罗迅忍不住将其中的几项内容像摘果子一样摘了下来，进行起以前艰难万分而此刻清晰易辨的运算。

“天才，就是站在前人成果的肩膀上，”孙艾的声音像从遥远的天际传来，“但前人的肩膀太多太辽阔了，以前不可能都站上去，现在，真的可以了。”

5

朱警官又收到了一条短信，他举起手机看了一眼，不以为意地放下了。

他知道，如果其他人看到短信内容，是不会像他一般若无其事的。

短信内容是：“钱良毅教授确实是被谋杀的，是情杀，请相信我，不要放过罪犯。”

在经过一定的处理取证后，钱良毅的遗体已经被火化，已经按病故结案了。或者说，虽然朱警官在其中有一些调查，警方根本没有公开介入此事，表面上完全就是正常病故。家属和学校方面也不希望钱教授的身后声名涉入任何谋杀之类的流言，这对于一个世界级的大科学家并非什么有益之事。

“就是呀，就此结束，一切太平无事就好了，干吗还揪住不放呢？”朱警官不由得暗暗嘟囔，不知是自言自语，还是说给并不在眼前的发短信的人。

“乖乖，我抽到了一张赠票。”一个年轻的警察大呼小叫起来，马上引来数人感叹，“真的呀，天哪，你小子最近好事连连，这不行……”

年轻的警察叫郝涛，以前是协警，刚刚转正。他在外面的大厅里和数名警员叽叽喳喳，朱警官本来待在侧面的一间小办公室里，闻声推开了门："吵什么吵，什么票？"

郝涛抬头："朱队，原来你在呀，我以为里面没人呢……是皇马又来访华了，我在网上抽奖得了一张票，这帮土匪，现在想抢我的。"

"对，就是土匪，"几个年轻警察哄笑着，"看看，还是VIP包厢的票，凭什么呀，不成，得劫富济贫……"

朱警官向前走了几步："皇马经常来呀，每一次都很火爆。"

"这次更是大火，主要因为苏卡容。"

"苏卡容啊。"朱警官有时候也喜欢看看足球转播和体育报道，对这个名字不陌生，因为他最近被体育媒体频繁提及。

"是啊，现在他被称为亚洲之光了，谁能想到，一个泰国球员，一年前差点被逼退役，结果像是突然开了窍，短短时间里连续转会，现在成为皇马头号球星……"年轻的警察球迷念起球经来，滔滔不绝。

"是，这人确实挺牛。"朱警官应了一句，若有所思。

"我说朱队，难道你也是球迷？伪球迷吧。"

"我还伪娘呢，"朱警官说着，关上小办公室的门，"你们声音小点儿，我这个老年人嫌吵。"

坐回办公桌前，朱警官抓起了手机，盯着那条短信。

这样的内容不是第一次发来了，每次的号码都不一样，也都迅速废弃。当然，朱警官也没有马上布置警力用定位技术寻找来源，此前，他也基本没有理会过。

这一次，他想回应得多一点儿。

“我能和你面谈一次吗？”

对方很可能不会回应了，也可能已经废弃了这个号码，这都在预料之内。

但预料总是还有另一种方向，事实也会有不同的方向。

回信不到两分钟就过来了：“不可以，我不能让你们知道我是谁，因为危险。”

“什么样的危险呢？”

“已经出了人命啊，难道还不清楚吗？”

朱警官决定换一个方向询问。

“那究竟是谁因情杀了钱教授？”

“在男女关系中受害的人。”

“是不是罗迅？”朱警官腻烦了兜圈子。

对方不作答了，你来我往的短信对话戛然而止。朱警官耐心等待，许久等不来回音，就再次发信询问“是不是”，这时回信又是电信部门自动发来：“没有这个电话号码。”

这也是预料之内，朱警官想，能够这么高效地使用废弃号码，当然是一个技术专业人士了。他把手机放在桌上，放弃了继续沟通的打算。

但手机却响了起来。

“朱警官，你还记得我吗？”对方的声音里有尽量克制下的平静，事实上在微微地喘息。

朱警官想了想，答道：“声音很熟，也许咱们认识吧。”

对方犹豫了一下，有些低沉地说：“我是罗迅，M大学的教师。如果您还能记得我，我希望能马上见您一面。”

“不记得也可以见。”朱警官丢不下什么场合都贫嘴一下的恶习。

下午，罗迅一个人坐在茶馆最角落的地方，埋首桌前。最近他看上去风平浪静，实则经历了精神世界里的波涛汹涌。他不知道有没有第三个人能真正了解到这一切。

说是第三个人，因为有第二个人，就是妻子孙艾。

与罗迅有关的事情，没有孙艾不了解的。

罗迅觉得身边有一种异样的沉重气息，抬起头，一个中年男子站立身前。

他慌忙起身招呼：“朱警官，您到了。”

“我早到了，”身着便装夹克的朱警官背着光，在罗迅眼里形成不可名状的压力，“看着你好像需要自己待一会儿，就先不打扰，按点儿过来的。”

朱警官不愧为专业刑侦人员，在这个并无什么遮蔽物的开阔地带，他在附近观察，罗迅竟毫无所觉。

但罗迅的心思不在这些环节上，他忧心忡忡地重新坐下来：

“朱警官，百忙之中打扰您了。”

“不必客套，你直说吧。”从对方的神色里，朱警官看出了急切的心理，类似的神色在他眼里并不少见。

罗迅低下头，压低有些急促的声音：“有人要诬陷我。”

朱警官长舒了一口气，有些失望。他料到了是这件事情，但又觉得这个青年教师应该还有什么更动人的秘密，是他更期望听到的，也是他作为一个警察更应该得知的，具体是什么，他不知道。此刻，他还是得拿出应有的警方姿态来。

“是谁，诬陷你什么？”

罗迅仍然有些犹豫，但这个警察有着一种不容分说的力量，使他不得不直奔主题。

“莫晓晓，我校的图书管理员，她要诬陷我，说钱良毅教授是我谋害的。”

四、谋杀

1

在罗迅的低语声里，朱警官的眉毛挑动了一下，算是稍露出了一点点讶异：“是吗，你怎么知道呢？”

“朱警官，最近她有没有找您，跟您讲过什么类似的话？”

“没有，她没有找过我。”

“那么，她有没有发给过您微信、短信之类的，讲过类似的话？”

朱警官沉吟了一下，答道：“我每天收到各种短信，各类真假举报信息多得不得了，大多是匿名的。”

罗迅露出急切的神情：“朱警官，莫晓晓诬陷我是有原因的，她恨我和我们家……”

“现在她没有什么举动，起码没有明显的举动，关于钱教授的死亡，我没有收到有名有姓的告发。”

有时候，朱警官会特别注意措辞的严谨。

“是的，是的……”罗迅低下头，又过度使劲地扬起，“但她一定会的，而且她会有一些理由……不管她有没有做什么，我都算提前反映情况。不管你作为一个警察能信任我到什么程度，我要说，我没有谋害钱教授，我也从不怀疑我的妻子跟他有什么瓜葛，我们很相爱……”

他终于说出了关键，这很难得，虽然没有什么用，朱警官一边思索，一边安慰对方。

“请放心，要打官腔的话，我就告诉你，警方不会放过一个坏人，也不会冤枉一个好人。作为一个老警察，我只想说，如果你没做过，为什么要自己吓自己呢？”

朱警官目送着罗迅离开，他知道，这个青年教师的惶恐有更深层次的理由，仅仅揣测可能被诬陷，不至于如此。这个样子有两种可能的情况，第一种，他是无辜的，但“诬陷者”掌握了他的一些什么事情，让他不安。第二种，他就是凶手。

罗迅会是哪一种？

罗迅都不敢确认自己是哪一种了，最近发生的事情是神奇的，也是令人忧心的，如果不是令人恐惧的话。

在孙艾带他前往那个地下空间，坐上那个被称为“小野新平”的奇怪屏幕墙后，他陷入了一种狂喜，那是前所未有的时刻，在那一刻，他这个普通化学老师瞬间顿悟，当今世界化学最高峰近在眼前，触手可及。

那是难以描述的境界。一个人毕生所学有一定限度，最伟大的天才也是血肉之躯，不可能将所有专业知识一网打尽。但待在那个地方，罗迅似乎直接掌握了历世化学家积累下的成果，那些内容条理分明地堆积在他的“眼前”，供他挑选使用，供他运算，同时出现在他的脑中。

当然，那些内容对一个外行是毫无意义的，在外行眼里，无穷的公式和实验数据完全是天书。但罗迅是一个化学专业人士，他眼里的世界本就有另一种视角。在那些财富面前，资质平平的他一瞬间达成了此生本来无望的飞跃。

孙艾说：“现在你明白，在这个年代，天才是可以制造的，但不是每个人都有被制造的机缘。”

是的，罗迅感到幸运，因为他不仅认识她，她还是他的妻子。

但是，这可以确定是一种幸运吗？

当罗迅在那把椅子上睁开眼睛时，一切更奇妙了，他又一次具有双重视力，他面前的——其实是脑中的——那个化学世界仍然清晰分明，同时，他又重返了真实的世界。孙艾的脸上挂着会意的笑容，她还是那副让他多少年褪不去心动的样子。

“回忆素其实只是一种辅助药物，”孙艾说，“小野新平系统是一个专业能力升级系统，运用电磁波和虚拟数据流，将数据直接输入专业人士大脑，让他的专业能力几何级地增加，直至成为伟大的天才。”

罗迅缓缓摘下头盔。此刻，那头盔在他手里犹如神器。他起身时，没有寻常久坐和久卧那种软弱和晕眩，而是一身轻松，那个被这“神器”召唤来的世界仍然伴随着他，并未散去。这是一种美妙到极致的体验，美妙到让人害怕。

“专业能力升级系统？”

“小野新平是一个代号，”孙艾说，“这个命名是为了不张扬，为什么叫这个，我也不清楚，可能是为了纪念什么人吧。”

罗迅转过身，墙上的屏幕大多隐灭了，他猜想到，刚才孙艾通过这些屏幕，看到了他一一“看到”的那些景象。至于屏幕上显示了多少，她能看懂些什么，此时他并不清楚。

他不禁赞叹道：“真像是魔术。”

“魔术都是建立在科技进步的基础上，咱们理工科的，该更明白。”

离开那个座位时，那个已经被赋予的世界仍然清晰可辨地伴随着罗迅。他小心翼翼地尝试着向外走去。宏伟清晰的化学大厦仍在，并没有在他离开“小野新平”时就消逝掉。这时他可以确认，这个世界是由系统赋予的，但并非始终与这个系统连通才能拥有。

孙艾说：“小野新平不是一个即时连通的显示系统，而是让数据信息输入并持续储存在被升级的‘潜天才’脑中，成为他本人记忆的有机组成部分。只有这样，才能让潜天才真正成为专业天才。”

潜天才！

罗迅第一次听到这个新鲜的词语。从字面的意思可以大致理解，潜在的天才就是尚未成形的天才，经过小野系统的“升级”，可以成为真正的天才。

罗迅已经被视作一个潜天才了吗？

这样的好奇心不是首要的，还有更紧迫的事实需要了解。

“你什么时候跟小野新平……什么时候接触了这个系统？”罗迅尽量保持平静，声音里弥漫着沉郁的气息。

这是疑问里最简单直接的一个，却不是唯一的。

小野新平是谁研制的？或者说，是哪个机构研发的？如此复杂尖精的技术系统无法靠个人能力完成。为什么孙艾会掌握这个系统，并将其使用在自己身上？这个系统目前还在什么人身上发挥过作用，这些作用跟孙艾有何关系……还有最关键的问题，他不会说出来，就是在心里默念，也要用想象中最低的声音。

孙艾，我的妻子，我从小一起长大的伴侣，我怎么有些不认识、不了解你了？不知道你究竟是什么人了，你到底是谁？

孙艾侧过身体，那泛着光晕的侧影，是他在漫漫时光里最熟悉的，她眼睛里的神色也是他最熟悉的，她开口说话的声音，具有在任何时候让他平静下来的力量：“我知道你在想什么。我还是我，是你老婆，从来没变过。”

2

孙艾说，她是通过业务往来接触到小野新平这家公司的，渐渐地，她赢得了对方信任，现在对方正在挖墙脚，期望她能够跳槽任职。她出于对原公司的责任，没有马上应允，只表示两年之后可以重新考虑。

“对方是一家日资公司吧？”

孙艾偏过头，像他常见的那样笑了一下。

“罗迅，从小到大，我们之间有没有百分之百的信任？”

罗迅停顿了一下，停顿不代表丝毫的犹疑，而是加重语气：“当然。”

“那么，你能不能理解，或者接受，即便百分之百信任的人之间，也有必须保留的事情？”孙艾的眼睛眨动了一下，泛出一点儿无奈又美丽的光。

罗迅抓到了孙艾给出的方向，有释然后的放松，也有淡淡的失落。

这个所谓的专业能力升级系统，无论是不是有个“小野新平”这样的怪名字，也是一个势必改变人类的成果。这样的超级发明，很难没有国家或超大机构以及国际合作的影子，一定涉及一些机密、保密之类的事情。这个系统，以及与之相关的背景和现状是什么，孙艾如何涉入其中，这些事情都是重要的，也极可能因为重要而作为机密、秘密，不能公之于众，不管是国家机密还是商业秘密。

孙艾说：“所以……所以，已经在你身上发生的事情，不可以再告诉任何一个人。”

这是一句强调的话，孙艾是放心的。罗迅本就是一个缄默的人，在使用回忆素的阶段，他就在无须叮嘱的情形下，没有向其他人吐露一个字。

但他还是有一个问题，只为自己。

“为什么是我？”

这个系统具有可以让凡人变成神人的强大功能，这个功能现阶段显然不可能随便使用在哪一个人身上，罗迅得以“享受”，难道只是因为他是孙艾的丈夫，孙艾有私心吗？

孙艾抬起头，眼睛里闪烁着某种热情：“超级系统目前处于实验阶段，在全球寻找合适的志愿者，我……我对这个系统有信心，就报了名，结果你被系统选中了，这是系统选择的结果，当然，也有我的关系……”

罗迅迅速抓住了一个词语。

“超级系统，这才是中文学名吧。”

像小两口间戳破了一个半开玩笑的小秘密，孙艾无奈地笑了，表明首肯。

系统的英文学名是“super-system”，“super”的中文谐音接近于“小野新平”，又像一个日本名字，这是几种语言间的转换。

小野新平是用来遮掩真相、保持低调的代号，并不意味着系统出自日资公司。

在犹疑和狂喜的夹杂中，罗迅开始了一个新阶段的生活，一切都跟以前不一样了。

当他作为一个大学讲师登上讲台时，他身后和眼前都围绕着一个学生们看不见的世界，他可以在那个世界里将种种他以前未及学习消化的内容信手拈来，在课堂上宣导。

当他进行一些科学实验和理论分析时，那个世界仍然在周围，他可以像一个将军一般调兵遣将，随便撷取自己的所需，以前困难重重的研究，如今像简单算术一般迎刃而解。在学术上，罗迅一直期望达到的境界，是融会贯通，那是从前可望而不可即的事情，现在，却轻松得像孩童的游戏。他觉得，即便是二十一世纪的四个化学难题，解决起来似乎也不是特别难。

罗迅成了世界上最幸福的人。

然而，这样的幸福却并非始终如一，毫不褪色。

大约半个月，围绕在罗迅周围的化学世界变得模糊了，不像一开始那样清晰了，那些公式、数据，那些五颜六色的试剂、元素表、结构模型，逐渐黯淡下去，不再那么容易辨认。罗迅想要方便地拿为己用，也不那么容易了。

几天时间里，这个化学大厦不是突然崩塌的，而是渐渐退隐，先是模糊、褪色，接着是加剧的模糊、褪色，直到了无踪影。

罗迅伸出手，想抓住那些东西，却抓住了空无一物的空气。罗迅大声呼喊“等一等，不要离我而去”，但那座大厦是无言，也是决绝的，一点点完全消失了。

罗迅又被打回了原形，他又只是一个平凡的化学老师了，那巅峰般的幸福失去了，他颓丧地回到原来的普通生活。

这样过山车般的经历不是第一次，当使用回忆素的时候，他就历经这种失而复得，得而复失的轮回。

只是这一次，幸福是几何级数的增大，痛苦和失落也就更巨大。

罗迅的挣扎和呼喊像那座大厦一般，存在于精神世界，在外表上，他是平静克制的，虽然有着难以抹去的阴郁。

这阴郁瞒不过孙艾的眼睛，事实上也在她预料之内，罗迅不吭声，只默默地忍受着，在她的面前话很少，也不流露出过多痛苦。

孙艾为他倒了一杯水，提醒他嘴唇都干裂了，还为他抹了一点唇膏。孙艾叹气说最近太忙了，没有顾到他。孙艾说："那个东西，没有了，是吧？"

"那个东西"指代什么，在两人之间无须确认。

罗迅简单地答道："是的。"两个字之间，有牙齿紧紧咬动的痕迹。

"这是正常的，"孙艾说，"没有一种升级保养系统可以一次性一劳永逸，小野新平也一样，你……还需要继续疗程治疗。"

疗程。罗迅在这个词语的启发下，像是更明白了此事的性质，明白了自己的角色和命运所系。

"明天下午，咱们再去会见小野先生。"孙艾说着，为罗迅整理了一下额角的头发。

3

罗迅又恢复了狂喜般的幸福，又成了无与伦比的化学天才。

罗迅知道，这仍然是转瞬即逝的，如果要维持，就得持续疗程。

孙艾凝思许久，像下了很大的决心，拿出一张纸，上面打印着一份文件。

这是一份自愿充当志愿者，严守保密原则的协议。

孙艾说“到了这个地步，系统正式将你纳为潜天才，将通过一定的疗程将你升级为真正的专业天才，我现在成为你的辅导员。这一系列的安排，需要你按照这份协议，严格保密。”

保密对罗迅不成问题，匆匆签字后，他追问道：“多少次治疗才能完成一个疗程？需要多少个疗程，才能不再进行“保养升级”，还是……还是需要永远进行下去？”

孙艾微微摇头：“不知道，现在处于实验阶段，你和其他志愿者都在被摸索的过程。从理论上讲，有的人可能进行数次，就掌握了所有信息，完成了成为行业天才的过程，有的人可能需要多次，或者，需要一直……”

罗迅知道，在短时间里，他离不开这位小野新平先生了，平均一月一次的“保养升级”将持续下去。

罗迅也明了，每次孙艾带他前去“拜会小野先生”时，整个空间里空无一人，也是一种刻意的安排了。这个机构是神秘的，但再神秘，也神秘不过发生在罗迅身上的事情。

第二次“保养”之后，罗迅周围恢复了那幢活灵活现的化学大厦，也增加了一些第一次所没有的内容，让他感觉到奇特的压力。

那究竟是什么，他一下子说不清楚。

晚上，他做了一个奇怪的梦。一个模糊的人在他前面走路，他觉得那个人很熟，又一直看不清，就在他身后跟随着，从跟随变成了奔跑、追赶。那个人突然站住了，转过身来，他一看，是钱良毅教授。

在梦里，罗迅并不知道钱良毅已经死去，他奇怪地问道："钱教授，你跑什么？"

"不跑怎么行，"钱良毅理直气壮地答道，"难道等你杀了我吗？告诉你我是冤枉的，但你不还是要杀我吗？"

罗迅醒了过来，这个梦还不算恐怖，但让他有微微的心悸。

钱良毅已经死去，当然不是他罗迅杀死的，已经有了结论。

带着这样一点点阴影，罗迅依然是幸福的，幸福地穿梭在家、教学楼和实验室之间。一切在外表上都没有变化，一切在他眼里被涂上一层难言的色彩。这是现实世界，可俨然也成天国。他已经由一个凡人变得伟岸——精神世界的伟岸。

可天国也会有乌云飘来。

远远地，罗迅看到了那一朵乌云，下意识地想躲避，可又觉得他理直气壮，没有躲避的必要。如果他已经踏在伟大的道路上，难道连这样一点小阴影都害怕吗？

罗迅堂堂正正地迎上去，从容地微笑打招呼。

莫晓晓停下脚步，淡淡一笑："罗迅，你终于看清了，虽然有点儿晚，但还不算太晚。"

看清了什么？

莫晓晓说："虽然那个女人不值得，但为了维护男子汉的尊严，宁为玉碎，这就是我喜欢的你。你杀了那个人，在我眼里不算犯罪。"

“我杀了谁？”罗迅猛然间大喝一声，声音大到连他自己都意外，路旁树上的几只麻雀被惊飞了。

这是一个闷热的午后，整个校园沉浸在午休的氛围里，人迹稀少，林荫道上，两个人都显得孤零零的。

莫晓晓不像往日，一见到罗迅就有微微的歇斯底里。这一次，她是从容大度的，隐隐有孙艾的影子。她侧转身，不慌不忙地离去。

罗迅追上前去，在她身后追问：“你把话说清楚，我究竟杀了谁？”

莫晓晓回过头，轻描淡写地说：“杀掉侮辱自己的人，不管他是不是什么大人物，这是一个男人该有的本色，我支持你。

麻雀重新飞回了树梢，同来的还有几只鸽子，缓缓地落在了地上。莫晓晓走远了，罗迅一个人呆站着，不觉之间，脑门上的汗滴落在地上。

我绝没有杀过人，更没有谋杀钱教授，我也没有动机，因为我相信孙艾是一个忠实的好妻子，我相信我们的爱情。

但是，为什么他心跳在加速，在惶惶不安？

罗迅努力将这种被“突袭”后的不安甩在身后，重新投入那个让他幸福和着迷的世界中去。他热爱化学，但本来在这个领域没有过多天赋，只能努力地当作一份职业。现在，他找到了沉浸其中的感觉，在那里，他可以忘掉一些不想记住的事情。

但是，那个世界又一次渐渐隐退了，在罗迅的无声呼唤里，从模糊褪色，到销声匿迹。

罗迅知道，又到了“拜会小野新平先生”的时候了。

这个过程一定是顺利的，因为有孙艾，虽然罗迅不知道还要多久，进行多少次“保养升级”，才能永久地保留住那个世界，但他已经习惯了拥有那个世界，习惯了前所未有的飞翔状态。

“不要担心，”孙艾说，“我对小野先生有信心。”

在第三次保养升级之后，罗迅觉得那个令他欣喜的世界更加清晰，不仅在眼前栩栩如生，而且像是逐渐从眼前有距离的存在，蔓延过来，包围着他，渗入了他的肌体，这样的渗入是让他满意和激动的，他觉得，那些知识和远超知识以上的能力正在变成他自己的骨头和肌肉。他真的在成为一个伟大的化学家。

现在，罗迅不仅可以像翻动书籍一般，一册册地查看那些内容，还像运用自己的肌肉一般，如臂使指地运用那个世界。罗迅一层层地翻动着，使用着，像一个国王。

在这个立体世界的某一层深处，罗迅走到了一扇像封面一样的门前，那确实像一本书，有鲜明的标题——《分子与超分子结构和性能定量关系的确定》，这是一个普通人难明其意但罗迅深知其中滋味的内容，下面署着一个普通人一眼就能识别的姓名——钱良毅。

罗迅激动地走了进去，在门后的世界里，他感到一阵狂喜。这个专题早早被学界定为二十一世纪四大化学难题之一，钱良毅能够成名，就是因为这项成果，他也因此被视为诺贝尔化学奖最有希望的候选人。

现在罗迅走了进去。

罗迅心跳的怦怦声像是在体外响起，钱良毅教授的毕生心血，不但尽数罗列于眼前，而且正以一种奇异的方式渗透于他的头脑和身体里，他不费吹灰之力，就掌握了这高峰上的成果，成为一个至少与钱比肩的化学奇才。

“你这样有抄袭的嫌疑，但我不怪你了。”不知何时，钱良毅站在了身后。

4

罗迅吓了一跳。

这间屋子确实属于钱良毅，但是是存在于他精神世界里虚幻的屋子，其中只有化学专业内容，不可能有真正的活人，已故的钱教授本人怎么会在这里？他现在是以什么形态存在呢，是气体吗？是影像吗？

钱良毅的确在眼前，栩栩如生。钱教授说：“这是我的一切，你要拿一次拿去好了，反正对我已经没用了。”

罗迅一时语无伦次：“钱教授，你……你是一个大科学家，是天才，我哪儿能赶上你，一辈子都赶不上。”

钱良毅冷笑一声：“天才，哼哼，我从小就相信一句话，好像是爱迪生说的吧，天才是百分之九十九的汗水加上百分之一的灵感，现在我知道，那是过去，是大数据时代之前的事情了。在今天，天才，就是百分之一的汗水加上百分之九十九的复制粘贴。”

罗迅如遭电击，蓦地像被点出了他本不知的要害。

“现在，你来到我的这个世界，把这一切复制粘贴到你的头脑里，你就马上成了我，比我更厉害，拿去吧，我不怪你，科学世界其实跟社会一样，从来都是残酷而无序的，胜者是不受批评的。”

罗迅觉得喉管里像被塞上重物，想说话却难以发出声音。

钱良毅的神色和蔼起来，他处于罗迅眼前不足两米之处，却像遥望着远方一样遥望着罗迅，眼中流露悲悯的神色。

“这里的一切就全归你了，不管这算不算抢劫，”钱良毅说，“说什么天才就是站在巨人肩膀上，你不仅站在了我的肩膀上，还直接踩灭了我的生命，杀死我，老婆只是一个借口吧？”

“钱教授，我没有杀死你。”在钱良毅推门而去的背影里，罗迅喊出声来，却不能让那个背影回头。

罗迅回到了现实世界，但那个世界仍然没有隐去，只是其中没有了钱良毅。那个世界已经被他随时携带。拥有那个世界，他是幸福的天才。

他得到的仅仅是幸福吗？

他在夜晚的街道上行走，突然间，莫晓晓从天而降，像幽灵般站立在他的面前。

跟前两天在校园林荫道上相比，莫晓晓完全变了一个样子，头发变得凌乱了，眼睛里露出了一缕轻蔑的光：“罗迅，你要到什么时候才醒悟？”

“醒悟，什么是醒悟？”

“罗迅，不要以为你杀了钱良毅，没人知道，如果你现在及时醒悟，按我说的做，你还有救……”

“我没有杀他。”罗迅想发出怒吼，但不知怎么了，听上去却像是哀求。

莫晓晓突然凶狠万分：“如果你不跟我在一起，你就会变得粉碎，像这样。”说着，她的双手舞动起来，瞬间，周围的一切像玻璃一般纷纷碎裂，那其中有周围的现实世界，也有只属于罗迅的化学世界。一切发出爆炸般毁灭的声响，接下来狂风大作，天空像出现了旋涡，罗迅觉得自己的身体也被吸附而去，天地间充斥着莫晓晓凄厉的笑声。

罗迅终于醒了过来，身体里，刚才那个噩梦留下的紧张感真实无比。孙艾正在身边甜甜地睡着，罗迅怕吵到她，小心翼翼地轻轻翻身。

不料孙艾却说话了：“你做梦了吧？”

罗迅翻过身来，孙艾仍然闭着眼睛，仍然是甜美的睡相，让罗迅忍不住轻触了一下她的脸颊。

“做梦很正常，你不要担心，应该不是小野先生的副作用。”孙艾仍然闭着眼睛。

罗迅沉默半晌，叹气道：“提到一个老话题，你可能不爱听。”

“什么老话题？”

“这么多年了，咱们什么时候……什么时候能摆脱莫晓晓呢？”

孙艾一下子睁开眼，还半坐了起来：“你又怎么了，晓晓最近又做过什么？”

“没做过什么，但难道她不是一直在想着做什么？……我总觉得她正在准备做什么。”

“罗迅，”孙艾语气沉重，“我知道晓晓对咱们有困扰，可这么多年过来，她其实没有别的亲人，咱们其实是她的家人，她有些讨厌但没有什么大害，我们把她带到这里来，就是打算一生像家人一样待她的，当初不是都商量好了吗？再说了，她冲你来，我都不在意，你怕什么？”

罗迅不作声了，他知道，讲出一些梦和现实里的事情，更会被孙艾认为是无稽的，如果包括已经死去的钱良毅，就更是如此了。

但罗迅得想法子摆脱阴影，消除恐惧，他找了曾经在钱良毅故去时调查询问过他的朱警官。

在这个中年警察的眼光下，罗迅觉得自己像是要被看透。他讲出了对莫晓晓的忧虑，虽然目前没有什么证据，莫晓晓也并没有什么举动。

罗迅知道，自己的行为在警察看来，有点儿神经质。但他目的明确，就是要把话说在前面，提前预防莫晓晓可能的举动。自然，他不能讲出太多他梦里和意识里的景象，那会被视作荒诞，他更不能讲出小野新平，那涉及他已经签署的志愿者保密协议。

那也涉及他即将创建的化学天国，不能曝光。

他离去时，仍觉得那警察的目光停留在他的脊背上，目光是疑问式的，疑问里潜藏着失望，失望的潜台词是：“你应该还有更多事情讲出来，为什么不讲？”

朱警官的确是失望的，这个年轻讲师讲出的，都在他的意料之内。意料之内的事情不会增加新的题材，要逼近一个陌生世界，没有新题材是不行的。为此，他在数天里有些沮丧。在这种心情，他连续数天里一个电话不接，反正现在打电话多是广告骚扰。

但电话却格外多，有些人还不厌其烦地拨来。他一时怒起，接过来吼了一通：“打什么打，我是警察，连我都敢招惹，不想在世上混了？”

“是朱警官吗？我叫孙艾，是M大学老师罗迅的妻子。”

5

朱警官见到孙艾的时候，原本晴空万里的城市漾起了一阵不小的风，从地面上带起了一些看得见看不见的尘泥和杂物。风摇曳着树木、栅栏和其他站立不够坚强的事物，让城市像一个开花般的旋涡。

朱警官和孙艾身处室内，隔着落地玻璃窗，他看到一片片草坪倒伏下去，又直起身子。茶水咽下去后，齿间泛起淡淡的茶香。

“这么说，你并不是来告诉我一些事实，而是讲一些你想出来的事情。”朱警官两手握在一起，翘起的拇指敲打了一下茶几。

“不能说只是我的想象，”孙艾说，“罗迅是我的先生，晓晓……莫晓晓犹如我们多年的家人。”

“所以，你是来替你的丈夫，还有你的姐妹提前辩白的，”朱警官说，“虽然她未必把你当作她的姐妹。”

“朱警官，我们有很深的渊源，是从小到大。”孙艾有些急切，几乎掉下泪来，“罗迅最近因为……因为工作压力，有些紧张，有些疑神疑鬼，加上晓晓一直就是那个样子，他可能会跟您讲些什么，千万不要当真。晓晓不是那样的人。”

“可是，假如莫晓晓真的像他说的，来指控了他，我该怎么办？”

孙艾呼吸的节奏稍稍急促：“我觉得她不大会来，如果来……那也不是一个正常状态，您也不能当真，更不要把这看作是一种诬陷……”

朱警官不由得笑了：“美女，你在给我提出一个很奇怪的要求，从来没有人向警察提出这样的要求。你又想保护你的老公，又想保护你的闺密，可你的闺密明显对你老公心存不轨……”

孙艾说：“是的，我知道我讲的这些，超出了您的职责范围。可是，世界上的事情很复杂，对我来讲，罗迅是我老公，但莫晓晓是一个不能放弃的家人，她成为今天的这个样子是有原因的，就算她有不好的地方，可谁会因为自己的亲人不好就视同陌路人呢，我仍然期望，如果她没有做什么更过分的事情，仅仅说了一些什么，您能包涵一下。”

朱警官很严肃地凝视着孙艾，看到她有些许羞涩。但她没有逃避，坚持跟他对视着。

良久，朱警官说：“你让我不要听你老公的，即便莫晓晓真的举发罗迅，既不采信，也不追究诬陷。”

“是的，”孙艾说，“我知道这有些困难……”

“你期望你的这两个……照你的话说，两个家人都得到保护？”

“是的。”

“可是，如果钱良毅真是罗迅杀死的呢？”朱警官猛然严厉起来。

“不可能，”孙艾轻轻吐出几个字，俨然对着一个最不值得一驳的谬论，“他不是那种人，也没有那个动机。”

“如果他的动机来自你呢？”

孙艾挺直了身体：“您听到那些谣言了？”

“是的，谣言，肯定是谣言，”朱警官说，“您的意思我明白，虽然有些复杂，考验我的智力水平、人生阅历，但我好歹搞懂了。”

“这件事情考验了我很多年，可能还一直会考验下去，但是，我不会放弃。”孙艾握手时，不由得使了一点劲，让朱警官感到她满满的期待。

朱警官把手机拿起来，翻出了那条无主短信——

“钱良毅是被谋杀的。”

他把玩着，仿佛要在那毫无个人色彩的电子墨迹里看出什么隐藏的事情来。这种徒劳的做法如此不着调，以至于连他自己都笑了。

他平时不大喜欢看手机，此时不知哪里来了兴致，翻看起来，又觉得上面的信息确实没有什么好看的，今天是一个信息爆炸的时代，也是一个信息垃圾泛滥的时代。

在信息和信息垃圾中，一个消息渐渐凸显出来，渐渐刷屏。

“随皇马访华的巨星苏卡容首场赛后身体不适，将缺席剩余比赛。”

“传苏卡容已在中国送院治疗。”

朱警官不是铁杆球迷，偶尔看球。一年多来，全世界的耳朵都被苏卡容这个名字灌得满满的，一个几乎被淘汰出职业界的泰国普通球员，短短时间里成了世界头号球星，是一个神话。这个世界总是需要神话的。这个人好不容易来了中国，中国球迷更希望看到这个神话，未到之际就掀起了疯狂。现在只踢了一场球就病退了，肯定有不少人失望，包括抽到门票喜不自胜的年轻同事郝涛，也一定非常失望。

运动员是伤病的常客，苏卡容得的是什么病呢？

朱警官一时来了兴致，拨打了郝涛的电话。

“朱队，是我，有事？”

“我说你这个伪球迷，球看了吗……你的偶像苏卡容怎么样了？”

话筒那边一时没了声响，朱警官以为断线了，半晌，郝涛的声音生硬地传来：“朱队，有些事情电话里不好说。”

朱警官对电话里不好说的事情马上提起了兴趣，约郝涛马上见一面。

“苏卡容死了。”郝涛摇着头，神色里有一种狂热球迷的忧伤和难以置信。

朱警官站起来，又坐下：“什么时候？”

“首场比赛之后，他没来得及离开休息室就……”

在皇马与一支中国俱乐部球队进行的表演赛当中，头号球星苏卡容在比赛进行到七十三分钟左右时，向皇马主教练示意身体不适，要求换人，下场休息。此时比赛所剩时间不长，苏卡容此前已经攻入一球。在这样的表演赛里，作为超级大牌在此时被换下是情理之中，没有谁觉得有任何异样。

然而，就在通向休息室的球员通道里，苏卡容倒下了。

队医的紧急医疗措施未能奏效，送医院急救也根本没来得及。苏卡容躺在休息室的沙发床上，瞳孔就已经散开，在众人的忙乱和无奈中逝去了。

初步的检查并未查出苏卡容的明确死因，医疗人员根据死亡过程引发的功能障碍和以前的经验，初步判定为运动负荷过大引起过劳死亡。

为了皇马和苏卡容本人的声誉和商业利益，在危机公关处理思路形成前，消息暂时封锁。所以外界只以为苏卡容病了，依据惯例通报中国的医院、警方。郝涛因为正好在球赛现场，作为警察被指派去进行了相关的取证和协调，所以提前知道消息。

五、梦游

1

朱警官素来慢悠悠的，有些不像警察。个别时候也会突然快起来，快到让郝涛跟不上他的脚步。

朱警官的语速也迅疾起来："得立即跟上面打招呼，得通报国际刑警组织，苏卡容的遗体得暂时留在中国，有关人等也暂时不能离开。"

"难道苏卡容不是突然病死的？"

朱警官转过身来，眨动眼睛："我有这么说吗？我没这么说吧？我是说，这件事情现在得暂时保密……"

郝涛的脚步仍然被朱警官带得有些乱："这件事按道理不归咱们管哪，要管也是别的部门……"

"你怕犯忌呀，那你别管了，我管，还不信了。"

郝涛有些奇怪："朱队，你什么时候成球迷了，对这事儿来这么大的劲儿？"

朱警官站住了脚："我一般在球星死了的时候，变成球迷。"

"好吧，"郝涛说，"消息是封不了几天的，马上就成大新闻了。"

苏卡容猝死的消息很快占据了全球媒体的头版，在社交网络上疯传，不相识的球迷痛哭悼念的视频广为流传。体育界和舆论界重提老话题，探讨反思职业运动员的生存状态，对球员比赛过于密集导致过劳伤病展开批评。还有一些知识分子提高舆论层次，批判商业资本和全球化对精英人才的过度开发压榨。在这些话题里，苏卡容在死后得到超出生前的人气和关注。

罗迅听到这些消息时，离事发已经有一段日子了。他本是一个竞技体育迷，对足球、围棋这些体力和头脑的运动项目素来喜爱，对苏卡容、梅西、李世石、岩本仓这些体育明星的动态也时时关注。但最近，他陷入自己难以言传的世界里，对外界有些麻木。

仍然是系办的小黄冲他嚷嚷道："没想到哇，苏卡容竟然死在中国了。"

罗迅像在睡梦中被惊醒，悻悻地答道："是……是……"

罗迅没有像以往一样，就这类话题跟小黄多聊两句，很机械地回应了一下，在系办取完邮件报刊后，就离去了。

他最近一直犹如梦游，需要分辨的事物太多，大多是别人看不到，也不足为外人道的。

不过他也总有醒来的时候，虽然反应会慢一步。

他没有在系办里多讲什么，回家后却打开了电视机，在体育新闻节目里看到苏卡容的样子。此人确实是一段时间里最红的运动员，短短的时间内成为全球偶像。苏卡容已经死去了，但在电视屏幕上，他仍然生龙活虎地跑动着，腾挪闪转着，头顶脚踢着，浑身上下闪现着巨星风采。

渐渐地，屏幕上的苏卡容变了一个样子，变成了一个似曾相识的人。

这个人的一举一动牵着他的心，既万分熟悉，又稍显陌生。他使劲思考着这个人是谁，脑子却像短路一般，想不出来。他觉得这个人像是时常在M大的校园里走动着，在自己的住所附近活动着。

这个人终于转过脸来，可以看到完整的正面了。罗迅仍然想不起来，却更觉熟识了。

猛然间，他恍然大悟，这正是他最熟悉又陌生的一个人——M大化学系讲师罗迅，就是他自己。

这样，他有了奇怪又稍稍让他心悸的体验，一种极难得的特殊体验——作为一个旁观者来观察自己。

他当然知道，此刻他看到的，已经不是真正的电视新闻，而是那个从结识“小野新平先生”起，他所能看到的另一个世界。不同于人人看到的现实世界，那是个只有他能看到的世界。那个世界里本来只有化学，但也会莫名蹿进一些其他内容，一些人和事。最近，在经历了又一次“保养升级，”又一次跟小野新平先生的亲密接触后，这类事情变得多了起来。

他不知道这种现象对于这个系统来讲，是否正常，也没有跟孙艾提起，一切还不清晰，究竟是系统带来的信息内容，还是他自己由于压力和紧张产生的幻象，还无法分辨。

但此刻，幻象是如此真切。

他看到自己在走动，他确实经常这样在林荫道上走动，不用分清是哪一次。

不过这仍然是具体的一次，他前往系办公室，领取教职员工们的“劳保”。劳保是单位的一种福利，其中包括手套毛巾牙膏牙刷洗发水等各类生活用品，半年左右发放一次，过去是直接运到单位来，由教职员工领取。现在改了规矩，系办只发票，由教员们到超市去领取。

他记得这一次，他在系办里跟小黄打了照面，还议论了神秘棋手战胜人工智能的事情(当时岩本仓尚未现身)。之后，小黄让他领了票，在登记本上签字，又央求他帮忙：“钱良毅教授去国外开会了，干脆你帮他领了吧，不然票过期了。回头送到他办公室就行。”

罗迅爽快地答应了。这些都是不重要的事情，但留在记忆里，此刻他像看电影一般，重温一遍。

他继续看到了接下来不陌生的记忆，他拿着票到超市去领取两份劳保，还叫了出租车，因为家用轿车一般是孙艾用。他应该将钱良毅的一份劳保送到学校办公室，将另一份送回自己家里去。在他的记忆里，他确实是这么做的。

但是，此刻在他看到的影像里，他却没有这么做。

他直接回了家，带着两份劳保。

他不禁对他看到的那个“罗迅”发生了怀疑，他究竟要做什么？

他看到，罗迅——也就是他自己，回了家，关上了房门，从里面反锁，又检查了一番。之后，他拿出一份劳保，不是他自己的那份，而是上面已经贴上了“钱良毅”名字的一份。

他从中取出牙膏，小心翼翼地拧开盖帽，仔细地揭开封口的锡纸。接着，他拿出了从来没有使用过的一种工具——一支小型的注射器，又从写字桌抽屉里拿起了不知何时准备好的小玻璃瓶，抽出了其中透明的液体，仔细地顺着管口注射进牙膏中，又重新封拧上，让它在外表上完全没有被拆封过的痕迹。

“你在干什么！”罗迅怒吼着，站了起来，他是惊讶而愤怒的，又意识到，他是在对另一个自己愤怒，他看到那个罗迅做的事情，虽然那是他本人绝没有做过的。

电视屏幕上的罗迅已经消失了，重新变回了球星苏卡容，正在禁区前沿左晃右晃地漂亮盘带着。那也是过去的事情了，这个踢球的人像钱良毅一样，也离开这个世界了。

2

许久没有收到的匿名短信又来了，朱警官觉出了新鲜的味道，当然这不在于又使用新的号码，而是短信的内容更加具体。

“钱良毅是被毒杀的，表面的心肌梗死是中毒后的并发症。”

朱警官将手机拿在手里把玩了一番，回信道：“什么药剂这么厉害？”

“乌头碱，一种植物性毒药，普通人不知道如何制作。如果是一个化学讲师，完全会弄。”

“有什么证据？”

“你的同事会拿给你。”

同事会拿来？对方竟然遥控指挥自己的团队来，朱警官对这种嚣张感到好笑，再发短信，号码又消失了。

但对方没有食言。

郝涛拿来了一包东西。

“一上午就有人往公安局发快递，真是少见，不知为什么要发给我。打开后，里面又有这张字条，写着转交您。”

字条上的“转交朱海丛”五个字是打印的，无法比对出什么个人痕迹。朱警官将其弃置一旁，用戴上薄手套的手举起那张送来的薄片，放在阳光底下观看。

“什么玩意儿，脏兮兮的，看着像生活垃圾。”郝涛对这个快递很不满。

“是生活垃圾，”朱警官说，“一片牙膏皮。”

“这到底是什么意思呀？”

“你安排一下，请化验的哥们儿检查一下上面的痕迹，找高手哇，主要看看人的痕迹，另外有没有什么化学物质。”

郝涛还没走，朱警官已经摘下了薄手套，将手洗了又洗，犹豫了一下，又用纸巾捏着手套扔进了垃圾桶。

“朱队，你怎么一副疑神疑鬼、胆小怕事的模样？”

“小心驶得万年船。”朱警官悻悻地搓着手，像在无水的情形下继续做着洗手的动作。

“那我先去了。”

“等等，”朱警官叫停道，“还有件事情，那个皇马的苏卡容，现在第几天了？”

“我正想跟你讲呢，这可真够犯愁的，快一个星期了，按国际惯例，最多十五天，这么一大帮人呢，人家还要备战下个赛季，没法子一直扣在中国。可咱们……咱们光是扣着，又什么都不做。”郝涛面露愁容，语气里有着对上司的微微抱怨。

朱警官掰着手指头算着：“十五天，那还有六天多呢，时间够了。”

“够把事情查清楚？”

“够去一趟日本的了。”

“什么，去日本干什么？”

“旅游哇，我休个假，你跟我一起去吧，没准能找个东洋姑娘当老婆。”

“朱队，你不是开玩笑吧？这边多少事儿呢，堆着多少案子，扣着一大帮人，那可是皇马呀……”

真到了日本，郝涛的焦虑感消失了，在机场通往市区的干线上，他忙不迭地看着两边：“要说，还是朱队你会玩儿，来大阪这么一个城市，这次沾着你的光了。对了，咱们到了后，先去哪里呀？”

“先去一个围棋道场。”

“我没听说过你下围棋呀，乖乖，那明天呢？”

“明天去一家精神病院，晚上就回国。”

郝涛瞪大了眼睛，不敢相信这就是朱警官安排的出国旅游。在老警察淡漠的样子前，他知趣地不作声了。

朱警官的视线放在窗外，那是大片的原野，远处影影绰绰的山峦，白得不真实的云朵。朱警官看着这些景致，又像看着与这些都无关的另一些什么东西。

在大阪，在商务酒店安顿好后，朱警官真的马上前往一家围棋道场。郝涛皱着眉，不解地跟随着，看到了坐落在一片三四层楼群里的雅致建筑。朱警官按照当地礼仪跟接待的人点头鞠躬。当他发现朱警官也需要靠翻译时，不禁松了一口气。这个老警察如果还会日语，他更会觉得这个世界完全认不出了。

翻译指着一个中年男人介绍：“这是藤田君，是岩本先生的学生，也是好友。”

翻译和藤田说着什么，藤田又回应什么，翻译再用汉语转述给朱警官，这样繁杂的过程循环进行着，让郝涛的反应跟不上，好在朱警官似乎也不需要他有什么敏捷的反应。郝涛大致听出来，他们在谈论着一个叫岩本仓的棋手，那个人因为大家心知肚明又在口头上忌讳的原因，不能出现在这里。他印象最深的，是朱警官临走前提的一个问题：“围棋之外，岩本君有没有什么其他特别的嗜好，比如特别爱吃的东西？”

藤田想了想，回答说没有。岩本老师是非常自律的人，没有任何不良嗜好，整天都埋首在棋盘上。除了听说他在突然成功后，比过去多喝一些茶，可能是为了提神吧。

藤田和道场的工作人员一起感谢了来自中国的客人，谢谢他们来关心道场和岩本君的状况。翻译告诉朱警官，道场现在仍然归岩本老师所有，通过公证信托，交由国立的棋院经营。许多著名棋手都无私伸出援手，所得足够维持运作并负担岩本君的生活和治疗费用。

这个不幸的棋手让不相识的人也略感辛酸，一直没发声的郝涛不由问道：“岩本老师的家人呢？”

一个人发生变故后，所有善后都是棋友和朋友在打理，不见家人的踪迹，郝涛的疑问合乎常理。

不料，藤田、翻译和朱警官三个人一起用异样的眼光看着他，像看着一个不明世事、口无遮拦的小孩子，让郝涛有些尴尬。

翻译低下头：“岩本君的父母早已故去，他曾经有过一段婚姻，后来……后来他跟前妻美惠子完全不来往了。”

从道场出来后，走在去地铁站的路上，郝涛忍不住了：“朱队，我当你的跟屁虫，跟傻子和稻草人似的……”

“你跟空气一样，就更好啦。”

“就算是空气，到现在也憋不住了。这个下围棋的究竟是什么人呢？咱们为什么要找他？”

朱警官脚步不停，目不斜视，语气里充满了轻蔑："没知识。"

"喂喂，不带你这样的，歧视呀。"

"给你小子补补课，不关心时事还想干警察，那个下围棋下过机器人……下过人工智能，后来发了疯的。"朱警官脚步仍然一个节奏。

郝涛恍然大悟："你说那个呀，天大的新闻，我当然知道了，可我又不是围棋迷，哪里记得住日本鬼子的名字。"

"你别把自己名字忘了就好了，"朱警官首先站上地铁站滚梯，向下滑行而去，甩在身后一句话，"明天上午去精神病院，你还是当空气吧。"

精神病院!

郝涛醒悟到了一点儿什么，但不十分确定。在移动的滚梯上，他向前迈了两步，跟站在前面的朱警官拉近了距离。

3

罗迅有将近两个月没有"会晤小野新平先生"了，那个让他狂喜自由的世界又在隐退，无边的黑暗和焦虑又翻卷上来，包围着他。

但他忍耐着。

虽然有定期完成"疗程"的固定期限，但到了这个阶段，据孙艾说，一般根据"志愿者"本人的感觉和需要来确定要不要再去"保养"。

罗迅摇摇头，表示暂时不必。孙艾表示接受和认可，看着他有些黯淡的眼神，欲言又止，转身离开，把一个不大但独立的空间留给丈夫。

罗迅伸出自己的两只手，仔细地看着，觉得那似乎不是自己的手。他用那双手触摸了身体上的一些部位，他觉得整个身体都陌生起来。

他被一种没道理的怀疑包围，怀疑是荒唐的，又是深刻无比的。他自己是不是罗迅这个人呢，或者说，罗迅这个人究竟是谁呢？

那一天取劳保的过程本来是一清二楚的，他确实在小黄的招呼下，帮忙取了钱良毅的一份，确实是将钱的那一份直接送到了他的办公室，并不曾拿回家里，更不会做出那些奇怪的事情。

那么，那个奇怪影像里的罗迅究竟是不是他本人，难道有另一个自己做过不同的事情？

即便有“影像”，这种荒唐的事情也绝没有发生过，不可能发生，那个影像只存在于他本人才能看到的世界里。

但是，为什么他对自己发生了强烈动摇，长时间无法释怀？

不做亏心事，不怕鬼敲门，他明明没有做亏心事，为什么会被焦虑紧紧地抓住，快要变成一场精神危机？

他真的没做亏心事吗？

与莫晓晓那次在林荫道上的“狭路相逢”是与以前不同的，她“预言”一般地指摘他作了案，那时他还没有看到这奇怪的影像，就去找了警方，他的精神危机从那时就开始了，可那是为什么呢？

无论如何，他在现实中没有杀害过钱良毅教授，他也没有动机，因为他根本不相信那些有关钱良毅和孙艾的谣言，他百分之百地相信孙艾。

他真的百分之百地相信吗？

他当然是相信的，这无可置疑，那段荒唐的影像不是事实，现在，他无法确定那影像是不是由小野新平先生带来的，但这个可能性看来不低。他暂时不做“保养”，期望在那个他热爱的化学世界褪色时，那个他不想要的“影像”也一起消隐。

果然，那个高耸的、斑斓的化学大厦的色彩渐渐淡掉。这是一场煎熬，但罗迅要挺住。

幸好如他所愿，忍耐带来了回报，与那个化学世界一样，那个关于“劳保”的荒唐情节也一并淡了下去，越来越像一个可恶的编造情节。罗迅的心情轻松下来，有时候想起那个情节来，不禁自嘲地觉得好笑，自己怎么会幻想出这样诡异的一幕来，犹如一场荒唐的噩梦。

化学世界的褪色让他犹如失去了翅膀，由已经在空中翱翔的飞鸟重新跌落回平地。但如果要重新召唤回那个世界，也就重新召回了噩梦。

他继续忍耐。

孙艾看着他少言寡语的样子，担忧之情溢于言表，欲言又止。她大略知道，他正在精神世界里打着一场仗。

罗迅的失落感越发强烈，但摆脱了那个噩梦，也让他有所欣慰。在校园里，他一边走路一边期望找回“回忆素”出现之前的状态，做回一个风平浪静的普通人。

但原来的日子也并不完全是风平浪静的，该来的，远远地又来了。影影绰绰，轮廓分明。

罗迅像又一次看到了噩梦，赶紧转变方向，几乎是夺路而逃，避开那个人。

莫晓晓走到岔路口，停下脚步，她的身影像一具灰暗的石像一般固定下来，一动不动。罗迅不敢用正眼看她，用余光捕捉到的剪影，像是尝到了一种冰凉。他知道她在远远看着他，感觉到了她的目光像雨水一般洒在他的身上。

要不要再去向朱警官说一次呢，可是说什么呢?

莫晓晓毕竟是站住了，没有追赶上来，罗迅对此甚至是心存感激的，她总算放过了自己一次，从少年时代起，她放过自己的次数不多。

可能这是最后一次阴影的侵袭。罗迅返回家中时，心情舒畅，觉得一切都像翻开了新的一页。

神奇的化学世界消失了，荒唐的噩梦也淡去了，莫晓晓自此没有再碰到，他可以开始回到以前的普通生活了。尽管这是让人失落的，但也是有安全感的，他时时有着再次“会晤小野新平先生”的愿望，这种渴望仍在折磨着他。但他把这当作一种类似烟瘾的东西，或者更严重的，像毒瘾，即便难以忍受，为了健康的生活，也值得拿出毅力去戒除。

他不再向孙艾提及“小野先生”，奇怪的是，孙艾也绝口不提，像什么也没有发生过似的。

这是两人多年来从未出现过的情形，以前的任何话题都会开诚布公，摆在桌面上。罗迅希望这是一种新形成的默契，而不是一种隔阂。

但是，另一个只有罗迅能够看到的世界里仍然留下了一些内容。

化学大厦几乎完全消失了，其中的一间小屋却留了下来，不知是不是因为成为唯一，其存在感和鲜明感更加清晰凸显。

小屋的门上，写着《分子与超分子结构和性能定量关系的确定》，并署有主人“钱良毅”的名字。

罗迅在这个世界里已经没有其他选择，但在这里，有可能碰到的不仅仅是化学。

他犹豫了一下，推门而入。

4

狂喜再度降临，罗迅重新进入了一个神奇的世界，也再度变成一个自信的天才。

这是钱良毅毕生心血凝聚成的一个小世界，他在此解开化学领域的世纪难题。虽然只是一个题目，却作为一条线索，涉及了全人类化学领域各个层面。这样，虽然整个化学世界消失了，在这个小屋里，却又浓缩和呈现出来。

罗迅甚至发现了比之前有过之而无不及的收获，以前，由于这个世界太广阔，他四处游荡采撷，就没有把注意力过于集中在某个区域。现在，在这个小屋里，他心无旁骛，全身心地投入，发现更多让他欣喜的细节，反而也更开阔了原有的学术视野。

罗迅像进入一个奇珍异草、芳香扑鼻的花园，在这里，分子和超分子都是立体的，元素和化合作用都是彩色的，电子围绕着原子核翩翩起舞。他站立在花园里，徘徊在小径上，一切都栩栩如生，一切都触手可及。

这里的一切渐渐地都不仅是处于身外，处于观察之中，还像曾经发生过的一样，浸透融合进来，进入他的大脑心房，身体骨肉，成为他的一部分。

这一切都是他人看不见也理解不了的。罗迅心知肚明，无法为人道，也不能为人道。但他的外在改变更加明显，实验、研究和教学都更加得心应手。这个变化在众人眼中是明显的，他自己也觉得像变了一个人。

他变成一个什么人呢？

他给硕士班带课，讲着讲着，不大的教室里响起了一片掌声，犹如明星在一个公开场合演讲。一堂大课间隙，一个第三排的女生猛然哭了起来，有的同学围上去，有的转过身来，向着罗老师鼓掌。

罗迅走上前去，通过学生们让开的一条狭路，走近那个女生，一是安慰，二是询问。

女生回过头来，依然满眼泪花："您太像钱教授了，我本科的时候上过他的课……"

周围再次响起一片掌声，罗迅用笑容和挥手回应着。对于这样的"赞誉"，他似乎应该高兴，却又有说不出的别扭，还有隐隐的恐惧。

实际上，在这一段时间里，在人们的指点和耳语里，罗迅已经隐隐获知，在众人眼中，他跟当年的钱良毅越来越像，不只是学术水平突飞猛进，讲课风格亦步亦趋，连平日言谈举止，也在接近。

相由心生，当发现外界反应时，罗迅惊觉，他从内到外都在不知不觉地接近钱良毅。他的举手投足在变化，有了一些以前没有过的习惯性动作；他的视角在变化，似乎在用另一个人的眼光看世界，看问题，那个人显然不是本来的罗迅。

这时候他知道，他不知不觉换上了钱良毅的眼睛。

这是那个小屋带来的吗？那里不是纯粹的化学世界吗？

但那里有着太强烈的钱良毅的色彩、气息，那一切都在不知不觉地变成罗迅的组成部分。在那里，在化学的路途上，他循着的思路、眼光，早已经是钱良毅的了。现在，脱离了化学领域，他也在慢慢地变成钱良毅。

罗迅感到了淡淡的恐惧，又似乎很享受这种全新的感觉。在那个没有人看得见的小屋里，他游刃有余地处理着各类化学问题，他已经找到了完全等同于钱良毅的那种游刃有余。在人人能看到的现实世界里，他干脆像钱良毅一样，按某一个当时大家所熟识的钟点在校园里活动，比如每天上午十点左右会在花坛和林荫道附近散步，那个规律被称为“钱良毅时间”，比如不仅在用钱良毅的眼睛看待专业内外的问题，还不掩饰地用钱良毅的口吻去指点江山，让周围的人惊愕。有一次在众人面前，罗迅因为一个什么笑话笑了起来，他被自己的声音惊呆了，因为那清清楚楚就是钱良毅的声音。

孙艾看在眼里，仍然默不作声。有一天吃晚饭的时候，她一边把刚做好的西红柿炒蛋放在餐桌上，一边不经意地说：“最近你的变化好大呀。”

罗迅的身体里不知从何处涌出一股恶意，冷笑道：“变成现在这个样子，你是不是更喜欢呢？”

“叭嗒”一声，孙艾手里的汤匙掉在了桌子上，她惊呆了，眼神发直。

罗迅也惊呆了，他不能理解自己怎么能说出这样一句话来，更不能理解刚才为什么突然像是被恶魔控制一般，充满了没道理的怨恨。他想要解释，想表达歉疚，想要挽回，却一时语塞，不知说什么好。

“吃饭吧。”孙艾的声音轻到快听不到，却像有磁力般的准确，已经营造出温柔和谐的气氛来。

罗迅几乎掉下泪来，他又一次明了，孙艾是一个最好的妻子。

晚上，罗迅主动沟通，当然不提已经过去的芥蒂。他主动提起了最近两人都不触碰的话题：“好久没有去见小野新平先生了。”

孙艾眨动眼睛：“只要你状态好，觉得可以不去，不一定非按计划进行疗程。”

“怎么说呢，”罗迅寻找着恰当的词语，“在一段时间里我觉得还想去，可是后来，因为某种说不出来的东西还存在着，我可以在其中找到自己需要的差不多的东西，似乎不用小野先生，也能一直维持住一个非常高的水准了。”

孙艾微皱几下眉头，又舒展开来：“超级系统用在每一个专业人士身上，有不同的反应，有的要持续进行多个疗程，才能达到理想境界，有的两三次就造就一个新的天才。一切要看使用者本人的需要。你的情况稍微复杂一些，但只要你感觉良好，就可以结束或者暂时中止疗程，没有问题的。”

罗迅的心情开朗起来，又有了向妻子倾诉一切的冲动。但这种倾诉也需要一个渐进的表达，他慢慢地寻找着说法，先从轻松的角度开始，他不再介意那个敏感的名字了。

“对了，现在钱良毅教授的所有成果和他的科研过程，像电影一样在我脑子里清清楚楚，我可以随时拿来用，你说这算不算抄袭呢？”

“当然不算。”孙艾斩钉截铁地说出结论。

5

孙艾像抚摸小孩子一样，抚摸着罗迅的额头，还给他讲起了科学史。对此，罗迅绝不吃惊，孙艾尽管只读到本科，有这样的见识也毫不意外。

在科学史上，常常有一种现象，就是英雄所见略同，一项成果不约而同地被不同的科学家同时发现或发明，而科学家分别在不同地方不同的国度，彼此之间并无交流。比如生物遗传定律，就是被三位不同国度的科学家在同一时期不约而同地发现的。有些不约而同的发现，还让科学家们分享了诺贝尔奖。他们没有继承关系。罗迅虽然是钱良毅同校的后辈，但并非钱直接教授的学生，如果独立发现了钱良毅已经发现的成果，也不足为奇。

罗迅确实受到安慰，同时瞪大了眼睛，因为孙艾说得言之成理，可又明摆着有什么不对劲……

孙艾替罗迅理理头发："这个世界上，不管任何时候，不管别人取得了多少成就，有多亮眼的光环，我一直坚信，最棒的科学家，是跟我从小一起长大的人。他取得的任何成就，都是他应得的。"

罗迅依然觉得不对劲，但是眼睛变得湿润。不管过去多少年，她都能带给他真切的感动。

孙艾努努嘴，朝向墙上的照片："你现在确实有些变样，但是不管变成什么样子，你还是上面那个黑人。"

罗迅看着照片上两个人的样子，看着舞台背景。他演的奥赛罗屈举着右臂，呈现出雕塑式造型，那时候他是一个瘦弱的少年，在那一瞬间却像一个英武的丈夫。孙艾半仰着头，扮演一个剧中人的悲剧性妻子，却掩不住满脸的青春。那确实是最好的年华，然而在那之后，在两人共度的漫长岁月里，美好不是时时存在吗？

隔阂当然消除了，阴影当然消散了，或者说，本来就没有什么隔阂和阴影。

孙艾说："你已经掌握了钱良毅的学术成果，就证明你已经达到一流学者的水准，不必怀疑，罗迅同学将成为最杰出的学者。"

罗迅被鼓舞起了信心，他不再怀疑了，他是个充满自信的学者，就如当初钱良毅一样，他几乎不再是原来那个罗迅了。

那他还是现在的罗迅吗?

他仍然会碰到一些专业上的难题，这时候，他就前往那个小屋找答案。他在其中徜徉着，渐渐地，他觉得不是进入了一个别人的领地，觉得那就是他自己的地盘，那里的一切都是自己的创造物，或者排泄物。当他离开那个小屋，重回现实世界，他也觉得他是另一个人。

他竟然在内心觉得自己就是钱良毅了，而且奇怪的是，他不再觉得恐惧，还很享受。

他又一次进入那间小屋。他觉得自己完全是钱良毅了，不再有任何愧疚，不再有任何迟疑。那就是他的小屋，那就是他的世界，任他在其中叱咤风云，翱翔驰骋。

耳畔突然响起一个声音："教授，时间又到了。"

罗迅一怔，不由向两边张望。

这个小屋再次出现了活人，而不只是化学世界了。

但小屋也瞬间消失了，没有坍塌褪色的过程，却像关掉了电影银幕一般。

罗迅仍然置身于一个只有他能看到的空间里，但这个空间已经不是那个化学世界了，是一个似曾相识、模模糊糊的地方。罗迅仔细辨认，有些意外地认出，似乎是化学楼附近某个连通道，又不能确定。

在这里，罗迅的视力变得很差，看什么都模模糊糊的。

“教授，您应该去做保养了。”

听力似乎比视力敏锐，但是能听到声音，却分辨不出发声的人。

还是刚才那个声音，似曾相识的声音，就是那个声音之后，化学世界消失了，他被突然抛到这个有些阴暗的连通道上。现在，换一个人也许会觉得这句话没头没脑，不懂得什么叫“保养”，他却一下听懂了。

但是，这声音怎么知道什么是“保养”？还有，他目前明明还只是个讲师，为什么被称呼为教授？

难道这个声音呼唤的并不是他？

“好的，那就去做保养好了。”

果然，另一个声音回应了刚才那个声音，这次他听了出来，这个声音是钱良毅发出的。

钱良毅不是已经去世了吗，怎么会在此时发出这样的回应，还有，他怎么会去保养？

“好久都没有见到小野新平先生了，确实该去拜会一下了。”

这又是钱良毅的声音，罗迅下意识地转身，想要寻找钱本人，却猛然惊觉，不用找了。

刚才钱良毅的回应，正是由自己嘴里发出的，自己此时正是钱良毅的角色。

最近以来，罗迅真的从内心和外表都在向钱良毅靠拢。到了此刻，在这个似是而非，非虚非实的环境里，他已经完全成为钱良毅本人了，还作为钱良毅说话做事。

但是，钱良毅难道也像自己一样，去见过小野新平先生，去做过“保养升级”？

他的内心仍然是犹疑莫名的罗迅，脚步却是从容的钱良毅。他按着一个方向向前行进，快要走出连通道时那个声音又响了起来：“应该再有两次，就可以结束疗程了。”

一瞬间，罗迅觉得那个声音里有孙艾的味道。既然自己是通过孙艾结识小野先生的，别的人可能也会通过孙艾结识小野先生，而且一直以来，孙艾跟钱良毅教授关系都不错，以至于有那样的传言……

不，孙艾的声音自己太熟悉了，不可能会弄错，现在这个人也似曾相识，跟孙艾有一些类似，却也有一些区别。

罗迅或者钱良毅跟着一个声音走着，转过连通道，暴露在阳光之下。尽管视力极差，那个身影影影绰绰，却呈现在了不远的前方，轮廓渐显。

罗迅看清了，原来是这个人。

六、取代

1

傍晚，孙艾推门进家："怎么不开灯啊，天都这么暗了。"

罗迅坐在沙发上不作声，被阴影包围着。

孙艾开了灯，罗迅仍正襟危坐。她看到他最奇怪的脸色，那是一种人体很难有的灰色，他的嘴唇干裂，眼睛直勾勾的，像是看着她，又像是什么也没有看。

孙艾怔住了。

"告诉我，我有没有杀人？"罗迅张嘴说话时，反而是平静的。

孙艾快步走上前去，将他的头颅揽在怀里："你有没有做什么，自己不知道吗？你……你不要这样吓人了……"

罗迅挣脱孙艾的搂抱和抚摸，拿出手机："我给你看一条短信。"

孙艾睁大眼睛，嘴里嗫嚅着，确认短信的内容。

短信的每一字，已经雕刻在罗迅脑袋里。

"杀死了钱良毅，你可以取代他，变成他。"

孙艾的脸色变得苍白："这是谁发的短信？"

"莫晓晓，她的号码我绝忘不了。"

孙艾松了一口气："原来是晓晓，她一直这个样子，你不必在意，多少年了……”

“不，”罗迅说，“我以前一直很在意，现在反而真的不在意她这些了。我想知道，究竟谁介绍你……介绍你认识、接触小野新平系统的。”

“这个不能说出来，你忘了协议里有规定。辅导员跟潜天才都是单线联系，不涉及其他人……”

“为什么莫晓晓也会认识小野先生？”

孙艾瞪大了眼睛，她不知道罗迅从哪里得知了什么，但一经他说出，否认就是徒劳的了。

罗迅是在另一个世界里看到了一些事情，在那里，他本人变成了钱良毅。在那里，他作为钱良毅跟着一个背影，去“拜会小野新平先生”。

他看清了那个背影，是一个让他头疼了半生的人，是他的难题。

莫晓晓在任何时候都是他的难题。

那不是一个现实中的世界，那么，其中的情节是现实中的吗？

当他确认着哪些是虚幻，哪些是真实的时候，一条百分之百真实的短信恰好发了过来。

孙艾端起桌上的水杯，想要喝一口，又重重放下了。她的眼睛是晶亮的，其中的泪水清晰可辨。

“我愿意告诉你我所了解的一切，希望不要太晚。”

“我不太懂什么叫晚，什么叫不晚。”

“小野先生是我从莫晓晓那里购买的”

“购买？”罗迅重复着这两个奇怪的字眼。

孙艾说：“晓晓很早就认识小野了，我以前不知道，后来……后来你能够顺利通过职称考试，是我向她购买了回忆素，后来又是她介绍我认识了超级系统，就是小野先生。我是晓晓的下线，她的上线是谁我不知道，我也不知道她发展了谁成为潜天才，她为谁当辅导员，这些在志愿者保密协议里都有规定，你已经了解到了。”

一切都比表面上复杂。

罗迅觉得孙艾这个人整个儿都陌生了起来。

但孙艾仍然保持他熟悉的姿态，包括他熟悉的说话方式。

“按照系统规定，按照我所签署的保密协议，我没有权利讲出晓晓来，但是……”孙艾眼中充盈着发出亮光的水份，“我希望你是唯一让我破例的人，我对你的守密也有信心。”

罗迅怅然道：“原来，晓晓跟你共有的，早就不只是过去……”

“晓晓是我们的家人，我一直是这样看的。”

这是她一贯的态度，他期望接下来有更根本的内容。

“她跟我们……跟我的关系，不只是表面那个样子。其实，我一直跟她保持联系，比表面上看到的更密切。”

罗迅沉默着，像沙发上一具凝固的雕像。

“多数时候，我们在一起会谈论你，我们会为你做所有能做的事情。”

“为我？你们？”

“你的职称考试很辛苦，我告诉了晓晓，她就拿来了回忆素，我要付钱，她坚决不要……”

“所以，你说购买，其实并没有掏钱。”

“形式上是购买，但小野家族从不出售回忆素。”

“小野家族？”

孙艾抬起头，目光如炬：“是的，这是一个庞大又狭小的集体。”

“为什么庞大又狭小？”

“小野家族遍及全世界，但成员并不多，因为志愿者都需要经过精挑细选，每个辅导员专职负责一个志愿者。”

“所以，你和莫晓晓都是辅导员？”罗迅的口齿间犹如刮起了一阵冷风。

“罗迅，你听我讲，”孙艾说，“谁没有自己的理想？可理想和个人能力之间，往往存在着极大差距。你想超越自己，成为大化学家的梦想，我知道，晓晓也知道。”

罗迅既激动，又颓丧：“是，我就是那个理想巨大，能力有限，因而一生都会活在失落中的人。”

“人类绝大部分都是如此。但是，有了小野先生，会有一些人变得不一样，一些以前没有机会的人，会变得有机会。我们辅导员，就是要引领志愿者走向小野先生，把本来没有机会的人，变成最有光芒的人，”孙艾有些动情，“我庆幸有晓晓这样一个闺密，使我能够走进小野家族。”

“所以，你负责的是我，晓晓呢……”

“晓晓是我的上线，从她把回忆素拿给我的时刻起，她其实就接纳了我成为辅导员，我不知道晓晓负责的潜天才是谁，这不是我该管的事情，但是，许多看上去了不起的人，其实都不是表面上那个样子，都有原因……”

罗迅觉得从脚掌开始，直到头顶，身体一寸寸沉重起来。

钱良毅是不是表面上那个样子呢?

钱良毅已经是一个故去的人，不能再开口说话，他的真相究竟是什么，无法在这一刻获知，即便有什么真相，此刻又能起到什么作用呢?

罗迅像在困倦中猛醒一般，抓起手机，手忙脚乱地重新翻出那条短信：“请你再看看，你说莫晓晓是家人，可她现在要置我于死地，要把我变成一个杀人犯。”

孙艾仔细地看着，像看着一本出现生僻字的书本。看着看着，她竟然笑了：“那你究竟有没有杀死钱良毅呢？”

罗迅抬起头，嘲讽地说：“你能告诉我，我究竟有没有杀人吗?”

“你有没有杀人难道自己不知道吗？”

“我当然没有，但是……”

罗迅不知道怎样讲清楚那个让他困惑的景象，那管牙膏，那个向其中注射的动作。他无法向他人说清这一切，即便是孙艾。

孙艾却轻松起来："人不应该恐惧现实中没有发生的事情。"

但是，人应不应该恐惧梦中曾经发生的事情？

罗迅说："要不要报警？"

他被自己这句话吓了一跳。虽然他已经私下找过朱警官一次，但因为怕孙艾担心和反对，并没有告诉她。如果正式报警，以什么名义呢？……

"我已经跟朱警官讲过一次了。"孙艾说。

罗迅有些惊讶，没想到她自己居然也去了。

"我告诉了朱警官一些谣言，也告诉了他你、我和晓晓的一些事情，"孙艾说，"不管发生了什么，我要提前保护好你，也保护好……晓晓。"

在孙艾和莫晓晓这对闺密之间，不仅是孙艾善待和帮助着一个景况不好的人，她们还共有着关键的秘密，那涉及他的现在，也可能涉及死去的钱良毅，不知道还有其他什么人……

如果报警，是不是跟这个秘密有关？应不应该不顾保密协议，把这个秘密告诉警方？

门铃突然响了，罗迅从沉重中惊醒过来，开了门。

面前站着一个年轻警察，在罗迅的脑海里依稀有印象。

年轻人很客气："罗老师，我是分局的警察，叫郝涛。"

罗迅想了起来，当他去拜会朱警官时，曾经打过照面。

"有一起案子，现在发现新证据，需要您配合，协助调查。"

罗迅惶惶然地说："就在这里配合吗？"

"不，需要您立即跟我回警局，"郝涛说着，出示了一张拘留证，"您可以不说话，但从现在起，您说的话可能会被作为查案的证据。"

2

在日本期间，郝涛总觉得朱警官变得陌生了，有些神神秘秘。

除了他的话变得很少，不像在国内那样时常拿他这个小兄弟插科打诨外，让郝涛觉得怪异的，主要在于他们的行程。

第一天去的围棋道场，离开时，郝涛才知道那里是那个发了疯的天才棋手的故地。

那么，在仅有的第二天去拜访精神病院，自然是去拜访那个天才兼疯子了。

朱警官说这趟行程是休假旅游，问他愿不愿同行，但那个样子不像是征询，像是下命令。

郝涛心下明了，旅游还报销，想得美，而且国内刚刚死了泰国球星，案子被朱警官抢过来，又被他若无其事地放在那儿，这一定不是一趟一般的旅程。

果然，当抵达那家地处偏僻的精神病院时，有看上去不像院方的人早早在等候，那人会汉语，不用翻译便可以跟朱警官对话。在身体动作上还是日本人的习惯——深深鞠躬。

朱警官格外礼貌和殷勤起来，不但还以同样的深深鞠躬，还连说了好几声“谢谢”。接下来，原有的翻译前往附近茶道馆休息，由这个人陪同，步行继续行程。这个人也就自然而然成了翻译。

“这是田村先生，老朋友。”整整一天里，这是朱警官冲郝涛说的第一句话。

郝涛对于建筑曲径通幽、门防的重重累累有一点印象，但把主要的注意力放在前面两个人身上。朱警官和田村不时小声嘀咕两句。不知不觉，他们进入了一间和室。

朱警官毫不费力地盘腿坐下，还举起眼前的茶杯轻嘬了一口，一副非常适应的样子。郝涛调整了一下姿势，也盘腿坐了下去。

田村的汉语掩不去日式的口音：“朱君，稍等一下，他就会来。”

田村口中的“他”究竟是谁，郝涛能猜到七八分，不过他在这次日本之行中要从头到尾保持一致，不多问，不多说，就当自己是空气。

过了大约五六分钟，门被犹犹豫豫地拉开，进来了一个人，这个人进来的样子，也是迟滞不前，犹犹豫豫的。

准确地讲，进来的不止一个人，身后还跟着一男一女两个人，身着浅蓝色的医护制服，但只在门口的长凳上坐下，并未进入。

郝涛这才更清晰地意识到，虽然这个和室清爽别致，陈设典雅，但他们其实已经进入了精神病院的区域，那两个人是陪同随护的医护人员。

走进来的那个脚步迟疑、头颅低垂着的人，自然就是病人了。

这个病人还有一定辨力和自制力，走到茶桌前，在朱警官和田村起身打招呼后，找到留给他的座位，坐了下去。

田村说："朱君，请放心，岩本君虽然……但没有问题的。"

这很像一句废话，其实是有意义的暗示和强调，表明病人虽然精神有问题，但没有侵害性，也不是狂躁型的，可以放心。

郝涛有些恶意地想到，就算是有侵害性，难道能把两个警察如何吗？这样想着，不知不觉在嘴角露出了笑意。朱警官明察秋毫，瞪了他一眼。

我就是空气。郝涛表面平静不动，在内心做了个吐舌头的动作。

朱警官招呼："岩本先生，久仰了。"

朱警官跟对方沟通，需要通过翻译来回传递，因此双方的反应都像在中间卡了一个壳，是滞后的。病人在明了朱警官的问候后，连声说了好几遍"谢谢，请多关照"，一边说着，一边不住地低头行礼，额头数次触在了茶案上，直至陪同者田村伸手劝阻。

虽听不懂日语，但郝涛也能大致知道病人的回应状态。这个回应的重点不在话语上，而在姿态上，这个姿态表明，这个看上去皮肤白皙、外表斯文的人真有精神问题。

朱警官不为所动，在岩本仓渐渐停止的"请多关照"声中，又说了一句话。

"岩本君，我们都万分钦佩和感谢你维护了围棋的尊严。"

听完翻译之后，岩本仓像是愣了一下，迟疑了片刻，突然啜泣起来。

坐在门口的医护人员站了起来，想要过来探询，在田村和朱警官的示意下，又坐了回去。

岩本仓抽泣了一会儿，掉下几滴眼泪之后，又笑了起来，笑得像个得到玩具的孩子，一边笑，一边昂扬地讲着什么。

陪同者田村努力地翻译着，显然对岩本的前言不搭后语很吃力："我当然不会输给机器……但我不代表人类……我是上帝，我是无所不能的上帝……"

朱警官突然说了一句日语。

这似乎完全在岩本预料之外，他一下子停住了，不再哭，也不再笑。他瞬间安静下来，也抬起了一直半垂着的头，将一直投向茶案的目光转过来，投向朱警官。

郝涛这时看到，这个看上去既癫狂又孱弱的日本棋手，原来有着一种格外清晰和锐利的目光。

事后，郝涛才知道，朱警官那句话是一个问句："岩本君，您认识小野新平先生吗？"

小野新平是谁，朱警官怎么会突然提到这样一个日本人的名字？郝涛不明就里，想到自己此行是"空气"的身份，也没有多问。朱警官觉得应该告诉他的时候，自然会告诉他。

在精神病院的和室里，朱警官站起身来："打扰，告辞了。"

他像日本人一样对岩本和医护人员深深鞠躬。

这个时候突然结束拜访，田村觉得有些仓促，但也没有多问什么，陪着朱警官和郝涛一起离开。在医院和火车站之间的一处网球场外，朱警官和田村站住了脚，交谈了很久。两人没有避讳郝涛的样子，郝涛却主动保持距离，大约过了四十多分钟，他看到田村重重地点头，两人握手告辞。

“田村是法医出身，是当地刑事科负责人，也是国际刑警组织联络人。”在这次行程中，朱警官主动讲这么多话，是第一次。

看来就这样结束了。

郝涛说：“我说朱队，咱们跑这么远来找这个病人，你一共就问了三句话，也没听到他回答，这就走了。”

“我问出了最需要的东西。”

“什么？”

“目光。”

3

朱警官和郝涛刚刚回国，就接到法医的通知——那片牙膏皮的化验结果已出。法医说，要是在两年前，不会有这么迅速、准确的化验结果。如今的高科技手段发展迅速，也被运用到法医工作当中。

这个结果让郝涛有些意外：“没想到这个案子……”

朱警官更关心另一件事——这个东西究竟是谁寄来的？

不管怎么样，既然有了结果，应该马上有所行动。

于是，郝涛前往M大青年教师罗迅家中，将其拘留。

郝涛将罗迅带走时，孙艾是急切的，又是镇定的。她请求警察给她一些时间帮丈夫打点一些行装，准备一些东西，像是送罗迅出一趟差。她站在门口说："我不出去了，否则像多严重似的。你没问题，一定不会有事情的，积极配合调查吧，我会去看你的。"

罗迅却说不出话来。

按规定，拘留的期限可以长达七天到十五天，但朱警官不想马上通知罗迅的单位M大学，这样，他们就只有二十四小时。

"二十四小时也许够了。"朱警官说，郝涛想了想，也觉得有道理。

预审开始时，朱警官先向罗迅打了招呼："罗老师，好久不见。"

罗迅抬起头，看到朱警官，想说什么，喉咙一阵抖动，发不出声音来。

朱警官是和善的："我们也不一层层剥洋葱了，直接进入正题吧，经过调查，我们认为，你有杀害钱良毅教授的重大嫌疑。"

罗迅一下子激动起来，终于能够说出话来："我知道，莫晓晓一定会诬告的。"

"没有人实名告发过什么，"朱警官说，"但有人快递来了这个。"

罗迅第一眼没有看清朱警官戴着白手套的手里拿着什么，定睛仔细看了一下，才看清确实有一片东西，白里透黄。

“这是什么？”

“一片牙膏皮。”朱警官轻描淡写地答道。

罗迅浑身的毛孔都像放大了，莫名的紧张被从最深处唤醒了。

“如果不是现在的科技，很难化验出来，牙膏皮上竟然有三种东西，或者不是三种东西吧，借用你们化学的说法，有三种成分。”

罗迅偏过头，看到那个将自己带来的年轻警察正在埋头记录，刚才温和有礼，现在根本不正眼看他。这跟朱警官死死盯着他，像要在他脸上看出什么来的架势，一起形成了一种氛围。

在这种氛围里，罗迅开始怀疑这个世界，也怀疑自己。

还有另一个世界，只是属于他的世界，其中先有整幢化学大厦，后来留下了一个小屋。现在，他完全看不见那个世界了。眼前只有一个冰冷而真实的世界，他作为嫌疑人在接受预审。

“我说的是，除了牙膏皮原有的成分，还有三种成分，那三种成分分别属于钱良毅、一种奇特的药物……还有你。”

罗迅拿出超越自我的定力，才能继续稳定地坐在椅子上。

“把你放在最后说，是因为你的痕迹最淡薄，要是在过去，是难以发现的，可以忽略不计，但现在，那上面确实有你。不管是呵了一口气，沾了一点儿唾液，或者掉了一点皮屑。本来这也可以忽略不计，但如果加上另两种成分，就不得不稍稍重视一下这三者的关系了。”

“叭嗒”一声，罗迅的一大滴眼泪掉在桌子上，砸出了声响，让埋头记录的郝涛怔了一下。

“是的，是我杀了钱良毅。”罗迅大声地说，近乎咆哮。

朱警官与郝涛交换了一下眼神，嫌疑人招供比预估的快。

讯问并未完结，因为还有许多细节，以及嫌疑人的态度，都需要厘清。

“罗老师，你要仔细考虑一下，我们的工作是希望真正的凶手招认，但也不能轻易地就此下定一个结论，请重复一遍，你是否杀害了钱良毅教授？”

“是的，是的，是我，是我杀了他……”罗迅近乎不耐烦地首肯着。

“你在何时、用什么方法杀死了他？”

那个答案现成地摆在记忆里，像自助餐厅里一碟供选用的菜肴。记忆里拥有的东西就是事实吗？这本来就是个奇怪的局面，现在既然有了事实上的证据，两相吻合，而唯一反证只存在于自己的理智里，单纯的理智还靠得住吗？

“我帮助钱教授领取了劳保，其中有牙膏，我自行配制乌头碱溶液，用注射器注入牙膏中，这样，会带来心脏病等并发症，造成死亡……”

一个犯人招供到这种程度，基本上可以定为铁案了。如果不是亲手作案，就无法讲出如此详尽的细节和方法。如果不是罗迅这样拥有相关知识的化学讲师，也不会采用这样的作案手法。

但朱警官还要问起案情和技术之外的问题。

“你为什么要杀死钱良毅教授呢？”

“不知道。”罗迅不耐烦地摇着头，像已经认命的囚徒再也不愿提起往昔的伤痛。

“有谁会没有原因就杀死一个人呢？就算有这样的人，也不会是罗老师你。”

“好吧，我就告诉你们你们所需要的原因吧，他们说钱教授跟我妻子有染，我是一个心怀妒忌的丈夫，因为被戴了绿帽气愤难平，所以就杀了他，你们满意了吧……”罗迅愤怒起来，滔滔不绝，不过他并没有在桌后起身，没有进一步的失控动作，因此郝涛和朱警官也没有做出防范暴力举止的动作。

郝涛飞速地记录着。如今警局里有使用电脑专门速记的警员，但这种传统的笔录方式一直保留着，可以选择使用，以便保留和塑造一种氛围。

对嫌疑人的急躁和失态，朱警官不为所动，在对方停住话头后继续询问。

“你相信你妻子对你忠诚吗？”

“我相信，我当然相信，”罗迅说，“那些谣言我从来就不信，让造谣的人见鬼去吧。”

这样，讯问者朱警官和记录者郝涛就同时发现嫌疑人供述中明显的前后矛盾之处。

4

“如果你根本不相信妻子不忠，你怎么又会因为这个原因去杀害钱教授？”

“那是因为如果没有这个原因，我又有什么理由去谋杀他呢？我总得跟你讲出一个理由，不然你们怎么能够定罪呢？怎么能够让这个案子前后一致呢？对不对，警察老爷？”罗迅干脆挑衅起来。

朱警官站起身来，走到郝涛身边，翻看起前面的记录，这样，讯问自然而然暂停了。朱警官又低声跟郝涛嘀咕着什么，还干笑了两声，仿佛在这间本有三个人的审讯室里，另一个人已经不存在了。

罗迅渐渐不作声了。

朱警官重新坐回自己的椅子，像拉家常一般摆摆手：“对了，刚才讲到哪儿来着？罗老师，你说，你得有一个理由……”

“我没有理由，”罗迅垂下头，“我确实没有理由，但你们已经有事实证明，我杀了他，而且，我还知道是怎样杀了他，清清楚楚地知道。”

这是一个奇怪的答案，奇怪的招供，其中的逻辑是荒唐的，如果还有逻辑的话。可能从某一个时刻起，这场讯问就变得有些荒唐。

朱警官刚才翻看了记录，郝涛一边记录着，一边想，任何一个人看着这样的内容，都会完全看不懂，可能连他和朱队事后看，都会不懂。

在讯问即将告一段落之前，仍在继续。朱警官重复了前面的问题。

“那么，你到底信不信任你的妻子？”

“我说了，信任，”罗迅说，“我知道你们和莫晓晓……你们盼着我说我因为怀疑妻子的不忠而起意杀人，但我就是没有怀疑，我没有一时一刻怀疑过孙艾，她不是那样的人。我愿意承认我谋杀了钱良毅教授，但我没有不相信我的妻子，我不愿意重复了。我承认我是凶手，定我的罪吧，难道还不够吗？”

这是一个奇怪的局面。罪案的审理讲究证据，但有时候也会出现证据链之外的一些不明地带，这些地带的重要性有时会高于表面证据。

“那么，你到底有没有谋杀，你自己到底怎么认识的，难道你自己还不知道你做过什么事情吗？”

“我知道又有什么用呢，”罗迅的语调仍然是咆哮式的，音量却明显变小了，其中还包含无尽的凄凉和惶恐，“我记得我没有杀人，可是我又记得我杀人的过程和每个细节，现在又有那片该死的牙膏皮，我该怎么说呢，相信什么呢？”

在无窗的屋子里，那片本来灰暗的牙膏皮此刻竟然有一点儿反光。

郝涛想起他不久前在受训中接触到的一些犯罪心理学内容，朱警官还跟顶级的心理学家有来往，他应该会在这个时候使用这些“工具”吧。

果然，朱警官的问题更玄了。

“假如……我是说假如，罗老师你是完全相信你的妻子，可是，有没有可能在你心里，你自己都不知道的内心深处，你其实还是怀疑她的，这样的话……”朱警官始终称呼嫌疑人“罗老师”，问话是客气的，甚至有些小心翼翼，像对待一个易碎的瓷器。

罗迅有些发愣。

他被警察点出了内心深处的秘密。

在内心，他还有着另一层世界，虽然那个世界和此刻的警察讯问没有直接的关联，但那个世界是最近以来他生活中最重要的事情。如果不是被这个谋杀案子打断，那个世界将会把他完全变成另一个人，那是一个眼前的警察所不可能懂得的世界。

“让我想一想，”罗迅做了以手点额的动作，“我只知道我信任我的妻子，至于在内心，或者比内心更深的地方，还有没有相反的思想，有谁能知道呢？有谁能真正对自己的真实想法一清二楚呢？”

罗迅说着，用明显忧郁的目光扫视着另外两个人，还少见地在仍在记录的郝涛身上停留了一会儿，让后者的笔速稍稍迟缓了一下。

房间里充满一种奇特的有些伤感的味道，不再像一个审讯室。

通过这个思路建立谋杀动机的尝试没有奏效，这在朱警官的预料之内，他也没有尝试继续下去，而是换了个方向。

“罗老师，还听到一些说法，加上我们自己的猜测，是说你想取代钱良毅教授，成为M大的头号化学家。”

罗迅瞪大了眼睛，突然笑了，像面对不更事的孩子。

“你们以为化学像是行政职务，可以由上级任免来继承吗？就算是可以继承，又哪里轮到我罗迅？钱教授不只是M大学的头号，还是世界顶级的科学家，他的后继者远远轮不到我当。通过杀掉一个科学家而取代他，这是最愚蠢最没有可能性的谋杀动机。”

“所以，你没有动机杀死钱教授，但你又承认谋杀。”

“有证据难道还不足够吗？我又承认。”

朱警官又转换一次方向：“好像有人议论，说罗老师越来越像生前的钱教授，教学和科研能力也迅速增长，大受学生们的欢迎，也受到……受到一些同行的妒忌。”

一个本来已经消散的世界隐隐约约地闪现了出来，那里正有着老警察此刻提到的问题。那个只属于罗迅的世界即便摊在这两个警察面前，他们也看不懂。这是他的秘密，也是他跟小野新平先生之间的秘密。

那个秘密不只是道义上的约定，还有正式的签约。罗迅不明了与那个世界相关的背后力量究竟是什么，但协议总是有效力的。虽然现在是面对警方，他已经变成了谋杀嫌疑犯，可守密的协议还是应该被遵守。

朱警官和善地看着他，没有继续询问，眼睛却像是说出了一种期待。

罗老师，你能不能再告诉我一些什么？

但罗迅坚持着保守那个世界的秘密，反正他已经认了谋杀罪，对警方来说足够了。

朱警官看看表："罗老师，今天谈话的时间很长了，您可能会有点儿累吧，是不是暂时就结束？"那种语气，仿佛真的只是朋友间的交谈，而且是由罗迅来决定谈话的开始和终止。

5

朱警官对于嫌疑人如此客气，像是生怕开罪对方。郝涛不大懂，但莫名地喜欢朱队这种态度，还亦步亦趋地模仿起来。

直到罗迅已经不在场了，朱警官仍然一口一个罗老师。

"已经供认，就可以延长拘留时间继续取证了。不过还是不要通知学校，只通知家属吧，避免给罗老师造成太大的不良影响。"

怕一个已经招供的杀人犯会受到不良影响，这种思路让郝涛觉得新鲜。他不喜欢去通知家属的例行程序，但喜欢带着这种态度去执行这个程序。

"不可能，绝不可能。"孙艾语气沉重。

家属听到这种讯息后精神受到严重打击的样子，类似场景郝涛见过不少，相比之下，他觉得孙艾算是镇定的。

"罗老师已经招供了，承认是自己用药物谋杀了钱良毅教授。"

孙艾默不作声，仍然睁大的眼睛像完全失了眼神。

"我们没有让罗老师在口供笔录上签字摁手印，也没有通知校方。如果单位问及，我们暂时只会说请他配合调查一些治安案件，完成后就可以继续返校带课。"

孙艾领会着年轻警察的意思，点头道："谢谢。"

案情还是有很多蹊跷，不过在当事人承认、物证明确而且当事人的招供跟物证完全吻合的情形下，很难不做出定案的结论。仅仅动机不明不足以推翻原有的认知。

"罗迅确实没有任何理由杀害钱良毅，"孙艾知道警方的态度里有明显的善意，抓住时机分辩着，"那些……谣言都不是真的，我不会对着警察撒谎，罗迅也根本不信。从事业上讲，罗迅的成就跟钱教授差得太远，谈不上任何嫉恨。他之所以会承认，也许跟他性格里的洁癖有关系。"

郝涛点点头，他没有完全听懂，却也懂了一大半。他明白，有的事情超出事实和证据的层面，对于这个层面，他一律保持沉默。

"我什么时候可以去看他"孙艾在门口问道。

"按规定暂时不行，但是……您跟我和朱队打个招呼，我们随时通融。"

郝涛在走出一段距离后，回头望了一眼那个窗户。对于这对大学教师夫妇，不管是不是作了案，他都有着亲近感。

但孙艾没有马上去分局探视。

得知了关于丈夫的不利消息后，孙艾当天安静地待在家里，没有出门，也没有中断跟外界的联系，在电话和信息里跟人谈着一些公事和私事。第二天，她照常到公司上班，处理完职业上的事务后下班回家，也没有有什么其他举动。

到了第三天，她前往M大，找到一个人——化学系系办秘书小黄。

孙艾说：“你是罗迅关系最要好的同事和朋友，在M大，你也是我最信任的人。”

小黄郑重地点头。作为一个系办的工作人员，他也是对化学系教工到校情况最了解的一个人。

这是一件非常难以讲清的事情，严重程度超出寻常。但孙艾是镇定的，十几分钟时间里，就说清了。小黄再度点头，表示掌握了情况，也没有大惊小怪的慌张。平时说说笑笑的小黄，到这个时候也有一定的沉着。

这时，孙艾才表现出了一点儿妻子的难过和惊慌：“该怎么办呢？我真的不知道怎么办。”

小黄一边安慰着孙艾，一边提醒目前的首要任务是避免消息扩散，幸好警方也是同样的态度。如果此事在学校里和罗迅的社会关系里传开，将会严重影响他以后的事业和生活。

孙艾有些焦急：“可纸里包不住火，如果一直拖着，早晚会被所有人知道的。”

小黄说当然不能只是被动地“封锁”（用封锁这个词儿本身就很无奈，又不是什么官方机构，有那个能力）消息了，得想法子证明罗迅无罪。

“可罗迅自己已经承认了，该怎么办哪？”

“那当然首先得弄清楚，罗迅承认了什么，警方又是以什么依据怀疑和判定罗迅有嫌疑的。这很难，因为警方没义务提供全部情况，一般还会为了防止串供而保留、保密。”

孙艾清醒下来：“也许有希望。”

下午，孙艾前往公安分局。她可以在任何时间里去探望丈夫，是郝涛在临走前的表达，也是朱警官的授意。

罗迅并没有变得特别憔悴，只是显出了疲倦，还努力冲孙艾笑了一下：“你来了。”

孙艾站了起来：“罗迅，你这个混蛋、懦夫。”

陪同探视的郝涛对孙艾的突然愤怒有些意外，马上发现没有什么劝止的必要。这是一对有十足默契的夫妇，他们之间的语言乃至沉默，都有着不足为人道的意涵。

罗迅没有作声。孙艾虽然斥了一声，却也不再多说，无语地坐下来。

两人的目光都没有朝向对方。郝涛知道，两人都在用另外的眼睛注视着对方。

良久，罗迅小声地说：“已经这样了，怎么办呢？”

“你究竟有没有杀人？”

“我知道我是怎么杀人的。”

“我问你有没有杀人。”

罗迅低下了头。

“我们从小长大，你杀一只鸡都心惊肉跳，你骗得了别人，骗不了我。”

“我谁也不想骗，我是在骗我自己，”罗迅喃喃道，“我不知道那些事情到底有没有发生。”

“可是如果你并没有杀人，你为什么要承认？”

“就算我没有真正杀人又怎么样？”罗迅又接近于咆哮了，也许他从来没用这样的态度跟妻子说过话，“那些事情，我也不知道是从哪里来的，它就在我的脑子里，如果不承认，我就良心不安，生不如死。”

孙艾彻底听懂了，在罗迅的眼睛里，她听到他没有用语言表达的内容。此刻他们对视着，但其实都看着在身边陪同的警察。他们已经无言地交流了一件具体的秘密，在空气中，是那个警察所听不到的。

七、朋友

1

郝涛有一种奇怪的观感，这对夫妻之间的探视，犹如另一场审讯。由于孙艾的严厉和朱警官的和善，甚至比那次预审更像一次审讯。

郝涛还有另一种奇怪的观感，更说不出来，就是这两人之间交流的内容远比他们说出来的多，在他们间歇的沉默里，有着比话语里更多的一些什么。

郝涛期望自己能懂得那些没说出来的内容，不是因为办案的需要，也不是因为八卦，而是为了一种他所期望的、说不出来的东西。

这时候他明白，自己有点儿喜欢这对夫妇。

朱警官之所以释放出对其他犯人所没有的善意，是不是也因为有着这种喜欢呢？当然，这个老警察是不会说出来的。

按照朱警官的吩咐，在孙艾结束探视时，郝涛请她换一个房间，跟朱警官小坐。

朱警官关切地问道："怎么样，见到他，好一些了吧？"

"谢谢你，朱警官，"孙艾又一次站起身来致谢。她已经很多次以这种郑重的姿态致谢，即便朱警官再三示意她不必客气，她仍然一再坚持着。

朱警官问了一些她还有什么需要之类的问题，有的超出了一般情形下警方对犯人应有的关心。他特别问道，对于罗迅目前的案情，是否完全清楚了。

孙艾说完全清楚了。朱警官仍然将基本案情重复了一遍，包括警方取证的牙膏皮，罗迅招供的作案方法和细节。孙艾临走前，他又再度询问了一次，并把她送到门口。

郝涛感慨道："朱队，你对她……对他们可真好哇。"

朱警官转过身来，恫吓道："臭小子，我知道你要说什么。告诉你，我从来不花，就是花，也不会让你看到的，小心你的皮……"

郝涛做出夸张的害怕表情，对朱警官挤挤眼睛，做讪笑状。

朱警官说："看来你是闲的，给你派点儿活吧，那个死了的泰国球星，你去弄几张他周围人的照片来，这次随皇马来的队医、经纪人之类，这些人现在应该也还被扣着吧。"

郝涛说："还以为你把这件事忘了呢，这可是皇马呀，扣在中国，全世界的大新闻，您老人家就这么一放，不管了。"

郝涛走后，朱警官拉开抽屉，取出一片白黄相间的片状物，仔细地看了一会儿，又放进了抽屉。

"警方的证物是一片牙膏皮。"在M大化学系办公室，孙艾关上门，小声地对小黄讲。

"哪里来的牙膏皮？"小黄微微皱眉。

“有人寄给警方的，用的假名，无从查找。警方有了结论，罗迅又承认了，可能也不觉得查出是谁寄的有多重要了。”

在办公室里，孙艾把她前往探视时的情形复述了一遍。小黄倾听着，直到窗外的晴天渐渐转为灰暗。

不知为何，时常人来人往的系办公室在这一整天里都很清静，关着的门一直没有被推开。孙艾临走前说，每次都是她跑来打扰，给小黄带来诸多不便。这里毕竟就在系里，人多眼杂，下一次他可以出去，另约个地方。

小黄摇头：“不碍事，出去也行，来这里也没问题，越是在这里越没事儿。”

孙艾第二次去探视罗迅，两个人话更少了，所说的基本上是重复上次。

孙艾说：“你到底有没有杀人？”

罗迅说：“我已经招认了。”

孙艾说：“如果没有做过，为什么要招认？”

罗迅说：“因为我脑子里有我作案的详细过程。”

接下来，两个人就又沉默了，在这沉默里，郝涛感觉到比上一次还多的内容，尤其是有什么具体的事情，不愿意在警察面前提起。

郝涛把这种感觉告诉朱警官，朱警官点头道：“算你敏感，不过人家夫妻两人间的事儿，咱们不必想太多。”

“要是与案情有关呢？”

“这个嘛，”朱警官沉吟了一下，“弄清一个案子，其实不一定要把跟案情有关的事儿都弄清楚。”

这是什么意思？郝涛完全没有听懂，下意识地用右手挠挠头。

朱警官说：“看来你小子还是精力过剩，下午有个地方要去，本来觉得你最近辛苦……那就一起走一趟吧。”

南郊的监狱就在高速公路西侧不远处，郝涛两年多没有来过了，上一次还是作为协警，跟着朱警官前来接洽一个犯人转狱的事情。在林荫掩映中，不算太高的淡黄色墙体之后，是一排淡蓝色和深蓝色相间的建筑，方正而洁净。

郝涛说：“一阵子不见，监狱都这么漂亮了，像高档小区。”

朱警官说：“一切都在进步，咱们警察在进步，监狱也一样，不过主要还是第二监狱的同志管理得好，工作做在了前头。”

郝涛知道朱警官是在打官腔。陪同的狱方民警听着高兴，连声客气了几句，很快地，他们抵达了一间整洁的会客室。

一个人推门进来，走路平稳，样貌堂堂正正。如果没有身着深蓝色的囚服，双手被铐在身前，很难看出是一个犯人。

朱警官站起身来：“老万，好久不见。”他的样子和口吻都不像面对一个犯人，倒像是来拜会一位许久不见的老朋友。

对方面带微笑，冲朱警官点点头，又用眼神向原本也认识的郝涛示意，表现出教养和礼节，像个有身份的人。

2

这次会面的犯人叫朗亚，是一个曾经在中缅边境活跃的大毒枭，后来改名换姓，在国内隐藏多年。这个人罪大恶极，定案时因为有立功表现，被判了死缓，后来又改判了无期，但不会再减刑了。

奇怪的是，他在和将其绳之以法的朱警官见面时，有一种老朋友相见的气氛。朱警官呼其“老万”，是一种习惯，因为他曾经化名叫万启。在朱警官没有进一步示意的情形下，狱方的管教人员直接将朗亚的手铐去掉了。

简单寒暄后，朱警官拿出两张照片：“又要麻烦你，帮忙认认人。”

朗亚捡了起来，一边笑着说：“还麻烦你洗成照片，其实现在方便，放在手机里就可以看了。”

朱警官直接问道：“认识吗？”

朗亚将两张照片像扑克一样交错翻捡了两下，又擎在半空里看着，摇摇头：“不认识。”

朱警官说：“会不会有一点儿眼熟，只是想不起来呢？”

朗亚把两张照片摊在桌上。一张是单人照，上面是一个穿着白色球衣的球员。另一张是几个人的合影，一齐坐在一只长凳上。朗亚问道：“究竟是什么人呢，我可以了解一下吗？”

朱警官示意郝涛给朗亚讲一讲，郝涛介绍说，那个球员叫苏卡容，泰国人，目前是皇马的头号球星，一般也被认为是世界头号球星，最近随着皇马来中国访问，不料意外地猝死了，成了全球体育界的大新闻。另一张合影是这次随皇马访华的一些工作人员，其中有教练、经纪人和队医等人。

朗亚笑了：“朱兄，你葫芦里卖的什么药？这些人远在西班牙，就算其中有泰国人，也跟我毫无关系。你请我看，我怎么可能认得？一个也不认得。”

朱警官也笑了：“是，主要很久没见你了，也不知你在这里过得好不好，来聊个天，反正已经来了，就请你看看。”

朗亚说：“我虽然不是球迷，但这么红的人我也有耳闻。现在这里面对犯人不错，有时候能看上电视，看球赛的时候见过，没想到就这样死掉了，可惜。”他惋惜的样子，是个十足的长者，像是从来没有经历过杀人越货、草菅人命的生涯。

谈起苏卡容和足球，郝涛的话题更多，又本就跟朗亚认识，一时多说了两句。后来，朱警官跟朗亚谈起一些罪案、警匪争夺、东南亚黑帮及政坛之类的话题。朗亚曾是其中的当事者，谈起这些来就像无关的旁观者。郝涛插不上嘴，听起来也是兴致勃勃。

时间不知过去了多久，还是朗亚注意到了陪同（其实是押解）他的狱方管教看了一下手表，宽怀地笑道：“咱们的会面时间超出太多了，朱兄，看来得请你告辞了。”

朱警官很开怀，站起身时仍是笑盈盈的：“可惜很久才能来一趟，下次不知何时才能来呢。”

一般情形下犯人会客，都是由狱方将犯人带回，客人再离去。这次同朗亚会面，客人起身告辞，犯人虽不能送出会客室，却可以寒暄告别，俨然一副主人的样子。

朱警官同郝涛一前一后地离开，走到会客室门口，朗亚突然喊了一声："等等。"

狱警被他惊了一下，不由自主地捏紧警棍，随即发觉不必大惊小怪，稍显愧疚地笑了笑。

朱警官停下脚步，转过身来，做出疑问的手势，但也并不像有多么意外。

朗亚请朱警官将两张照片重新拿出来，先看了一眼苏卡容的正面照，仍然摇了摇头，又将那张合影拿在手中，举上举下看了一会儿，放在桌上，指着合影上一个露出侧脸的人："这个人，在缅甸见过。"

照片上，一排人一共四个坐在椅子上，面对着镜头，但这并不是照片上的所有人。在画面右侧，有一个人正走进画面，一半身体还在画面外，只露出了侧脸。

朗亚用手指敲打的，正是那个人。

"应该没有看错，他是二中队的副队长。山寨解散前，被一个英国人介绍去了新加坡，后来去哪里就不知道了。"

由于历史的渊源，缅甸边境贩毒集团常采用军队建制，还有自拟的番号。朗亚的团伙也有这种习惯。他又用手指敲打了一下，表明确认。

郝涛对照片上的每个人烂熟于胸，这个只有侧脸的人是苏卡容的个人按摩师。照片不止两张，其中也有这个按摩师的正面照。但朱警官只挑出了这一张，拿给朗亚看。

朱警官笑道：“老万，我就知道，你总是不会让我失望。”

朗亚也笑道：“是呀，你也没让我失望，一辈子就被你这样决定了。”

郝涛知道，朗亚的意思是他后半生的牢狱生涯都拜朱警官所赐，朱警官在跟他的较量里表现生猛，没有让他失望。但谈话的口吻不像事关自己的惨痛命运，倒像是轻松闲聊。在又一番说笑和祝愿之后，朱警官和郝涛总算离开了。

走出会客室时，朱警官的脸上仍是绽开的笑容，到了停车场，笑容突然完全不见了，换上一种阴郁的严肃表情，甚至有些凶狠。

郝涛说：“看上去，你和朗亚更像好朋友了。”

“朋友？”朱警官声音凝重，像从身体深处发出，“这个人死一百次都不多，一个警察不可能和这样的恶魔做朋友。”

当初，朗亚被判死缓保住一条命，跟他为警方提供的一些所谓“立功”证据有关。朱警官出庭作证保住了他，刚出法庭就咬着牙说，其实早就想亲手毙了他。郝涛知道，警方留下他，就是为了类似今天的事情。

郝涛说：“他能指认，算是够朋友吧。”

朱警官说：“魔鬼做事情，总会有魔鬼的理由的，但绝对不是立地成佛了。”

3

又一次见面时，孙艾整个人焕发出最近难见的活力。她的脸庞透出了红色，是那种看上去很舒服的酒红色，不算太长的头发垂在肩旁脑后，在她的身躯上恰到好处。当这样的女子出现时，陌生的路人都会不觉注目。

朱警官直言：“精神很不错呀。”

孙艾说：“我有证据了，可以证明罗迅没有做他自己承认的事情。”

证据是由系办的小黄提供的，他提供的是人证，还有另一个同事。

按照小黄的说法，在钱良毅遇害的一个多月前，确实是例行地发放过劳保。每个教职员工的劳保都到系办领取，由小黄统一登记管理。当时，由于钱教授出国未归，小黄确实曾经托青年教师罗迅，把钱教授的劳保送到他的个人办公室去。

然而，就在罗迅走后，小黄发现，发给钱教授的劳保弄错了。在M大，劳保用品是一视同仁的，并不因教员地位高低，是教授还是讲师而有所区别，不过根据每个人的喜好，其中生活用品的品牌有不同。钱良毅教授每次挑选一个特定牌子的洗发水，小黄一时忘记，在给他的套装里，装的洗发水是另一个牌子。

自然，这不算什么大事，就算弄错，钱教授也不大会在意，不过既然当时已经想了起来，小黄就决定纠正一下。他请高等数学教师辛苦一趟，重新为钱教授送一趟劳保，并把由罗迅送去的前一份取回来。

年轻的高数老师爽快地应允了，不久就把前一份取了回来。小黄清晰地记得，高数老师一到就告诉他，不能多聊了，下面有课，就快步离开了系办，很快响起了上课铃声，应该是十一点整的那一堂。

劳保是十点钟运到系办的，此后老师们在授课和实验间隙依次领取，其中就包括了罗迅和高数老师，在一个小时这样的时间段里，又发生了上面的反复过程，罗迅所承认的那些作案情节，发生概率变成了零。

首先，即便罗迅确曾对钱良毅的劳保动了手脚，他送去的那一份也被高数老师取回了。钱后来使用的，是高数老师送去的另一份。因此钱未曾使用过罗迅经手的牙膏。

按罗迅的说法，是他早有预谋，在取回他和钱良毅的劳保后，并没有把钱的那一份直接送到钱的办公室，而是拿回家做了手脚，而且并没有马上拿回，是在又一次到校时才送了过去。高数老师却在他离开系办后不久，就在钱的办公室看到了那份劳保，并且取了回来，这与罗迅招认的情节不符。

从所有的劳保抵达系办的十点，到高数老师前往调换后去上课的十一点，一共一个小时。罗迅的家在郊区，往返一趟需要一个半小时左右，在不到一个小时的时间里，他不可能将劳保拿回家做完手脚后再送回钱的办公室。就算罗迅在取到劳保后没有回家，立刻在其他地方动了手脚，经过高数老师的调换，劳保也没有抵达几天后才回国的钱良毅手中，而是换到了其他教员手中。对于领取了那份劳保的教员有没有发生影响呢？起码到目前为止，没有任何异常。

从严谨的角度出发，应该马上查出领走那份劳保的人，调查化验取证。警方也确实做了这样的布置，但做出布置的朱警官和郝涛提前就断定，不会有任何问题。

根本就没有发生过罗迅在牙膏上做手脚的事情，那完全是罗迅本人在警方压力下的臆想。无论是警方，还是孙艾、小黄等有关系的人现在都共同持有这种想法。

可罗迅为什么会有那么详尽的臆想？

“可能是因为最近各方面的变化，让他有不适之感。”孙艾说。

“都有哪些变化呢？”朱警官丝毫不掩饰对这个化学讲师的个人兴趣。

孙艾被触到了不能明言的心事，从容回应：“可能是他事业上有一些起色，带来的紧张和压力吧。”

“哦——”朱警官沉吟一下，对这个回答不够满意，不过也不再追问。

眼前最重要的事情像有了一个了结。校方没有被过多惊动，有关系的两个人很配合。年轻的高数老师并不完全明白发生了什么，但对那个上午领劳保的情节记忆清楚。系办秘书小黄对罗迅夫妇很讲情义，说话做事也很成熟，像一个有模有样的办公室行政人员。

郝涛说：“朱队我算服了，跟着你什么稀奇事儿都能碰到。就没听说过，警察要努力说服已经承认犯罪的人他没罪，还要用证据向他说明。”

罗迅被刑事拘押是头一次，他以为这一次是没有尽头的，没想到这么快就发生了转折。

朱警官将最近孙艾的努力，系办秘书小黄提供的证据，尽量详尽地讲了一遍。

罗迅在被带出来时，是恍惚的，是两眼无神的，木木地坐了下来。在朱警官开始讲话时，他仍然是恍惚的，像是没有听到。但讲着讲着，他的脸色有了变化，后来，两行泪水悄无声息地流了下来。

朱警官说："罗老师，你还认为自己谋杀了钱教授吗？"

"我得感谢我的妻子，还有我的朋友。"罗迅说话有些像外交辞令，声音却是颤抖的。

"你还认为你杀了人吗？"朱警官重复了一次。

"不知道，"罗迅说，"谁能告诉我最终答案，我究竟有没有杀人，我究竟是不是一个罪犯呢？你能吗，朱警官？"

这种奇怪的案件和嫌疑人，的确不多见。

"我不知道自己做过什么，这可能很奇怪，"罗迅说，"但我想，不知道自己做过什么的人，不见得只有我。"

4

郝涛在罗迅的话语里听出来一点儿玄乎的味道，他知道朱警官肯定也听了出来。

但朱警官不关心这个。

朱警官关心一些事务性的事情，他招呼郝涛，准备为罗迅重做一份笔录。

罗迅有此茫然：“如果重新做笔录，算不算翻供呢？”

这个问题郝涛就可以直接解答了，当时只有他和朱警官在场记录，所做记录没有请他签字画押，纯粹当作备份，并没有形成预审记录。虽然这样做不合常情，但后面的事情处理起来会更方便，比如现在，起码不存在翻供问题。

罗迅像是很感动的样子，说不出话来。

一个无辜的人在压力下精神崩溃的情形是常见的，遑论历史上有过的刑讯逼供、屈打成招，但一个无辜的人在尚未被赋予太大压力的情形下，迅速“编造”出合乎情理的作案情节，是莫名罕见的。

除非那个情节虽然没有发生，但已经天然地存在于嫌疑人的脑子里了。这又是不合逻辑的。

此外，那片牙膏皮确实被警方收到，并且化验出了问题。

这两个大疑点目前没有解决的方向，不过首先应该厘清罗迅不是凶手。

重新做罗迅的笔录很简单。罗迅在警察讯问下，讲述了他跟钱良毅的交往和交集，重点在钱出事之前的一段日子。事实上，两人虽为同事，却没有太多交集。包括帮忙领取劳保，罗迅其实并没有跟钱本人发生过接触。在这一次，罗迅叙述清楚，跟小黄和高数老师提供的情形完全相符。

在不同情形下，罗迅承认和讲出不同的情节，都言之凿凿，这种表现是否代表他的人格和性格有些扭曲呢?

在嫌疑人离去时，朱警官对郝涛说："你好像不开心的样子。"

"没有哇，"郝涛的否认形同于承认，接下来是原委，"我怎么觉得，这个人在快被定为杀人犯时，蛮讨人喜欢的，现在被洗清了，无辜了，反而有点儿不那么让人喜欢了。"

"不管喜欢不喜欢，反正他也不会在这里待多久了，"朱警官笑道，"你一直耍光棍，该不会有同志倾向吧? "

郝涛故作正色道："我是同志，也是革命同志。领导同志，别忘了我们还肩负着重要的阶级使命，去跟资本主义反动足球俱乐部做个交代。"

朱警官说："你不说，这事儿我还忘了，那可是世界级的呀，不能把人家搁那儿，下午得赶紧去一趟。"

下午，朱警官和郝涛前往一家五星级酒店，在那里，滞留着几个与苏卡容相关的人，有俱乐部方面的代表，苏卡容个人的经纪人等，处于警方的控制之下。

"本来整个皇马俱乐部都扣下了，不过人家确实还是实力强，有影响，一直扣着经济损失和社会影响太大，就放走了，只留下几个人。至于真跟案情有关的人是在留下的人里，还是在放走的人里，就没法百分之百确定了。"

朱警官唠叨了两句，这些情况其实开车的郝涛早了解得一清二楚。说一说，潜台词是即使是警方，对一些事情也无奈，算是一种老警察的牢骚吧。不过郝涛清楚，此行的目标是明确的。

摁动门铃之后，开门的是一个小个子，一张东南亚人的脸，顶着一头染黄的短发，笑眯眯地做出邀请的样子，说着带口音的汉语："警察先生，欢迎欢迎。"

朱警官点头致意道："您是胡辛先生吧？"

"是我，是我，"小个子应声道，"我是苏卡容的专业按摩师啦，也是很好的朋友，好多年了，没想到……我一直跟着他，他挣了大钱我也不要他太多，讲情义嘛，不然我很贵的啦，没想到，没想到……"

朱警官跟对方简单寒暄两句，说着说着，冷不丁地问道："您原来是不是还有个名字，叫夸猜呀？"

小个子面不改色："不是啦，我没有叫过夸猜什么的，也从来不认识这个人。"

小个子一否认，朱警官和郝涛心里反而有底了。朱警官表示，这次因为出了苏卡容这么大的事情，扣留了皇马方面的客人这么久，现在调查基本结束了，可以办个手续，让最后一拨这几个客人离开中国了。

小个子称谢道："谢谢警官先生啦，这次碰到这样的不幸，给中国方面添麻烦了。我们回去以后呢，还有什么需要，尽量配合。"

朱警官摇摇头："其他人可以回去，您还得继续留下来，我们决定正式拘押你。”

“为什么？”

“请你见一个老朋友，夸猜先生。”

“我已经讲了的呀，我不叫夸猜。”

“朗亚先生，他很想见见你呀，夸猜先生。”朱警官坚持称呼道。

听到“朗亚”这个名字，小个子沉默了，一直挂在脸上的谄媚笑容消失了。

朱警官像来了兴致：“夸猜先生原本可是个大经纪人，自愿降低身份，当起了按摩师，算是大丈夫能屈能伸哪。”

小个子在一开始时满脸笑容，嘴不停地说话，后来一听到“朗亚”这个名字，就面如死灰，一言不发。这种前后反差让郝涛印象深刻，不过当警察以来各种怪人见多了，见怪不怪。有时候他甚至觉得，朱警官就是个最怪的人，比大部分罪犯还怪得多。

这几天事情繁多，朱警官这一组同时处理几个案子，事务性工作一堆接一堆，应接不暇，在把夸猜带回警局后，马上又要安排释放罗迅的事情。

朱警官笑道：“这个大学老师、青年科学家有点儿像小孩，放出去还得联系家长，让家长来接。”

郝涛应了一句，他已经知道，请罗迅的妻子孙艾来，不只是当家长那么简单。

孙艾当然是很高兴的，见到罗迅出来，请他换上了她带来的新衣服，又对警方表达了感谢，不顾当着众人的面，上前拥抱了他，牵着手准备离去。

朱警官煞风景地说：“等一等。”

“还有什么手续需要办吗？”孙艾耐心地问道，睁大了水潭一样的眼睛。

“罗迅可以走了，但你不能走。因涉嫌从事非法经营活动，你需要留下来协助调查，”朱警官一边说一边示意郝涛，“如果不明白，可以请小郝警官向你出示一下拘留手续。”

5

孙艾被当场拘留，刚被释放的罗迅马上遭到意外打击，一度表示自己也不愿离开。警方的态度是允许他在现场跟妻子交谈一段时间。警局不是旅馆，不放你时你走不了，放你时你想留也留不下。回去后，如果孙艾被扣留的时间长，可以再来探视，送一些日常用品来。

对这对夫妇，朱警官一贯和善，现在仍是和善的，但透出了一些强硬。

罗迅说不出话来。孙艾却是镇静的：“你先回去，朱警官肯定是因为有事情需要了解，讲清楚我就会回去了。”

罗迅被郝涛送走后，朱警官问孙艾，需不需要休息一下。

孙艾睁大了无辜的眼睛，坦然道：“不用啊。”

朱警官问道，罗迅肯定没有杀人吧？”

“当然，”孙艾严肃地说，“如果是凶手，你们怎么会放走他。”

“他为什么认为自己是凶手，还招认了作案情节？”

“那个情节不是已经被证明是假的了吗？”

“你爱人究竟是一个化学老师，还是一个编剧？”朱警官说，“案情是假的，但一个理工男怎么那么会编？”

孙艾的两手不觉放在额头上，显出痛苦的样子：“我真不知道他脑子里在想什么。”

“没有人比你更了解罗迅了吧，他为什么反常，你就没有什么了解？”

孙艾沉默地凝视着桌面，她无奈的样子楚楚动人，让年龄比她小不少的郝涛都不禁有些心动。

“提醒一下，小野新平先生，你认识吗？”

从一个很特殊的渠道，朱警官握到了一张牌，是一个疑似日本人的姓名，他希望在最恰当的时机打出这张牌。

孙艾的脸色瞬间变了，她没有说话。在郝涛眼里，脸色说明了一切。

不料朱警官态度和缓下来：“孙美女，你脸色不大好。我就说，应该休息一下，今天不急着谈什么了，明天再说吧。”

孙艾一时语塞：“朱警官，我……”

朱警官摆摆手：“不必多说啥了，我们是公务在身，但朋友还是朋友哇，不能六亲不认呢，我和这个小子，都很喜欢和尊敬你们夫妇俩，希望这个案子彻底搞清楚之后，咱们一直会是朋友。今天就到这里吧，你休息。小子，你带孙老师去东区招待所住吧，就不住这里的……这里的房间了。招待所虽然比不上五星级酒店，不过也可以请您见识一下，如今咱们公安战线的服务档次，有提高哇。”

被称为“这个小子”的郝涛应和着，请孙艾跟着他去休息。孙艾迟疑了一下，向朱警官道声“谢谢”，跟着郝涛前往招待所。在那里，郝涛跟其实是女警的“服务人员”交接了一下，客气一番“好好休息”后，便离开了。

第二天上午九点半左右，朱警官继续请孙艾“谈谈”，其实就是审讯。朱警官大大咧咧地说：“昨天说到哪儿了……哦，对了，小野新平你认识不？”

经过一晚，孙艾恢复了从容，脸色不难看了，竟然还轻松地笑了笑：“这是个日本人吗？”

“听名字像，不过也不一定。”

孙艾默想了一下，像是下定了什么决心：“朱警官，我认识小野新平先生，但是……这跟我的工作所涉及的商业秘密有关……”

“对警方来讲，没有什么是秘密。”朱警官轻描淡写地说，每个字都清晰可辨。

“可能是这个道理，但……”孙艾用目光扫视了一下正在记录的郝涛。

朱警官看了郝涛一眼，笑道：“你是担心这小子呀，这样讲吧，他就跟我一样，或者也可以说，他就不存在，是空气。”

“好吧，”孙艾微咬了一下嘴唇，下了决心，“我刚才说，有可能涉及商业秘密，还跟国家……我不知道，也许有更重大的关系牵扯在这里面。我当时签了保密协议，会限制我讲出一些情况。”

朱警官和郝涛交换目光，接着说：“刚才已经说了，对警方来讲，没有什么是秘密。这些情况事关你丈夫的清白。如果你不愿意讲，可能会给我们带来更多麻烦，但没准也会给你……”朱警官有些说不下去，他不愿意用威胁的口吻跟她讲话。

孙艾摇摇头：“我不是这个意思，我愿意说出我所知道的一切，但是，我需要对我的工作承诺，不管涉及的是商业秘密，还是更重要的什么，有个交代。我需要一个手续，或者说仪式。”

朱警官不解：“您究竟需要什么，我们能做什么呢？”

孙艾说：“朱警官，我知道你们公务在身，也看出来对我们夫妇毫无恶意。我很想努力配合，也希望洗清不管是我，还是我丈夫的任何嫌疑。但作为一个职业经理人要讲职业道德，作为一个人，也要说话算数、信守承诺。遵守合同，保守秘密，是必需的。现在为了协助办案，我愿意讲出我所知道的事情，但需要一个认定，来自权威部门，就是一个成文的公证文件，公证我为了公众的利益，才讲出这些，并且除了你们办案人员外，不得再向任何其他人透露。”

朱警官略显困惑：“我们警察守密肯定都没问题，但你要这个公证授权文件，找哪个部门开呢？我们公安局本身不行吗？要多高的权威部门呢？总不能是中央吧？”

“只要是具有公信力的上级权威部门，就可以。”

八、承诺

1

孙艾返回招待所，郝涛冲朱警官挤挤眼睛：“这个孙艾，是不是有点儿太矫情，太麻烦。”

朱警官说：“我喜欢讲原则的人。”

“是，这样的人做朋友最可靠，”郝涛说，“不过，没见过给警方提这么过分要求的，咱们居然还同意，也是天下奇闻。”

在两天时间里，郝涛准备了一份由上级部门签字盖章的“公证书”，注明由于保密需要，公证部门不能公开，但视同具有法律效力。朱警官和郝涛拿到这份文件后，仍然不免担心孙艾会不会不认可。

孙艾将“公证书”看了一遍，叹了一口气。

朱警官和郝涛关心这叹气的含义。

孙艾说：“难为你们为我一个被拘捕的人准备了这份东西，我不会再没事找事了。我承认，我确实认识小野新平先生。”

孙艾说，要从头说起。

郝涛在记录时，觉得不像在做口供，像在记录一个童话故事。

孙艾和罗迅从小就认识了，“青梅竹马”四个字包含的不仅是美好，还有种种痛楚和纠结。孙艾从小美丽聪明，学业优秀，得天独厚，相比之下，罗迅却是个略显普通的男孩子，跟孙艾有明显的差距。

但罗迅是一个自小就有理想的男孩，执着倔强，不断追寻。被称为校花的孙艾被他深深地打动了。在孙艾的鼓励、帮助下，在罗迅的努力和坚持下，他取得了超出个人资质的成绩，完成了名牌大学的学业，成为一名大学老师，像是登上了实现理想的台阶。

但人的后天努力不能取得无止境的效果，美好的爱情和婚姻也不可能帮助一个人达到所有目标。走到这一步，罗迅靠努力所能达到的，似乎要到了尽头。

人有理想是宝贵的，但如果人的天分和资质达不到实现理想的标准，则是一个痛苦的悲剧。那些宣扬“只要够努力就一定能成功”的励志鸡汤其实是美好又虚假的童话，成功的人总是比努力的人少得多，是少数中的少数。爱迪生说天才是百分之一的灵感加百分之九十九的汗水，但大部分人就算付出了百分之两百的汗水，也仍然成不了天才。爱迪生和爱因斯坦固然努力，但首先是老天给了他们天才的底子。如果所有努力的人都能当上爱因斯坦，那他就不是爱因斯坦了。

罗迅不是爱因斯坦，只是一个普通人，也终于回归到普通，在大学里成为一个平庸的化学老师。不管他胸中的梦想有多高，终于还是只能在大地上默默而缓慢地行走。就算身边有钱良毅那样的大科学家，他也只能像面对一座大山那样仰望着，渐渐承认自己的命运。

作为一个妻子，孙艾不会因为罗迅在现实中是什么样子而减少对他的爱情。孙艾说，在另一个世界里，你永远是一个自信的天才，是一只翱翔在天空里，俯瞰苍茫大地的雄鹰。

罗迅被妻子感动，不是一瞬间的，是在漫长的时日里深层的情感。但他也是苦涩的，那另一个世界究竟在哪里呢？

孙艾说，就在你和我的心里。

尽管有失落，但罗迅和孙艾接受了这种平凡的幸福。

孙艾却是不平凡的。她没有走上教学科研之路，却发挥了自己一贯的才干和能力，成为一个女性职场精英。

他们以为生活格局大抵就如此了，直到有一天，孙艾有机会接触到了小野新平先生。

在警方面前，孙艾不再隐瞒和躲闪，坦承小野新平不是一个人，而是一个系统，甚至也不是一个具体单独的系统，而是一个化作事实的观念。

小野新平接近英文单词“super”的汉语谐音，意为极佳的、超级的。系统的英文全称是supersystem，直译为超级系统。为了掩盖和保密，也为了简捷，无论在哪个语境里，小野新平成为系统的统一代号。

这样一个代号完全不意味着系统起源于日本吗？郝涛一边在心里琢磨着，一边继续记下“童话故事”。

孙艾对小野新平系统了解详尽，但直到现在，她只从一个单一途径接近和了解这个系统。

小野新平系统采取单线封闭式运行，在其中工作和服务的人员，称为辅导员。辅导员的职责有两个：一、寻找条件合适的志愿者(称为潜天才)，运用系统帮助其进行保养升级，成为专业天才；二、发展下线辅导员，但只能发展一个。

在系统的天才制造流程里，每一对辅导员和潜天才是一个单独封闭的计划，同其他辅导员和潜天才互不知情，完全处于各自的隔绝状态里。辅导员只发展一个下线辅导员，在协助下线掌握系统后，就不再过问下线的活动，也无权得知下线寻找的潜天才及更下线的辅导员。在这样的发展模式里，辅导员和下线之间，辅导员和自己服务的潜天才之间，都签署了严格的保密协议。

孙艾说，实际上她也不知道小野新平系统的创始者和顶层管理者是谁，有什么样的背景。既然在进入时就签署协议承诺守密，她就觉得有义务始终遵守协议。作为个人，她其实在猜想，如此超前的神奇科技成果，如果没有国家那样庞大的机构去运营实施，是不可思议的，尤其是她的上线一直强调，目前这个系统处于寻找志愿者进行实验的阶段，像任何新兴科技一样，待经过改进达到技术成熟后，将会在实践中推广，造福于国家、社会和更多的人，这样的思路也很像一种国策方面的考虑，至少是一个超级企业。所以，孙艾认为，她作为辅导员被要求保守的秘密，很可能是国家机密。

“那么，你有没有想过，这个系统的开发者可能并不是国家，而是站在国家反面的人，是犯罪组织呢？”

“不知道，”孙艾摇头，“我看不出来这样的技术有什么危害，或者说，我不愿意相信这种技术居然掌握在坏人而不是国家手里。另外，在那个时候，我已经别无选择。”

2

像所有的辅导员一样，孙艾并不能一开始就认识小野新平。

孙艾的上线介绍她认识小野先生，也经历一个渐进的过程，首先是推荐给她一种叫回忆素的药丸。

孙艾本人不需要回忆素，她要帮助丈夫。罗迅有远大的理想，却连职称外语考试都应付吃力，这就是理想与现实的距离。

使用回忆素后，罗迅不仅顺利通过考试，还有了前所未有的美妙体验。通过孙艾的转述，两个警察虽不能完全理解那种体验的美妙之处，却能够想象出一个人进入一种新境界的快乐。罗迅的头脑更清晰，记忆力大幅增强，整个生活状态都不一样了。但是，像任何一种普通药物一样，回忆素的药效也是有期限的，随着时间推移，效果渐弱到消失，罗迅也就失去了那种神奇状态，变得无精打采，坐立不安。他就必须再次得到和服用回忆素。

“这样，不就是对这种药物有了依赖吗？”做记录的郝涛很少讲话，在这里不禁插了一句。

朱警官了解郝涛所指，在法律上，药物依赖性就意味着……孙艾是个聪明的女子，也明白这种思路的方向，暂时沉默了。

朱警官不愿打断关于小野新平的故事，希望她继续："如果罗迅一直服用回忆素，是不是就不必认识小野新平了？"

孙艾说，在那个时候，她本人也不知道有小野先生的存在，也不知道拿给自己回忆素的朋友是她的上线，她只是到一定阶段，就请求朋友提供回忆素。每次当她得到回忆素后，罗迅就又一次从萎靡中摆脱出来，重拾那种美妙。但是，慢慢地，回忆素的效果也出现了递减效应，罗迅从最初的惊艳，渐渐变成了仅仅是摆脱困境，还有一种说不出的不满足和失落感。

恰在此时，上线向她公开了小野新平的存在。

一旦得知了小野的存在，就意味着必须担当辅导员，成为系统的一员了。

但这似乎是一个悖论，在上线辅导员发展下线时，当然得让对方知道小野系统的存在，但对方一旦得知，也就不能再有选择，必须接受辅导员的岗位职责了。那么，如果不愿成为辅导员，该怎么办？

孙艾说，上线辅导员一般会非常了解一个人，才会考虑发展下线，在讲出小野先生之前，已经进行了诸如回忆素等交往，对下线的意愿有了准确的判断和了解，才会迈出告知并发展授权这一步，下线一定会接受。

"那么，小野……也就是系统，能不能允许下线得知小野先生的存在，但不接受成为辅导员的任务呢？"

孙艾迟疑了一下，答道："不允许。"

郝涛和朱警官交换了一下眼色，表明他们在这个逻辑里听出了另一个方向，那是比药物依赖更危险的一个。

下线一定要接受任务。

孙艾说，上线经过考察和了解有十足把握，但有把握并不意味着百分之百。假如有人被告知了系统的秘密，又不接受，该怎么办？孙艾明确表示不允许，这不允许又代表着什么？

一个人得知了不能被泄露的秘密，又不愿意履行将被赋予的职责，可能得到的命运很清楚——灭口。

当然，灭口并不绝对意味着肉体消灭，在当今的技术条件和智力水平下，让一个人永远闭嘴的方法很多，但不管哪一种，总代表着一个黑暗的方向。

孙艾的命运没有走向那个方向，她接受了辅导员的角色。她说，在她眼里，这是一项有用和美好的事业，之所以暂时用这种秘密的方法进行实验和推广是可以理解的，毕竟对人类社会太具有颠覆性。她也遵从了协议，只从上线处得知相关讯息，不追问系统背景。

一个辅导员只能寻找辅助一个潜天才，发展一个下线。这个潜天才是谁，由辅导员自行决定。在规则上，上线辅导员也不知道下线发展的潜天才是谁，也不会关心下线的下线是谁。

但寻找确定潜天才，要遵循一套标准，这也是系统确定的，由上线传递给下线，一层层的辅导员掌握后，才可以去展开工作。

潜天才必须是某一个行业的专业人士，必须对专业有内行的了解，有长期的经验。

潜天才虽然是内行，但专业造诣一般，资质平平，没有凭借自身才能达到行业巅峰的能力。

潜天才必须处于一定的困境，在职业发展中面临瓶颈，无法继续上升。职业的不成功，同时导致他生活及各方面处境不佳。

潜天才必须有深切的理想，或者说成功的欲望，而这种理想和渴望是他本人靠自己的力量所达不到的，这种理想和能力的差距越大，就越有被系统重塑的价值。

“那我能不能在小野先生的帮助下，成为大科学家呢？”郝涛打趣道。

“你可以成为一个超级警察，但不可能成为科学家，”孙艾说，“系统的设置，只能帮助专业人士提高和升级，让一个人在本行里做到更好，无法帮助一个人掌握他外行的事情。”

朱警官了解到这个意思，他更关心另一个更具体的问题。

“你做辅导员，将自己丈夫确定为潜天才，进行辅导，这样在系统……在小野先生看来，是否妥当？”

“一切看辅导员的良心和判断，”孙艾说，“我们总是要寻找最合适的人，不管他是不是亲人。”

这个问题还包含好几层意思：孙艾的上线知不知道，或者能不能判断她会发展罗迅，系统会不会从某种渠道了解，以及如何认定。毕竟，资源有限，能成为潜天才，名额也是有限的。

究竟什么是系统的规律，什么又是这个世界上人的命运规律呢？

3

孙艾很快同意带两个警察拜会小野先生了，这出乎他们的预期。

经过市区、郊区，穿过挂着广告牌的低矮房屋、成排的树木，进入一个地下车库，通过淡蓝色的地下走廊。郝涛按孙艾的指示，停了车。三个人一起进入人脸识别技术控制的自动门，通过狭长的“写字楼空间”，在徐徐向两侧拉开的金属门后，看到了巨大的“电视墙”。

郝涛看到凹陷处的椅子，作势打趣道：“我可以试试，坐上去能不能马上变成天才。”

朱警官佯怒：“一边儿去，你算老几，要试……要试我这个领导先来呀。”

孙艾露出清爽的笑容：“好吧，您去试试。”

朱警官坐上椅子，戴上金属头盔，电视墙发出启动声，表明电源开启，系统进入运作。

朱警官看不到电视墙的屏幕，问站在对面的郝涛：“屏幕上都有什么呀？”

郝涛确实在仔细地看着各个屏幕，为了能看到整面电视墙，他摆动头颅，转换视线，眉头一皱一展，在朱警官眼里有些滑稽。这样看了不止一圈，郝涛摇摇头：“看不懂。”

朱警官说：“能懂多少是多少，讲讲？”

“朱队，您就别为难我了，不是我读书少，这玩意儿根本不是一般人能看懂的，还有……太多，太乱了。”

孙艾笑道：“朱警官有什么感觉呢？”

朱警官稍闭眼睛，左右耸动下肩膀，又睁开眼睛：“什么也没有呀，我什么都没感觉到。”

孙艾请朱警官从椅子上站起，指着各个屏幕上闪动着的图像说：“小野先生很神奇，但是，它只对被选定的潜天才有效果，帮助一个专业人士在他的专业里登上巅峰，对普通人，它是没意义的，就像这屏幕上的东西咱们都看不懂一样。”

朱警官上下扫视一遍，各个屏幕上闪动着各种多维变幻的图形、移动的线条、用字母代表的化学元素，内容丰富，但是完全看不懂，他拍拍郝涛的肩膀：“真不是你读书少。”

小野新平是一套天才制造系统，但天才不是凭空制造，只有辅导员寻觅确定的潜天才，才适用于被这个系统打造，成为真正的专业天才。

当潜天才被确定和发掘时，他的生理数据和专业程度，被辅导员通过系统“上报”，也就是经过仪器扫描，被系统纳入掌握。随后，系统会将数据库里所有关于这个行业的海量知识、成就，以数据形式形成一个标准的信息库，专为被打造潜天才量身定制。

当潜天才正式开始保养升级，也就是坐上那个朱警官和郝涛看上去有些奇怪又没用的椅子，戴上金属头盔时，人机对接也就开始了。

所谓人机对接，就是系统内的标准信息库信息，以脑部成像、数据模拟化等种种适于人脑接受的方式，在人的大脑中被储存并显现。通过虚拟探针，系统捕捉到潜天才脑内的神经元连接方式和频率，参与进入人脑的思维过程，并输入了已经量身定做的信息。

简单地讲，就是信息库所有的标配知识，以直接传输的方式，直观地进入人脑，不需经漫长的具体学习，即可变成被输入者的个人记忆储存。

对罗迅来讲，古往今来所有的化学知识、被记载的实验过程、最新公开成果，像拧开水龙头一般，直接注入他的脑中，成为他本人的知识储备。

郝涛说："那直接把那些数据输入我的脑中，我不也就马上可以成为化学家了吗？"

孙艾摇头："数据虽然可以转化为人脑可识别信息，但不是所有人脑都能识别的，一个行业的专业信息，只有具备这个行业专业能力知识的人，才能识别，否则就像读天书。就跟屏幕上这些东西咱们看不懂一样。这种现象，在数据领域叫专业隔离。"

郝涛又看了几眼屏幕上闪动的图像，不由得摇摇头，又冲孙艾点点头。

对于一个专业人士来讲，仅仅完成了海量数据输入，也就是拥有了大量知识包括整个行业知识，并不能直接促成该人士在这个领域里的创造力。然而，人是一种比人工智能更神秘的结合体，当一个人的头脑储备了足够的知识量，又能够随意调动这些记忆时，如果他已经具有了这个行业的长期训练，是个专业人士，又有着对本专业的热爱、渴望和欲望时，海量知识储备和他进取的意愿之间，就发生了化学反应，结出难以预想的硕果，此时，一个真正的天才就长成了。这样的过程并非对每个人都适用，具备这种条件的人，需要先进行检验，才会被选定为潜天才。

事实上，在志愿者直接使用系统升级，也就是在坐上那把椅子，戴上金属头盔前，一般已经在辅导员的指导下，服用了一段时间回忆素。回忆素的成分包含着基因记忆酶、黄烷醇等，按照秘方比例配制而成，其功能是强化记忆能力，尤其是提取有效记忆的能力。所谓提取有效记忆，就是原本存在于人脑中的记忆，在需要某种用途时，可以即时地被唤醒，并清晰地在脑中呈现。

回忆素是小野系统的辅助药品，在没有进行保养升级前，只对潜天才本人的原有记忆发生作用。这种作用已经是令人惊奇的了。比如罗迅复习过的职称外语考试资料，虽然经过复习，但原本并不能保证被牢固地记住，在经过回忆素的辅助后，资料却在罗迅脑子里活灵活现。在那个阶段，仅仅罗迅本人原来的专业知识积累，就让他的能力明显提升。使用回忆素的过程，也是一个鉴别潜天才条件的过程，可以了解知识记忆能力的增加，能否带来专业能力提升的综合反应。实践证明，罗迅是一个符合条件的潜天才。

于是，妻子就成为丈夫的辅导员。

4

郝涛想，小野新平系统不像是人类的产品，更像是魔鬼造就的。

但魔鬼不就是人造出来的吗？魔鬼正是一种力量，被从瓶子里放出来，改变了整个世界。

对于这位小野先生来讲，改变世界是秘密的，是从一个个具体而平凡的人开始的。

这些人的确平凡甚至平庸，唯其平庸，才有着被改变的巨大落差和意义。

一个普通的化学老师，通过输入专业知识记忆，通过升级，可以成为一个化学天才。

那么，一个普通的棋手，也可以通过升级，输入海量的棋谱数据，成为天下第一棋手。

一个平庸的球员，可以通过升级，输入海量的运动记忆，包括无数伟大的球星的亲身运动体验，在自己的脑中完成化学反应，成为一个超级巨星。

在返回分局的途中，郝涛一边牢牢记住路线，一边抑制着胸中的悸动。这段时间里，他看着朱警官东一榔头西一棒槌，一个案子没完又揽一个案子的节奏，不明就里。现在，他虽然还不完全懂，但已经约略感觉到了什么。

但朱警官更在意具体的事情。

“孙老师，小野先生是一个秘密，尤其是系统存放地，你这样轻易地把我们带去见了他，这个秘密算不算泄露了呢？”

孙艾诧异道：“你们不是警察吗，不是已经有了上级的公证吗？我当然会相信你们了。”

这个逻辑反而让朱警官有点儿迷惑，像用便宜价钱买到了奢侈品一样，有些不好意思：“是，有了公证书，我是说，假如这个系统是商业性质的……”

“我知道自己在做什么，”孙艾虽仍处于拘押中，却是落落大方的，“我是个成年人，也是受训并通过检验的辅导员。在小野新平的体系里，辅导员其实有很大自主权，决定带什么人去做什么事情。此外，每个去拜望小野先生的人，在进入那个蓝色区域时，已经被全息记录，并被及时传输到系统总部。如果认定有问题，系统会马上处理。”

“谁来执行这些事情呢？”

孙艾停顿了一下，答道：“我的上线，可能还有上线的上线。”

“上线……”朱警官重复了一下，不再追问。

郝涛则从孙艾的话里听出了另一层内容。

几天后，他有机会亲身验证他的判断。

他经过市区、郊区，穿过挂着广告牌的低矮房屋、成排的树木，进入那个地下车库。

地下走廊仍在，但不再是蓝色的了。上一次通过孙艾的人脸识别技术，门自动打开。郝涛本打算使用警察的非常手段进入，却发现门已经固定地敞开了，不再阻挡外来的不速之客。

狭长的写字楼空间仍在，但尽头的金属门没有了，原来摆放电视墙的地方，空空荡荡。

郝涛约略估摸出原来摆放椅子的位置，在那站立了一下，有莫名的怅然。

他当时的结论没错，在孙艾带着他们拜访这位小野先生后，对方就马上搬家了，或者说撤离、转移了。由于辅导员孙艾现在已经在警方拘押下，中断了工作，也就无从得知系统的新去向了。

这样，孙艾表面上是爽快地带着警方见到小野，实际上是给系统传递了信息，告诉系统自己已经被控制，同时又保护了自己，并保守了正在发生的后续秘密。在小野系统消失后，她也没有了系统的踪迹，警方无法再通过她来追查小野的动向。

郝涛不由心生感叹，孙艾的确是个有魅力的女人，也真是个聪明的女人，或者说，是狡猾的女人。

但孙艾的样子是无辜的，她仍然坚持着小野项目可能具有国家支持的背景，尽管她无从得知完整的情况，只接受上线的培训。她的无辜是真实的，还是一种伪装？

“上线。”朱警官重复着这个词语，与郝涛有区别，他更关心另一个方向。

对孙艾的讯问仍在继续，实际上，在那一天拜会了小野新平后，返回分局，朱警官就抛出关键问题。

“你的上线究竟是谁？”

孙艾抬起头来，有些吃惊，又有些失神，似乎是在困惑，为什么直到现在才问出这个重点来。

当然，对于这个迟迟才问出的问题，孙艾不是毫无准备：“朱警官，上线是我们辅导员最核心的秘密，比其他任何事情都更要保密，我们签署过保密协议……”

“你不是让我们准备了公证书，可以讲出那些事情了吗？”

孙艾摇摇头：“上线不同，是一个具体的人。我告诉您的，都是关于系统本身的事情，但如果讲出一个人来，我不知道这算不算是一种不守约了，因为这涉及一个信任我的人的安全。”

朱警官站起身来，来回地踱了几步，停在距门近、距桌远的一个位置：“你说了你认定这个系统是国家的一个计划，可能我们的层级太低，还不足以查明是不是有国家背景，但尊重你的判断。如果这确实是国家的项目，你和你的上线都是间接为国家工作和服务的人，我们警方是国家公权力机构，告诉我们，怎么能算是不守约呢？怎么会给信任你的人带来安全问题呢？”

对于孙艾，朱警官仍有着区别于其他被拘捕者的和善，也显露出了一些只可意会的强硬。

不知道孙艾是不是感受到这种压力，长吁了一口气：“能让我考虑一下吗？”

第二天，朱警官重复问题：“你的上线是谁？”

孙艾说："能再允许我考虑一下吗？"

讯问马上结束，朱警官不再多言，请孙艾返回休息了。

最简单的讯问以同样的问话和答话又反复了两次，到了第四天，孙艾说："考虑好了，我愿意讲出我的上线。"

郝涛摊开了笔记本，有些激动地准备记录，他不知道，一切面纱是否会就此揭开。

5

"我的上线是莫晓晓。"

郝涛在记录时稍稍停顿，朱警官也微微变色。孙艾犹如戳破了一个不该戳破的秘密，有些嗫嚅。

"我和晓晓是从小一起长大的，关系一直很密切。"

朱警官想了想，明知故问道："莫晓晓和你丈夫罗迅之间有什么过节吗？"

"没有，"孙艾说着，眼睛里闪烁着一点点泪光，"我们从小一起长大，晓晓遭遇了一些挫折，心理上有一些失衡，有时候会像没长大那样，有些吃醋、妒忌之类……但那不妨碍她是我们最亲密的朋友，共同成长的伙伴。我永远不会放弃她。"

这又是一些已知内容的重复，但并不让两个警察厌烦。

朱警官扭头看看做记录的郝涛，发现他也有一点儿动容，叹了口气。

"听说你一直罩着她，连来到咱们这个城市，这份工作，都是你帮的忙。”

“那是应该的，”孙艾说，“晓晓遭遇了很多痛苦、不幸，虽然也有自暴自弃的一些举动，终究没有堕落。我也有失去家人的时候，怎么会不明白她。对于这样一个女孩子，我和罗迅如果不伸手，世界上就没有人关心她了。何况……何况她还成了小野系统的辅导员，成了我的上线，将我带入这个神奇的世界。”

“你和罗迅，对莫晓晓的态度不够一致吧？”

“那不算什么，”孙艾说，“那只是青春期少男少女情愫的遗留，晓晓有时候情绪不够稳定，但我们会包容。”

这三个人有些复杂的关系尽管不能说是跟案情无关，但难以为外人所完全看清。朱警官不再纠结于其中。

“莫晓晓既然是这种不稳定的性格，怎么会被小野系统选中，成为你的上线？”

孙艾像是回味起了最让她愉悦的事情：“说实话，我也没想到晓晓会成为辅导员。我觉得，是小野先生，是超级系统赋予了她新的生命，在她身体里挖掘出另一个自己。如果说晓晓在平日里由于成长的伤痕，多少有让人不快之处的话，当她不再是个普通人，而是一个上线辅导员时，她是完美的。她循循善诱，充满耐心，思路清晰，做事精准，完全是一个女神。我跟她相处半生，最希望看到的，就是她这个样子。可惜罗迅从来没有看到过，根据保密协议，我也不能告诉罗迅晓晓是上线。”

“为什么有这样的反差，她应该很早就是辅导员了，也没有改变她平时的样子，包括她对罗迅……”

“不知道，”孙艾说，“她如果卸下辅导员的角色，仍旧是那个有些尖刻、庸俗的图书管理员。我猜，可能这是她对自己秘密角色的一种掩护。”

写下“掩护”这个词语的时候，郝涛感觉到一种荒谬。在这个年代的高校里，一个普通的图书管理员竟然会有谍战般的思想意识，令人难以置信。

孙艾说：“你们大概难以想象。当我成为晓晓的下线，在她的引路和指导下，成为辅导员时，我有多么幸福。最好的闺密终于不再是那种自暴自弃的样子，反而成了我的领路人。我和晓晓拥有一个共同的秘密，而且是那么有意义的秘密。”

郝涛不由得微微点头，朱警官知道年轻的警察有一点儿被感动了。感动并不能给办案带来好处，多数时候还会是干扰，但他正是为此喜欢这个由协警刚刚转正的年轻人。

他自己不能感情用事，得紧追重点。

“莫晓晓的上线会是谁呢？”

孙艾又说起重复多次讲过的系统原则：“小野系统是小组隔绝的模式，我不可能知道上线的上线是谁，如果我发展下线，晓晓也不会知道。我们的关系再亲密，也不会背弃这个原则。我了解到的情况，上下线辅导员之间一般本就是熟人，有着比较亲密的关系。”

上线、下线、熟人、亲密关系，在记下和默念这些词语时，一种熟悉的框架和模式不禁在郝涛脑海里被勾勒出来——传销，对，就是传销。这些年他也经手过一些非法传销的案子，有的危害之大，连朱警官这种专管顶级大案的精英警察都出马了。传销早就被定为非法了，可仍有各种传销团伙改头换面，盘踞一方，进行着那些并不高明的勾搭。跟那些买空卖空的低劣传销团伙相比，小野先生的智力含量高出了太多档次。

那么，这个超级系统算是传销吗?

郝涛不相信孙艾的推测，说这是一个由国家发起和支持的科研项目，朱警官肯定也不信。这个系统的种种做法和痕迹显示出它不具有国家科研的味道。朱警官的层级和权限足够，如果真属于国家性质，应该很快会得到通知。

孙艾姣好的面容和她的头脑相匹敌，如此聪明的女子，难道看不出“所谓国家秘密支持”的说法破绽百出吗?

朱警官继续追问，虽然明知问不出什么来。

“莫晓晓作为辅导员发展的潜天才，会是谁呢?”

这是一个不指望有答案的问题，她会再次重复系统的保密隔离原则，是在朱警官和郝涛意料之内的。

但孙艾的回答是不同的。

郝涛在记录时，笔画歪斜了一下。

“我猜想，应该是钱良毅教授。”

九、上线

1

刹那间，连朱警官也有微微的诧异。

“在这个系统里，你是下线，应该不会知道上线的潜天才是谁，对吗？”

“是的，晓晓当然不会告诉我，”孙艾说，“所以，我是猜测。”

警方不能把猜测当作依据，但这样的猜测，不能不引起朱警官的重视乃至兴趣。

“为什么这样猜测？”

“钱良毅当初符合潜天才的所有特点和条件，也经历了由潜天才成为专业天才的发展轨迹，外人难以看出，我们辅导员却能清晰地辨别……当然，我是在成为辅导员之后，再回想起当年的事情，才有了这样的认识。”

孙艾简单地复述了钱的经历。即便没有她的复述，对这个化学巨人，朱警官和郝涛也早就多有了解。

到去世前，钱良毅已是国际化学界的风云人物，被视为诺贝尔奖候选者。但钱不是一个少年得志的天才，成为化学老师后，多年来都平平淡淡，并无太多建树。

罗迅在学生时代上过钱良毅的课，孙艾也选修过。那时的钱老师在教师里也不是特别出色，有时候面对有才华的学生，都会不自觉地流露出一丝困窘。直到罗迅研究生毕业，留校任教，比他大十岁左右的钱良毅仍然是个不显山不露水的青年教师。跟罗迅之后的处境非常相似。

钱的才华是突然爆发的，像一头猛醒的睡狮，一颗骤亮的超新星，一瞬间就由黯淡无光变成了光芒万丈。在经历了漫长的彷徨期后，钱选定了科研方向，将重点投入“分子与超分子结构和性能定量关系”，这个普通人听不懂的课题在化学界有顶级的难度，钱的成果得到了业内的惊叹和赞赏。

这种突然爆发让人惊奇，但了解科学史的人也并不大惊小怪。科学的发展和科学家的成长有按部就班，遵循普遍规律的一面，也有超越常理的时候。一个原理有时会被意外地发现和确认，一个人也有突然开了窍，由庸才陡然变成天才的事例，犹如受到天启。钱教授可能也是老天选定的人，来推动人类科研事业的发展吧。

当时，孙艾跟其他人一样，持有上述观点。直到她成了辅导员，认识了小野先生后，她才有了另一种思路，或者说推测。

许多表面上的事情和奇迹，其实有着隐藏的意想不到的原因和答案。

“你有没有向莫晓晓——你的上线，提起过你的推测？”

“没有，”孙艾说，“当然不会，从成为小野系统的一员起，我就遵从着系统的规范，不会问到我不该知道的事情。我觉得，钱教授其实跟我们家罗迅很相像。”

“是吗？”朱警官了解的情况是：这两个有年龄差距的男人，除了都从事化学专业外，毫无相像之处。

“他们都挺不容易的。”孙艾说。

在钱良毅普普通通的漫长时日里，他要在专业上站住脚，要维护住基本的利益和尊重，这些都耗尽了一个青年科研工作者的心血和精力。在突然爆发，成为所谓的化学天才后，同行嫉妒和高校内部的人事倾轧继续考验着他，终于，凭借突出的才能和成就，他摆脱了种种牵绊，有了国际性影响。到这个时候，那些曾经给他设置障碍的人，也换了副面孔，一个个成为将他视作骄傲的同事、同行。

人只会嫉妒跟自己情况相仿的人，不会嫉妒已经升上天空的巨星。

“所以，你希望罗迅成为钱良毅那样的人。”

孙艾垂下了眼睛：“我没有不顾规则地去发展他作为志愿者。我了解他，根据系统认定潜天才的原则，罗迅在各方面都非常符合。我是按照辅导员的职责，挑选了他。也许，系统会发展我作为辅导员，就是因为罗迅被选中了，谁知道呢？在这个大数据的时代，人的命运和人的关系，好像都更标准化了，又好像更没有标准答案了。”

朱警官和郝涛都很喜欢这样一种讯问，喜欢一些类似的话题，但办案的要求促使他们要匡正方向。

“根据我们了解，好像一般人认为，您跟钱教授的关系，远比莫晓晓跟他要密切。”

孙艾不由得瞪大了眼睛，像是还在被这个老问题困扰。

朱警官说：“抱歉，我们对私人问题本不该这么感兴趣，但是这个涉及……”

“钱老师确实对我不错，加上我们公司有一些业务上的需求，想让我运用关系，去搬动这位大科学家，让他的成就和名望为公司站台。我们打过一些交道，但都是正常的，”孙艾说，“那些谣言是荒唐的，罗迅理都不理……”

“莫晓晓好像不这样想。”

这确实是一个奇怪的局面，假如莫晓晓真是孙艾的上线，有着良好的关系，她为什么表面上还一直对罗迅有所纠缠，并在此事上诋毁孙艾?

孙艾摇摇头：“晓晓不是表面上那个样子，她受了很多委屈……她可能在系统里是层级很高的上线，但她也是被她的上线所发展的……如果她在成为辅导员后，有明显的表面变化，她可能有担心……因此，她在表面上表现出的一切，是掩护。”

郝涛第二次记下“掩护”这个词语，莫名地感到一点儿忧伤。

表面!

2

朱警官要结束这次讯问，问到最后一个问题："罗迅觉得，是莫晓晓在告发他杀害了钱教授，你觉得呢？"

"绝不可能，"孙艾说，"晓晓可能会用这种话去刺激罗迅，但绝不会向警方举发。这其中定有隐情，做此事的人，不仅想害孙艾，也想害晓晓。"

"那么只有找莫晓晓本人查个清楚了，"朱警官对郝涛说，"麻烦你跑一下，请莫晓晓来一趟吧。"

"请？"郝涛狐疑道。

"废什么话，办拘留证，正式拘留。"

看到孙艾不安的样子，朱警官安慰道："放心，拘留不代表有罪，您现在不也是被拘留，等我们查清了，自然没事了。"

孙艾茫然道："我不知道我讲出这些来，算不算出卖了晓晓，违反了守密规定……"

朱警官说："我们是警察，你别无选择，而且……一个人做什么，有时候不在于外在的规矩，而要听听心里的那个声音。"

孙艾回招待所休息去了，在朱警官的眼里，她长长的背影拖着，像一道汉字笔画。

但郝涛没有找到莫晓晓。

M大图书馆的人说："莫晓晓有好几天没来上班了，电话也不接，我们已经把她的值班时段暂时分给了别人。”

除了学校单身宿舍，郝涛还找到莫晓晓租住的居民区，也没有踪影。

邻居说：“很多天没见过她了，估计是回老家了。”

但学校图书馆的同事认为她不大可能回老家，她似乎对故乡没有任何思恋之情。在一番讳莫如深、欲言又止后，图书馆的同事告诉警察，莫晓晓从小家庭破裂，好像很小就基本不跟父母打交道了。在家乡如果连父母都不来往，更没有回去的必要了。

同事说：“好一阵子不见人，已经在校保卫处挂了号，准备要报警了，刚好你们来了。”

这种情况，可以有基本的结论——莫晓晓失踪了。

莫晓晓在这个节骨眼上失踪，作为警察，不可能不联系到正在进行的案情调查。当孙艾讲出莫晓晓是上线辅导员，警方必然会前往询问时，她就不见了。

回到分局，郝涛有些愤然：“孙艾说要考虑，拖了好几天，明显是拖延时间，让莫晓晓逃匿，咱们是不是被这个女人耍了？”

朱警官摇摇头：“这个不是重点……还是要继续找莫晓晓。”

学校图书馆和居民区的人说，莫晓晓在这个城市里似乎也没有什么朋友，虽常有跟男人有染的迹象，却没有固定的男朋友，独来独往，因此也没有什么人可以投奔，或供警方调查询问。

这样，唯一跟莫晓晓有着密切关系，可能提供线索的，只剩下孙艾和罗迅夫妇了，罗迅是不了解也不愿了解莫晓晓的具体情况的，只有回过头去重新询问正在拘押中的孙艾。

“我真的不知道她会在那里，她怎么会不见了呢？”孙艾有些坐立不安，很担心闺密的去向和安全。

“不要急，好好想一想，她可能去哪里，去找什么人？”

孙艾说：“晓晓性格确实有些孤僻，嘴上很刻薄，不大会与人相处，我实在想不出她会去哪里。”

“会不会回老家呢？”

“更不会，我们的家乡是她伤心之地，在二十岁之前，她就连父母都不联系了，她没有什么值得留恋的故人，”孙艾说着，掉下了眼泪，“故乡也是我的伤心之地，我家本来……”

郝涛为她递上了一张纸巾。她难免想起早逝的父亲和失智的母亲，大家都不愿意陷入这样一种氛围。

在孙艾离开后，朱警官仍然叮嘱郝涛：“他们的家乡城市还是该去找一下。”

郝涛第二天就搭机前往那个小城，搜寻了几天，没有找到莫晓晓，这个结果都在他和朱警官意料之内。

在当地的户籍档案里，莫晓晓、孙艾和罗迅的家庭基本情况都能厘清，但这个城市改造力度大，物是人非，人员居住地点都完全与当年不同了。三个家庭难觅踪迹。罗迅的父母早已随他的哥哥去南方生活了。孙艾的父亲早年病故，母亲患有老年痴呆症，对亲人和朋友都倍加关怀的孙艾为什么没有把母亲接到身边照顾，而是留在了小城的养老院，郝涛不得而知，家家都有不足为外人道的事情吧。莫晓晓的父母还在这个城市，但早在她小时候，这个家庭就崩解了。

莫晓晓的父亲拒见警察，郝涛也没有运用警方身份强行要求见面。莫晓晓的母亲终于露了面，漠然地说："我不知道她去哪里了，其实早就不知道了，快二十年没见面了。"

"这些年你们从来没有联系过？"

莫母微微动容："小时候确实是我们不好，后来我想找她，但她从来不见我，打电话也不接。我虽然改了嫁，可我忘不了，她也是我的亲骨肉哇。她不愿认我，我也没脸皮非去相认、见面。"

莫母请郝涛看一张莫晓晓小时候的照片，那是她保存的最后一张女儿的照片，摄于十二岁，当时还是用胶卷洗印，莫母翻拍在手机里，有时候会拿出来一边看，一边流泪。

郝涛觉得，莫晓晓小时候的样子跟现在相比变化很大，不过还是能看出大致的眉眼轮廓。

从小城返回后，郝涛向朱警官汇报了此行了解到的情况，与此前已经掌握的一些材料一一印证，基本上能勾勒出莫晓晓和孙艾的经历，当然，这其中不可能包括她们成为小野系统辅导员的情形。

"就这些？"朱警官习惯性地补问了一句。

郝涛总觉得还有什么没想清楚，要补充，但又想不大清楚，快离开时，才在门口回头说了一句。

“朱队，我从莫晓晓她妈那里见到一张她小时候的照片。我怎么觉得，她小时候的样子很像孙艾呀。”

“小孩子，尤其女孩的样子，变化很大，女大十八变，”朱警官说，“你是最近这段时间看孙艾看太多，顺眼了吧。”

3

朱警官在阴天的下午泡了一壶乌龙茶，就着袅袅的水汽说，虽然找不到莫晓晓，但是，除了孙艾，我们已经拥有了另一个辅导员。

郝涛已经心知肚明，不过觉得“拥有”这个词儿有点滑稽。他想，又不是什么宝贝财富，谁愿意在手里摊上这样两个东西，还“拥有”。

朱警官吹嘘茶叶好，请郝涛喝，可郝才喝了半口，他就跳起来说：“干脆现在就去吧，本来想明天上午去呢。”

“去哪里？”

“拜见辅导员。”

郝涛把车往郊区的监狱开，在那里，大毒枭朗亚已经“长住”了好几年。朗亚自然不是辅导员。郝涛想，这样的安排，很像朱警官。

在监狱会客室里，被带来会面的，不是朗亚，而是不久前被拘捕的按摩师胡辛，现在他已经不拒绝被叫回本名夸猜了。

朱警官说：“夸猜先生，在这里还习惯吧？”

"不习惯。"夸猜冷冰冰的，面无表情。

"你应该见过朗亚先生了吧？"

夸猜微微动容，声音低了许多："见过了。"

"那现在要不要再找他出来，咱们一起聚一下呢？"

"不必了，不必了，"夸猜有些动容，又有些情绪黯然，"有什么要问我的，就讲好了，反正已经到了这一步。"

朱警官笑了笑："夸猜先生的汉语普通话还真是不错，一点儿口音都没有，跟那个叫胡辛的按摩师不同啊。"

郝涛想，没有人比这个老警察更喜欢猫抓老鼠的游戏，如果是罪犯，不一定恨他，但一定会烦死他。

夸猜侧着脸，避开警察直勾勾的目光。

朱警官像跟老朋友谈家常："夸猜先生是什么时候成为辅导员的呢？"

夸猜皱着眉头，像思索一个久远的故人。·

"啊，辅导员就是assistant，咱发言不准，您将就着能明白就行。"

郝涛停下笔，跟朱警官一起专注地看着他，构成两股视线组成的压力场，瓦解着对方的抵抗。

但对方根本没有抵抗。

"大概在两年多前。"

夸猜简短的回答，承认和证实了许多内容，他是辅导员，也就又一次印证：世界上真存在着一个系统，为其工作的人称为辅导员，孙艾供述的关于“小野新平”的离奇故事是存在于这个世界上的事实，而且这个系统远比想象中的庞大。

“你寻找和确定潜天才，是在什么时候？”

“也是两年前，比系统确定我晚半年。”

从表情和语气可以看出，夸猜不愿意回到更早的时候去了，不愿意回到比两年前更早的时候，不愿意回到三年前、四年前、十年前、他和朗亚有充分交集的时候。

在那个边境三角地带，在密林山岭，有时也在城市街道，昼夜不分、黑白颠倒，甚至人鬼不分，运毒贩毒，黑吃黑，像战争一般的帮派火并，他是狠毒的，这狠毒朝向别人，也朝向自己。他有着稳定的忠诚，体现在行动上，虽然心里的想法可能千变万化，却不妨碍他在行动上的暴烈和执着。他这种忠诚得到首领朗亚的赏识。

有一天，一个跟朗亚有关系的英国人来到山寨，问他愿不愿意改行。

“改行，那我做什么？”

“做正行，体育经纪。”

夸猜竟然一下子就离开了那个边境，这当然得有头领朗亚的同意，甚至是他的授意安排。他先去了新加坡，接下来是欧洲、日本，后来到了泰国。

“如果不是朗亚先生现在也在这里，我会认为他就是小野新平的创建者。”夸猜已经完全对那个超级系统不讳言了。

“那么，你有没有见过系统的创建人呢？或者，我们可以把他直接叫作小野新平先生？”朱警官一直笑眯眯的。

夸猜睁圆了眼睛，这个时候，郝涛才发现，这个黑皮肤的小个子不是真正的小眼睛，只是多数时候眯着眼。

“小野新平不是一个人，是一个系统。每个辅导员都能见到小野的终端，但那只是一个终端。”

终端就是那面带椅子的“电视墙”。

离开边境，从事体育经纪，改变了夸猜的生命轨迹，在当时就挽救了他。他离开后不到半年的时间里，相继发生了边境黑帮大规模火并、几国警方合力清剿等一系列变故，几个黑道山寨土崩瓦解，兄弟们死伤过半，亡命奔逃，首领朗亚也生死不明，不知去向。

如果夸猜当时还在山寨，以他的性格和行事方式，多半会在火并和抵抗中殒命。但他不仅在大洗牌前离开，还通过转行洗白了。他成了一个活跃于东南亚一带的球员经纪人，最终落脚于泰国。泰国的足球市场不大，他的生意算是顺利的，但也没有大的起色，仅仅依靠穿梭于泰国和欧洲低级别联赛之间倒买倒卖维持局面，直至他碰到上线辅导员。

在小野系统里，上下线的关系是极牢靠又极有分寸的。上线在精挑细选、严格审核后挑选出下线，倾囊相授后又不再干涉。下线习得规矩和本领，成为辅导员之后，便可以完全自主地选择潜天才，也可以选择发展下一个下线，上线不仅不干涉不过问，还不知情。这种前所未有的金字塔结构，让夸猜愉悦地完成了他的“事业”。

他选择了一个叫苏卡容的普通球员。

苏卡容让他印象深刻，不单纯是足球的原因。他跟这个泰国球员打的第一次交道，竟然是对方向他推销保险。那时候苏卡容刚刚进入半职业比赛，光靠踢球连维持生计都困难。

苏卡容处境艰难，又是有潜力的，潜力又没有大到足以成为巨星，这正是最符合条件的潜天才。

郝涛有些不明白的是，科学知识、棋类游戏能够通过向大脑输入数据信息，几何级数地增加能力而造就天才，是因为那本就是一种脑力活动。足球是一种运动能力，输入数据信息又有什么用处，输入的又是什么样的数据信息呢？

“原理是一样的，输入的是所有关于足球的知识，理论的、技术的、战术的，尤其是杰出球员的运动记忆信息。”

现代科技对运动领域的深入，早已超出普通人的表面观感。每次球赛，每个球员的运动状况、身体状况甚至每条肌肉的反应状况，除了用影像和基本数据保存外，还经过各种传感器的记录分析，形成了大数据库，这种大数据库一般是运用于训练和比赛中，作为决策参考。

但小野系统将数据安排了更神奇的用途。

4

“如果将海量的运动数据输入你我的大脑，大概没有什么效果，甚至可能带来精神紊乱，但输入一个像苏卡容那样的职业球员脑中，就产生了神奇的化学反应。”

这个神奇的化学反应究竟会不会发生，要在潜天才志愿者身上实践才能得出结论。在苏卡容身上，实践成功了。

从贝利到梅西，每个超级球员的一静一动，一招一式，不再只是苏卡容倾慕和学习的对象，而成了他自身的身体记忆。他在球场上不再是原来那个平凡的小伙子，而成了诸多超级巨星合一的化身。应对球场上的局面时，他的头脑、身体和反应犹如在复制梅西的盘带，C 罗的射门。他其实真的是神灵附身，不再是他自己了。那巨大的神奇是密闭在他身体里的秘密，外界无从知晓。人们只是看到一个巨星不可思议地崛起。

苏卡容迅速成为巨星，需要更顶级的经纪团队，这个时候，经纪人夸猜没有借机提升自己的地位，反而在苏卡容启用新经纪人后，降格做了他的专人按摩师。

因为按摩师是一个最适合于继续担任辅导员的身份，就像妻子也是最适合的身份一样。

夸猜继续秘密辅导苏卡容“升级保养”，直到所有的数据化为这个巨星的内在本能，不再需要直接坐上系统的那把椅子。这个时候，辅导员仍要观察、调适“志愿者”的各种情况，异常和正常的，通过终端汇总到小野总部，形成大数据库里新的数据，也根据指令应对这个秘密人工天才发生的种种问题。总之，辅导员和人工天才之间一旦形成伙伴关系，就将是终生的，犹如夫妻（罗迅和孙艾真是一对夫妻）。

但是，这种关系半途中止了，因为苏卡容的猝死。

“苏卡容是怎么死的？”

“病死的呀，”夸猜耸耸肩，“谁愿意这样，我损失大了。小野系统能造就一个天才，却不能预测意外和疾病，他在这个时候病死，让我这个辅导员的心血全部付诸东流。”

“有意思，的确有意思，”朱警官兴味更浓了，“如果不是现在你讲出来，谁也不知道关于苏卡容的真相是这样。现在全世界这些体育明星们，还有没有苏卡容这种情况呢？”

“有，一定有，但不知道是谁。小野先生不会只在一个地方、一个人身上进行推广和尝试。但我们每一对辅导员和潜天才对别人是绝对封闭的，我也不知道他们会是谁，只知道一定遍布各个体育项目。”

郝涛想，目前看来，绝不仅仅是体育项目了，起码现在已经知道了科学界的实例。在所有科教文卫、商业政治领域，是不是都有辅导员、潜天才和人工天才的存在呢？虽然有的领域比较复杂，数据信息输入的方式要制造天才不一定能成功，但超级系统一定在各处秘密尝试，形成金字塔式的网络。那么，在各个领域的顶尖天才里，可能都有着小野系统的制造物……这是一个令人不寒而栗的图景，让郝涛觉得头皮发麻。

朱警官仍然不能放过关键问题。

“你真的不知道苏卡容是怎么死的？”

“难道不是病死的吗？你们不是已经检查化验过了吗？”

到了这个时候，郝涛才看清，夸猜看上去一开始就放弃了抵抗，知无不言，其实在坚守最顽强的抵抗。

他说出了小野系统，应该是猜到警方已经掌握到系统的存在，他说出了苏卡容，看上去像是惊天秘密，是因为苏卡容已经死亡，死人是无法说话，无法行动，也就无法带来任何后续影响的，而警方真正需要的有效关键信息，他是不会轻易弃守的。

“你的上线是谁？”朱警官明知没有结果，仍然问道。

夸猜抬起头：“所有辅导员跟上线，也就是跟小野系统签订了保密协议，不能向任何人透露上线的身份。我觉得我的上线跟苏卡容的死亡无关，也就是跟你们要查的案子无关。就算警察先生你们觉得有关，我也决定保守秘密到底，不会吐露。”说着，夸猜闭上了眼睛，显示出决绝的态度。

夸猜跟孙艾的说法一致，证明了这些原则的存在和被执行。看着他闭眼的样子，朱警官跟郝涛戏谑地交换了一下眼神，也交换了一致的意见——这个人不可能像孙艾一样，给他一个什么上级公证书，就通通讲出来。

但朱警官还要游戏一下。

“我大致能想到上线是谁，其实，无非是那个当初把你带走的英国人之类。”

夸猜睁开眼睛：“对于您的任何猜测，我不肯定也不否定，我只保守我该保守的秘密。”

尽管夸猜讲了很多过往，到此为止，这是一场明显刚刚进入实质的讯问。任何讯问都在对方抵抗时，才进入实质，郝涛盘算着朱警官接下来将会采取什么方法。

朱警官却站了起来：“好吧，今天讲了很多。夸猜先生可以暂时休息一下了，我们先告辞一步。”

夸猜也改变了抵抗的姿态，和善而从容地站起来。郝涛觉得，他的轮廓和架势依稀有朗亚的影子。

“今天没有问出什么来。”走出狱门，郝涛有些微微失望。

“还是问出了一个情况，”朱警官说，“夸猜的上线还活着。”

“为什么？”

“夸猜说辅导员和上线之间签了保密协议，其实辅导员和人工天才间也有协议，他之所以讲出苏卡容，是因为苏卡容死了，同理，如果他的上线死了，他也会说出来。”

这确实是一个合理推测，但对案情有什么帮助呢？

果然，朱警官只能摇摇头：“上线不上线，死不死活不活，已经不是最重要的事儿了。”

5

一只蝴蝶在亚马逊雨林扇动翅膀，有可能在美国得克萨斯州引起一场龙卷风。

相距遥远、彼此不相关的人和事之间，其实有着虽然看不到却千丝万缕的联系。

由协警转为正式刑警时，郝涛在警官学校接受过一阵子培训，听教官讲到“蝴蝶效应”这个名词，觉得很玄妙很神奇，又有着深刻的道理。后来跟朱警官提及，朱说：“这还不简单，你跟一个女的谈恋爱，总逼着她给你的左肩膀挠痒痒，她养成了习惯。十年后她在十万八千里的地方成了别人的老婆，她老公左肩膀不痒痒她也老挠。你这只蝴蝶虽然不认识她老公，却在那个男人的身体上掀起了一场十年后的指甲风暴。”

郝涛觉得这个比喻不伦不类，倒把这个概念解释得更清楚了，又服气又没好气：“朱队，有点儿节操好不好。”

“这就是节操哇，”朱警官伸手挠着自己的肩膀，还有些伤感，“一男一女在一起的关系，最根本的，也就是互相给挠痒痒，等你真有了女朋友，就懂了。”

那时被逗乐了的郝涛没有想到，他真会碰到一只覆盖大半个地球的蝴蝶。

在普通人看不见的地方，超级系统或者称作小野新平系统，正是一只这样的蝴蝶，它的翅膀和触角已经伸及一个个地方和领域，以一种极特殊、极微妙的方式扇动着。在相隔遥远的欧洲和东亚，互不相识也毫无联系的人，竟然会同属于一个巨大秘密，同属于一个系统的终端产物。辅导员和潜天才混在人群里，看上去与普通人毫无二致。人工天才在成功产出后引人注目，但旁人不知道此人成功的底细。一切在秘密地运行，在表面现象之上，一个潜藏的世界像生物的肢体一般，生长着、壮大着，悄悄地发生着足以改变世界的变化。

这一切虽然神秘和惊心动魄，但是对这个世界又有什么坏处呢？

郝涛首先能想到的，是不公平竞争的问题，或者说，这干脆就是一种头脑抄袭。一个人需要天赋和无尽的努力，才能成为一个顶尖人才，而小野先生一旦选定一个潜天才，此人便会直接汲取几乎全部的专业知识，不需苦读用功，不需训练提高，直接成为超级巨星。这对绝大部分没有这种机会的普通人来讲，当然是不公平的。

更严重的是法律问题，这种案例没有先例，直接在头脑里“复制粘贴”的做法，是否等同于侵犯知识产权的抄袭？

但是，世界上又哪有绝对的公平？那些生来就具有超高天赋的人，虽然并未经过小野系统的“保养升级”，但他们对于普通人来讲，本身难道不也是一种不公平？

有时候，郝涛甚至有点儿相信孙艾的“推测”，没准这真是一个有国家背景的科研项目，让普通人也能够通过科技直接升级为天才，这难道不是一个造福大多数人和人类社会的善举吗？

“想什么呢？我看你小子脑子坏掉了。”朱警官嘲讽道。

如果真是国家意志，大批量地把所有普通人变成天才，那么，都是天才的社会又该变成什么样子，人类需要每个人都是天才吗？

不管怎么样，中国警方和国际刑警组织已经开始把小野新平全球系统案列为大案，属于一级紧急侦办的范围。

“原因很简单，出了人命。”

朱警官和郝涛一起整理当前掌握的情况，做出要点罗列。

系统：超级系统（Supersystem），又称小野新平。创始者：不明。资金背景：不明。赢利模式：不明。发展目标：不明。

行为方式：采用高科技手段，以向人脑输入数据信息的方式，促成被输入者成为所处领域的专业天才，可称为人工天才。

发展模式：金字塔式传销，由辅导员寻觅、挖掘潜天才，通过“辅导”将其制造为人工天才。由上线辅导员发展下线辅导员，持续进行“天才制造”。

管理模式：秘密封闭式管理，每一对辅导员和潜天才形成一个全封闭式小组，辅导员除了与自己负责的潜天才、上线、下线进行单纯对接外，不接触任何其他辅导员、潜天才和系统内其他人员。上线辅导员发展出下线后，不干涉也不知道下线发展的潜天才。

警方目前掌握不完整的四个天才制造小组：

人工天才：苏卡容；现状：已猝死；辅导员：夸猜；上线：不明；下线：不明，或尚未发展。

人工天才：岩本仓；现状：精神分裂；辅导员：不明；上线：不明；下线：不明。

潜天才：罗迅；现状：尚未完成天才制造；辅导员：孙艾；上

线：莫晓晓（疑似）；下线：尚未发展。

人工天才：钱良毅（疑似）；现状：已猝死；辅导员：莫晓晓（疑似）；上线：不明；下线：孙艾。

郝涛一边整理，一边微皱眉头："怎么不是死的，就是疯的呀。"

"当然了，"朱警官说，"如果一切正常，没有死死伤伤的，也轮不着咱们警方出马了。"

正是发生在各地的这几起意外，才让小野新平这个潜藏的天才制造者露出只鳞片爪的迹象，否则，一切将如看不见的潜流，继续发展蔓延。

这些发生在各地的意外，表面上毫无关系。看出其中联系的，是中国的老警察朱海丛。

到目前为止，除了参涉其中的夸猜被证实曾参与了边境贩毒集团外，没有直接证据表明两起死亡事件系谋杀，并跟系统有关。

朱警官怎么会有这样的洞察力，将这些表面看去孤立的事件联系起来，发现整个系统呢？

"这就叫敏感哪，"朱警官摆出一副夸夸其谈的样子，"其实也就是个经验，你想想，一共这些事儿，除了一个在日本疯了的，另外两个死的，一个还活着的，都在咱们跟前，这里面肯定有蹊跷。"

在发现了这样的联系之后，审讯进行得比预料得顺利，两个辅导员孙艾和夸猜极迅速地确认了小野系统的存在。

真的这样顺利吗？

十、蝴蝶

1

郝涛有些迷茫："你说这个案子，咱们的目标是什么呀？"

"找出凶手，破解犯罪组织。"

这是一个让人有疑问的回答。小野新平尽管是个神秘的天才制造系统，却很难将其定性为犯罪组织。警方唯一的依据是曾经的毒贩在其中担任辅导员。至于猝死的两个人工天才（其中一个还只是推测），检验结果都没有充分证据显示是他杀，基本结论仍是身体疾病造成猝死。经调查，没有人有动机对其进行谋杀。当初的疑点是罗迅出于怀疑妻子，有谋害钱良毅的嫌疑，并收到了匿名寄来的所谓"证物"，然而进一步的证据表明，所谓罗迅的谋杀不是事实。苏卡容更是没有什么仇家。小野系统自己秘密制造的天才，更没有理由自己毁灭。

现在掌握了两个辅导员，孙艾辅导的潜天才罗迅还健在，夸猜制造完成的人工天才苏卡容猝死了，但夸猜早将命运系于此人，不可能对其有谋害之意。

小野系统的封闭规则执行得很严密，即便这两个辅导员不是守口如瓶，他们本身对系统也所知有限，可能还不如警方掌握得多。

比如他们可能不知道岩本仓是人工天才，孙艾不知道苏卡容和夸猜，夸猜不知道罗迅和孙艾，孙艾的上线虽是莫晓晓，但她说钱良毅是人工天才，也只是猜测。

钱良毅和苏卡容都已经死了，死人是无法开口说话的。活着的人工天才里，岩本仓已经疯了，罗迅虽然没有疯，但脑子里一塌糊涂，也离疯差不了多少了。

郝涛灵机一动："疯了的人，总是活着的人。"

朱警官似有所觉，说道："你的意思是……"

"岩本仓真的疯了吗？"

上次日本之行，跟日方建立了案情互通机制，实际上通过国际刑警组织的合作，日方才将此事立了案。当时在精神病院见到了岩本仓，对方确实已经处于严重的精神分裂状态，无法完成基本沟通，这是通过日本警方的医疗检查系统反复确认的事实。

当时，岩本未能讲出任何有关小野的事情，事实上，他连一个有逻辑的句子都没有讲出来。

但既然这个人还活着，就仍然是一个不可轻易放弃的线索。

朱警官和郝涛计划再次去日本出差。郝涛刚刚预订了航班，就接到朱警官的电话："日本不用去了。"

"为什么？"

"日本人跑过来了。"

田村警官跟朱警官原本就是熟人，跟郝涛也是一回生二回熟。

这一次，田村行程低调，抵达中国境内后，才提出要见朱警官，却也没有通过私人联系方式直接跟朱警官接洽。

郝涛知道，这些方法表明了某种秘密，日本警察的严谨，体现在每个环节上。

三个人在机场会面，田村根本没有到市区找酒店下榻，在他的要求下，三人前往警方的密室。

“是不是岩本先生有变化？”朱警官问道，“他的精神状况有恢复，还是他根本就没有疯？”

田村摇头：“最先进的方法和最权威的专家已经检验，岩本是脑组织深度破坏，他确实完全精神分裂了，而且没有恢复的可能。”

在确认朱警官关上门窗后，田村才拿出了自己的笔记本电脑，插上了一只小到几乎看不到的U盘。

U盘里只有一个文件，是一个音频，打开后，一个中年男人有些间断地说了一段日语。

尽管有日本口音，但田村的中文很好。显然已经事先斟酌了一番使用什么样的汉语字眼，田村缓慢认真、字字清晰地将那段日语翻译一遍。

“我正被一个罪恶的计划控制，这个计划企图穿上美丽的外衣，再达到罪恶的目的。当你听到我的这段话时，如果我已经死亡或遭到其他不测，请相信，是我的反抗导致了这个罪恶计划的报复。”

田村问朱警官，要不要再听一遍录音。朱警官说：“不必了，反正日语我也听不懂。”

田村点点头，朱警官知道，他已经听了至少百遍。

在田村说明之前，朱警官和郝涛已经确知，这段音频是岩本仓所录，当然，是在岩本仓精神分裂之前。

U盘是围棋爱好者藤田交给警方的，藤田为此承受着巨大的精神压力。好在他直接找到田村警官本人，这样，保证了即便在警方，知道这段录音的也不超过三个人。

田村向朱警官提出要求，中方知情的警员不能超过两个人，说着用眼睛向身前的郝涛示意，表明知情者不可以超出这个屋子里的人。

藤田是在一个木制围棋盘里发现这个比纽扣还小的U盘的，木制棋盘是他的围棋老师岩本送给他的礼物。由于舍不得使用而一直陈列保存，许久之后，藤田才发觉，原来棋盘侧面有个小夹层。

不必仔细听，藤田本人和第一次听到录音的田村都在一刹那判定，这是岩本仓的声音。经过技术检测和声音对比，确认无误。

朱警官问道：“送礼物给藤田，是岩本先生战胜人工智能之后，还是之前？”

“之后，是之后，”田村认真地确认，“岩本先生瞬间爆红，从一个默默无闻的围棋老师变成了一颗巨星。整个道场，尤其是他直接授课的学生当时喜悦万分，而岩本仍然保持着一贯的谦和平易，送给学员一些礼品，对他们多年来给予的经济支持表达谢意，并应学员的要求，在礼品上签了名。”

田村将棋盘翻至背面，是清晰工整的签名，题写着“赠予藤田君”的字样，朱警官和郝涛大致地认出了汉字。

2

在密室里，三个警察无声地认定：岩本仓在成为超级天才后，碰到了一个“罪恶计划”，或者说，他成为天才本身，就是这个计划的一部分。

他不愿就范，在极困难的情形，意图向外界留下痕迹。

“岩本君的做法很像一个典型的日本人，”田村说，“对前景报以悲观，但又觉得必须做什么，留下什么。这个东西放在那个夹层里，很可能一直不被发现，或者被发现时一切已经无效，但他仍然留下了这个，却并没有其他任何举动，直到自己发生意外。”

郝涛打开自己的电脑，期望将音频复制一份，被朱警官摆手阻止了。

田村将细小的U盘取下，郑重地说：“这个录音不可以再复制第二份，也不会在除我这台电脑之外的地方播放。”

朱警官和郝涛将田村送出警局，田村婉拒了派车的建议，叫了一辆车，直奔机场：“只能离开这么一天，必须即刻回去，在那里观察、留守。”

朱警官和郝涛知道，在大阪，疯掉的棋手岩本仓、提供音频的围棋爱好者藤田，以及其他一些说不清道不明的人和事，须臾间都有风险。几个人都有个没道理的联想，既然小野新平是个日本名字，总觉得这个系统跟日本更有关系，该不会是总部所在地吧？田村觉得关系重大，来中国一趟通报情况后直接返回，机场来机场去，连酒店都没有住。

田村这趟没有白来。

“蝴蝶在不停地扇动着翅膀。”朱警官说。

虽然没有更直接的证据，但岩本仓所说的控制了他的“罪恶的计划”，可以合理推测为就是小野系统的天才制造计划。显然岩本被卷入他不情愿的某种事态，在事发前留下这段录音，秘密放置在送给棋友的棋盘里。接下来，他所说的“不测”果然发生了，不是死亡，而是不可逆的精神分裂。

如果这种不测是小野系统加诸的，这很可能是一个典型的反叛灭口模式。

“什么叫反叛灭口？”郝涛问。

“没文化就是不灵啊，”朱警官挠了挠头，“好吧，让我这个两年制警专毕业的高级知识分子教教你，也不讲什么福柯的《规训与惩罚》了，那太深了，以你的智商永远不可能懂。反叛灭口模式，简单呀，反叛呀，就是对组织造反，要造组织的反，得先是组织的人，才谈得上。如果岩本仓是超级系统制造的人工天才，那他不就是这个组织的人了吗？如果得了这么大的好处，一直服服帖帖、唯命是从，肯定就相安无事，继续当他的世界第一棋手。

但是，有可能组织上对他有什么要求，或者组织上的什么目标需要他帮忙去实现，他如果接受并积极配合行动，不就一切顺遂了吗？……”

“所以，岩本所说的‘罪恶的计划’，可能是小野系统，也就是这个制造人工天才的秘密组织要求他做什么他不愿意做的事情，被他称之为罪恶，所以他就要反叛……”

“插什么话呀，没说完别老插话，你小子这样永远没长进……我刚说哪儿了？对了，说了反叛，再说灭口。灭口就是既然你不就范，不按组织的决定行事，就等于背叛了组织。灭口一是为了惩罚，二是为了保守秘密，死人是最保险的了，所以一提灭口，一般就是要人命。不过这也不是绝对的，对岩本的灭口方法，就是让他生如同死，彻底地丧失正常人的思维和表达能力，也就如同一个死人了。”

“岩本真的永远无法恢复正常了吗？或者，就算是疯子，是不是也有可能保留住一些记忆，讲出小野系统的什么秘密来？”

“日本的医学水平还是领先的，日方的检测可以信任，对岩本的精神摧毁是彻底的，不可逆的。当然，选择让人活着的灭口方式总是有风险的，岩本能活下来，是组织的意志，一定也有什么特别的原因。”

“所以，灭口的最佳方式，还是死亡。”

郝涛脱口而出后，两个警察沉默了下来。沉默中的交流和确认，像是比讲话时更多。

没有充足的证据，但在罪案领域，依靠直觉的推测，往往像反光镜一样，逼近严酷的事实。

既然苏卡容是一个人工天才，他的猝死，就极有可能是一次反叛灭口。

如果钱良毅是一个人工天才，他的死亡，会不会也是一次反叛灭口？

如果苏卡容是被灭口，那么执行者会不会是他的辅导员？

“不一定，”朱警官说，“辅导员只负责一个人工天才，他的职责和利益应该跟这人工天才一致。而且，从现有的情况看，辅导员往往跟人工天才有较亲密的关系，做掉自己的亲人或朋友，同时也是亲手毁掉自己的成果，总是有障碍的，小野系统可能不会这样设计。当然，这也不好说。”

目前为止还有太多不可理解的事情，可能这种天才制造系统本身，就是不可理解的存在。

在已经发现的四个人工天才（一个疑似，一个是尚未完成的潜天才）中，只有罗迅一个还生存着。

朱警官想起来另一件事，叹了口气：“孙艾已经在招待所待很久了，该放了。”

除了作为辅导员进入了小野系统，没有证据表明孙艾跟罪案有关。她对一些情况的掌握还不如警方多。她负责的潜天才是现在暴露者中唯一未疯也未死的，证明了她的清白。她也讲出了她所知道的一切，在那里面，没有她触犯法律的内容。

“孙艾不会透露在这里被讯问的情况，事实证明，她在加入小野系统后，有了严格保守秘密的习惯。”

3

孙艾被释放了，罗迅没有到分局来接人，这让朱警官和郝涛有些意外。

孙艾本人也有些意外，她拿出被发还的手机，想打个电话，又作罢了，自己叫了一辆出租车回家了。

最近罗迅仍然处于非常时期，好在是暑假期间，不用去学校。孙艾不知道罗迅在不在家，如果他不去警局接自己，又不在家，会去哪里呢?

开了门，孙艾同一天里碰到第二次意外。

罗迅在家里，没有做任何事情。

罗迅像是有些疲倦，又像是有些百无聊赖，坐在沙发上的姿势有些呆板。

“我……我回来了。”

“哦，”罗迅犹如被打断了沉思，“回来就好，回来……就一切都好了。”

虽然丈夫的表现有些奇怪，但经过这么一场动荡，两个人相继被拘押，现在终于完全获得自由，这是一个值得庆祝的时刻。

“你最近都没有吃好饭吧，我马上下厨，给你做个汤面。”孙艾一边洗手洗脸，去除久别回家的风尘，迅速化身为一个家庭主妇。

罗迅猛醒一般站了起来：“我应该给你倒水喝，做着饭等你，怎么反过来要你……”

“咱们还客气啥，再说住的是招待所，也没受什么罪，警察待我很好。”

“到哪里，都总会有人待你好的。”罗迅有些生硬地说。

孙艾一时语塞。这不是罗迅的语言风格，他确实有些反常。不过，在经历一些非常的事情后，反常可能也算正常吧。

罗迅自我察觉到了一点什么：“我是说，咱们是好人，到哪里都问心无愧，人家不会把咱们怎么样的。”

孙艾很快做出两碗面、三个菜，笑道：“我还以为冰箱里都空了呢，你还准备了一些东西，提出表扬。”

两个人面对面地坐着，罗迅垂着头，将面条一点点仔细地送进嘴里，突然抬头说：“你说，我确实没有杀人吧？”

孙艾本来正往罗迅盘子里夹菜，此时停下筷子：“杀没杀人，你自己不知道吗？”

罗迅有些恍惚：“可是，在局子里，我居然以为自己杀人了。”

“可能是压力太大了，”孙艾说，“你这个人我了解，有时候强硬得跟铁一样，有时候又脆弱得像根草……还有，可能跟小野新平先生有关。”

罗迅放下筷子：“是因为你辅导我保养升级，造成了我一些思维上的……”

“小野系统毕竟是作用于人的头脑，设计再周密，会产生哪些额外效果，仍然很难讲，”孙艾说，“我只是一个被上线发展的辅导员。当时，我觉得这个严格保密的项目应该有国家背景，你又是特别合适的志愿者人选，就拉上了你，没想到后来起了一些风波。这次跟朱警官他们交流，我觉得这个项目的背景不简单，有可能反而是……反而是站在国家和社会的对出面。我们可能上了当。你现在又有些负面反应，所以，我决定退出了。”

“退出，可以吗？”

孙艾说：“有什么不可以，这不过是一个科研项目，我也一直遵守保密协定，除了为警方提供情况外，没有向其他任何人泄密，以后也终生守信。我不想干了，难道还杀了我不成？”

罗迅微闭上眼睛，像是要平复身体里的什么波澜。

孙艾看着他，有些动情：“我知道，你尝过了那个滋味，要完全回到从前，很难受，有很大的困难。不恰当地讲，有点儿像……有点儿像戒除毒瘾，但过回正常的生活，付出一些代价是值得的。咱们一时糊涂，以为能够通过这个达到人生和事业的巅峰。其实，为什么非要那么成功，非要去巅峰，去卷入那些看不见，甚至咱们弄不明白的是非里去？从现在起，咱们完全退出来，做普通而快乐的人，比什么都好。”

如果真能做回原来那普普通通的自己，该是多么美好，罗迅不由得憧憬。

但是，最近那个缠绕住他的巨大怀疑也像水底巨石一样，显露了出来。

那是一块他从警局回来之后才显露峥嵘的巨石，他无法在她面前把它说出来。

他还有机会跟她一起回到从前吗？

孙艾唠起了家常：“你当时在局子里的时候，我真挺着急，要不说关键时候才能看出朋友，系办的小黄给力，前后帮忙。我不知道你……你出来之后，有没有好好感谢人家。”

“有，但跟他的关系，也用不着太感谢……他倒是不怎么担心你，说你一定没事的。”

“好吧，你们是铁哥们儿，不过我这个当老婆的得有所表示，你约一下，请小黄吃一顿海鲜吧。”

“他出国去了，去日本。”罗迅像在回忆一个久远的人。

“哦，”孙艾随口应道，“是去出差吗？”

“好像不是，是旅游，他自己好像还有什么私事。”罗迅应答着。小黄是关系要好、帮了大忙的同事，但他此时想起了另一个人。

吃完饭，看着孙艾收拾碗筷，罗迅提起了这个人。

“莫晓晓还是没有消息。”

孙艾在餐桌上整理的手停了一下："警方应该一直在找，但是没有找到吧。"

"我希望她没有遇到什么不测。"罗迅说。

4

"全分局，不，整个公安系统都该动员了。"朱警官一边说，一边向外走，脚步快到郝涛跟不上。

在郝涛印象里，朱警官在警匪对峙的现场都慢条斯理，现在这么急促，是因为发生了特别的事情。

大毒枭朗亚越狱了。

这种震动社会上看不到，在公安系统内部是核爆级的。

朗亚已经在狱中待了数年，似乎已经安心做一个"寓公"了（寓谐音狱），按其所犯罪行，他足够被枪毙数次了。因为某些原因（对警方重要而不能摆在台面上的原因），他由死缓改判无期，放在狱中养着。对于这样的重犯，监控和管理比普通犯人严格十倍。朱警官和郝涛数次前往的郊区监狱本身早已经采用最先进的监控防范技术，犯人根本没有逃走的机会。

朗亚是在一次大放风时逃走的，这种大放风将犯人带至较开阔的地带进行一些体育活动，普通犯人一周一次，朗亚的机会是一个月一次。这个惯例已经执行了数年，安然无事。但就在又一次惯例中，朗亚消失了。

狱方在巨大压力下，展开技术盘查，寻找各环节上的漏洞。

“其实不必检查技术漏洞，”朱警官说，“那个监狱在技术上不存在有漏洞的可能性，越狱能够成功，甚至变得简单，唯一的可能性，是有人放走他。”

狱方内部有人放走朗亚，这怎么可能?

“可能与不可能，有时候就在一线之间，比如，一个数字后面会不会再加一个零。”

这么说来，是狱方有人被朗亚收买，刻意放走了犯人。如果真是这样，就是一次内鬼串通私放事件。监狱系统的种种先进技术，如果是狱方内行专业人员操控掌握，反而会更加通畅和隐蔽，这可能是朗亚一路绿灯、了无痕迹离去的原因。

“不一定是直接的金钱收买，可能其中本就有朗亚的人，谁能保证一个队伍里没有几个败类呢？”

朗亚的案子马上牵动警方的千头万绪。朱警官和郝涛仍有最关切的事情。赴郊区监狱后，同样的狱方管教，同样的会客室，一个同样的人走了进来。

这个人当然不是朗亚，而是前足球经纪人夸猜。

看到朱警官，夸猜礼貌地点头致意，之后竟然忍俊不禁。

朱警官点头回礼：“夸猜先生，现在可不可以确定，朗亚就是小野新平？”

夸猜一边笑，一边答非所问:“你们永远抓不住他，他想走，就走了。”

这是最短暂的一次会面，郝涛跟着朱警官退出来时，耳边仍然回响着夸猜的笑声。走出院门，抬头望着暗红色的高墙，高墙上闪闪发亮的尖头栅栏，郝涛有些怅然："朱队，咱们下一步做什么呀？"

"你好久没有休假了吧？"

在这种案情乱成一团乱麻的时刻，怎么会提到休假？

"盯着我看干吗，我脸上有金子吗？"朱警官说，"都多久了，你不想休，我还想休呢，休息吧。"

"朗亚的事情不管了？那可是咱们……"

"没错，朗亚当年是咱们给抓住的，那时候你还是个协警，不过他已经在监狱里待着了，现在他跑了，又不是咱们的责任。吃警察这碗饭，责任心强没错，不过有时候也得长个心眼，各人自扫门前雪，没事儿别自找麻烦，该休假就休假。"

"那超级系统……"

"休完假继续办哪，哎呀，我怎么说你才能明白呢，"朱警官说，"案子是永远办不完的，但人是不铁，警察也一样，总得吃喝拉撒，休息调节呀。"

朱警官确实工作年头长了，像个老油条，但人家有业绩，有当油条的资本。郝涛觉得自己还没有资本，该不该什么都向这个前辈学习呢？

休不休假再说，两人得先回分局。一进门就被同事告知，有人找。

会客室沙发上，坐着久违又熟悉的一个人，朱警官毫无意外，郝涛心里微微动了一下，也不动声色。

化学讲师罗迅从沙发上站了起来:“朱警官,郝警官,好久不见。”

“是的，”朱警官说，“怎么，想念我们老哥儿俩了？从这里出去的人，还没人想过我们呢。”

“一直应该感谢您，上次在这里对我的种种照顾。这次来，我有一些要情况要反映。”

“罗老师不会仍然觉得自己是杀人犯吧？”朱警官说，“真新鲜，还是第一次，警察要努力向人家证明他没罪。”

罗迅略显一点儿不安，说话却是沉着的：“我有另外的情况要反映。”

“好吧，咱们洗耳恭听。”

朱警官语气里的嘲讽没有引起罗迅的不适。他沉默了几秒钟，郑重地说：“很难讲清楚，有些不知从何说起，我得认真整理一下思路。”

朱警官和郝涛交换一下眼色，说:“是不是需要时间长一些，慢慢讲呢?没问题，今天我们刚从一个地方回来，没别的事情了。”

“我想的事情，只有对朋友能说得清……可现在我的朋友里，没有人适合说出来了。”

“我们一直把罗老师当作朋友。”郝涛温和地插话道，既像一句外交辞令，又有着由衷的诚意。朱警官不禁微微一笑。

“我请求，重新拘留我。”

这又是一个难以理解的要求，让人觉得这个人本来只是有些莫名其妙，现在却已经发展到精神出了问题。

但朱警官简单地应允了："可以考虑。"

罗迅长出了一口气，不由露出了轻松的笑容。数秒之内，他突然想起了另一件事情。

"莫晓晓有下落没有？如果有，望告诉我。"

"莫晓晓已经找到了。"朱警官像回答一道最简单的算术题。

5

从警局返家后，孙艾觉得罗迅有些异常，家里的氛围里有些不同，她将之归因于最近的种种风波。

罗迅不在的时候，她一个人待在卧室里，这种异样的氛围更加明显。

房间是她一手打理的，梳妆台上的花瓶、窗帘旁的挂饰都一如往常，连用手抚摸柜门的皮肤记忆都是熟悉的，又有什么不一样呢。

她很快恍然大悟，最大的变化摆在眼前。

墙上的大幅照片不见了。

那是一张剧照，是一个久远的纪念，那上面储存着他们青春的过往。其实当年的中学生哪演得了什么《奥赛罗》，与其说那是一场演出，不如说是一场游戏。罗迅被涂黑皮肤，孙艾化上了浓妆，从那时起，他们就心心相印了吗？

把陈旧的照片放大处理，当作卧室里的结婚照，犹如过去的青春光芒一直照着他们后来的生活。

现在这束光被从墙上摘走了。

孙艾四处寻找了一番，还明知不可能地伸头看了看床下，照片了无踪迹。

她叹了口气。罗迅的做法是奇怪的，不像他这个人多年来的做事风格。再奇怪的事情也总有原因，那个原因，是她所能够了解的吗?

在墙上的空白处，可以用记忆和想象继续“看”那画面，毕竟太久了，就算不挂在那里，每个细节也都历历在目。《奥赛罗》讲一个因妒忌而杀妻的故事，那个时候，离罗迅是那么远。多年以后，他真的陷入了因妒忌而杀死“情敌”的嫌疑。一切本来已经洗清了，他们已经决定从所有离奇的遭遇中脱离出来，过回以前普通的生活。

但现在又有反复。

收到罗迅被重新拘留的消息后，孙艾简单地询问，被警察告知具体情况暂不能透露，也不能面见。她没有再多问，该发生的，肯定会发生。上一次她能把丈夫找回来，这一次也会有办法，车到山前必有路。

像上次一样，她拨打了系办小黄的电话，铃声响过许久，没有人接听。罗迅说小黄去日本了，找他不是时候吧。

对方又将电话重拨了回来。

孙艾说：“你从日本回来了？”

“没有，还在那里，处理……一些事情。”

隔着电话，孙艾看不到丈夫的同事，还是因为急切而有些手足无措。

“罗迅又……”

“知道了，”小黄宽慰道，“多半只是去了解一些新情况，咱们一起想办法，一定能跟上次一样，顺利解决。”

“有你这样的朋友，我就放心了。”

小黄说：“不过这次还是有些被动，我不在，学校里的消息看来堵不住了，会带来一些负面影响。”

孙艾点点头，对这些额外的代价有心理准备。小黄说，现在有些情况不大明了，不如耐心等待一下，警方也不会无限期不许家属面见的。

小黄说：“咱们都知道罗迅肯定没有杀过人，对不对？”

孙艾点点头，犹如对方能看到。

“他一定不会有问题的，你们……你们一定不会有问题的。”

孙艾沉默了几秒，挂断电话。

罗迅不会有问题的。

但罗迅自己不一定这样觉得。

一个人待在警方的招待所里，环境跟上一次大不一样。朱警官开玩笑说，你这次的待遇，达到了上次你媳妇的标准。

罗迅在心里模拟着一幅照片的画面，那照片现在已经不在手头了，他将它摘下来，卷起来，又折起来，拿在手里，为了向警方说明一个他难以说清的事情。

当时，他把整张照片努力地打开、抚平，指点着那个让他不寒而栗的细节，讲出了他的梦魇。

他没有留意自己讲得是否顺畅，是否前言不搭后语，是否因为某种恐慌夸张了什么，漏掉了什么。

他没有留意两个警察有没有听懂，他们的反应如何。

总之他讲出来了。讲出来后，那无法理解的事情并未消失，他的处境也没有改变，但吐出了胸中的一大块垒，轻松了不少。

“照片有没有可能是ＰＳ的呢？”明知愚蠢，郝涛仍不禁问了一句。

罗迅和朱警官对发现的事情更加确认，如果是ＰＳ，更说明了问题。

是谁，又为什么要把她Ｐ得跟本人不一样？

罗迅再度被警方“拘留”，不再回到家里，住在这个招待所里，四面封闭，他倒感到轻松。

世界上有哪个人喜欢被拘押，不喜欢回家的呢？就算有，这个人也绝不可能是以前的罗迅。

但现在的罗迅就是这样一个人。

一个人时，他似乎又有能力召回那个万千缤纷的化学世界，重新做回在其中翱翔的天才，但是，他已经对此毫无兴趣。虽然就在不久前，一旦觉得那个世界要远去了，要得而复失，他就惴惴不安，浑身难受，像得了一场大病。

这确实可以算是一种毒品，一旦沾染，戒除起来会痛苦万分，但有时候，远离一种事物，似乎也就在一念之间。

他已经许久没有“会晤小野先生”了，但那个世界似乎已经在他的头脑里扎了根，正如辅导员兼妻子孙艾所说，已经完成固定疗程，接近人工天才了。但是，他现在对充当天才，成为大化学家这个多少年苦苦追寻的理想，失去了兴趣。

他现在想重回另一个世界，那是与化学无关的世界，同属于现实，但却属于过去。

从第一次结束拘留，回到家中，他本来很着急，妻子奔走一番，换得他的自由，却像是替代他一样被警察留下了。他得想法子把妻子的自由找回来。在这个过程里，那个化学世界，包括那个署名“钱良毅”的小屋，时而清楚时而模糊地围绕着他，让他有些渴望，又有些吃力。

但是，另一个很陌生又很熟悉的世界也降临了，这是他料想不到的，是直到离开警局前都没有的。

那些印象，那些不大完整的人和事，像梦魇一样，又像泡沫一般，一波波涌向他，刺激着他。

终于，在他一个人独处卧室时，对着最熟悉的大幅照片，他看出了那个世界的一处入口。他不知道如何进入，也害怕进入之后，是一个他无法面对的世界。

他像握住了一把钥匙，但那是一把无比凶险的钥匙，一经拧开，就会涌出将他冲垮的激流。

十一、下落

1

“朱队，咱们真的休了个假呀，还以为你开玩笑呢。”数天不见，回归后的郝涛仍然有些摸不着头脑。

“看你那个样子，不就休个假嘛，跟娶了一个媳妇似的，”朱警官说，“不想回来了吧，马上就是差事。”

郝涛一边开着车，一边应道：“这次心情不一样。”

又一次踏上赶往郊区监狱的路，郝涛的心情确实大不一样。休假期间，发生了一些微妙的小事情。

穿过验证身份、自动闭合的闸门，走过拐了几次弯的走廊，郝涛觉得，空气里有一股干燥的味道。这种干燥的气息曾经在面对劫匪时，在进入毒贩老巢时，都充满了鼻孔。他没道理地想到，这是不是每次摊牌时刻的标配呢？

当夸猜被带出来时，郝涛觉得那干燥的味道渐渐消散了。

朱警官不管年轻警察的胸中波澜，夸猜更看不到。夸猜一见到两个警察，又笑了起来，笑容温和，但这种笑本身是具有挑衅味道的。

朱警官没好气：“你总笑什么？”

夸猜一边笑，一边说：“你们坐在那里的那个样子，每次都一样，每次……”

朱警官做出勉强克制住恼怒的样子，从包里往外掏出一个东西：“总会有不一样的东西，你看看这个。”

夸猜接过去，一边笑，一边看，看着看着，不笑了。

朱警官诧异道：“你怎么不笑了？”

夸猜说：“这是什么，我不知道。”

这时候轮到朱警官笑了，笑得有些有力，以至于咳嗽起来：“你这人真有趣，A 4纸不认得吗？把A 4纸订起来，不就是个纸本子吗？上面的英文、汉字、阿拉伯数字，你不认得吗？”

那是郝涛整理打印的内容，在打开那个文件时，郝涛屏住了气息，看着纸张一寸寸地从打印机上冒出来。郝涛把一张张白纸取下、对齐、装订，订成一个册子。现在，那个册子被递到夸猜手上。

如果不是在监狱会客室这样的地方，前球员经纪人夸猜手里拿着这样一本纸册，犹如在跟另外两个男人探讨足球战术。

A4纸册子上的内容，是皇家马德里足球队五年时间里的比赛成绩、与对手的胜负关系、进球数，以及年终的成绩。其中并没有将每场比赛的结果都列出，而是选择性列出一些重要比赛，也列出了一些次要比赛，看上去没有特别出奇之处。

但是，那是皇马在2021年到2026年的比赛成绩。

而此时此刻，是公元2019年。

在那几张纸上，列出了皇马未来五年的比赛成绩。

这是一份提前决定了皇马未来五年比赛成绩的文件，被打印在A4纸上，订成了一本薄薄的手册，现在摆在了夸猜面前。

朱警官仍然笑着，带上了一点儿嘲讽：“夸猜先生不会不记得这些了吧？”

那是一些罗列清晰的成绩记录，比如：

西甲联赛：

客场对巴塞罗那，三球胜；主场对塞维利亚，一球小负……年终成绩：亚军。

欧冠联赛：

小组成绩：三胜两平一负积十一分，小组第二出线，淘汰赛在第二轮以客场进球少负于对手；年终成绩：十六强。

……

欧冠比赛无法预先知道对手和分组，但是，不管对手是谁，都可以列出成绩。

在竞争激烈的足球领域，即便是一支像皇马这样的球队，也会有赢有输，甚至有大比分输球的时刻。当那个列表上的任何比赛在未来发生时，人们不会大惊小怪，也不会影响到从足球到地球在表面上的正常运转。

但是，假如这一切都是提前规定好的，在暗地里，会发生什么呢？

夸猜一页页地翻动着，目光有些涣散。

朱警官倒来了兴致，指点起来：“你别说，我有时候真挺爱看球的，所以懂一些。你看看这场世俱杯的比赛，皇马对亚洲冠军队，不管这个亚洲冠军是谁，也跟皇马的实力有差距，皇马就算爆冷输掉也有可能，但比分怎么会是六比七这样的数字呢？如果双方届时真的进了那么多球，谁会得着好处呢？”

朱警官的言外之意，房间里的每个人，包括狱方管教都清晰地听了出来，操控足球比赛结果，受益者一定是赌球的人。

夸猜猛然昂起头：“你们从哪里找到这个？”

“我们没有去找哇，别人给我们的。”

“谁？”

“你的昔日老大，朗亚先生。”

“不可能，”夸猜叫道，“你们不可能抓到他。”

“我们没有抓他，他自己回来的。”朱警官慢条斯理地说。

门在这个时候被推开了，一个人慢吞吞地走了进来，每一下有些拖沓的脚步声都被在场的人听得清清楚楚，除了那脚步声之外，屋里寂静一片。

夸猜的嘴唇嗫嚅着：“朗亚先生，你……”

朗亚一步步走近夸猜，近到不能再近：“结束了，一切都结束了，咱们也该休息了。”

夸猜仍然情绪激动：“告诉我，你究竟是不是……”

朗亚目光炯炯：“抱歉，我不是小野新平，没有跟你说实话。”

“那你为什么会知道超级暗语？”夸猜显得愤懑而无望。

“超级暗语是我和小野新平约定的，因为小野新平是我的……我的下线。”

此时，房间里完全陷入寂静，刚才走路的拖沓声没了，仿佛连人的呼吸都销声匿迹了。

小野新平终究不仅仅是一个系统，还是一个人，这个几乎无所不能的人，这个金字塔顶的人，居然也有一个上线。

这个上线是一个身陷囹圄，愿意对警方有所配合的毒枭。

当郝涛刚刚得知这些时，是难以置信的，现在他已经不大惊小怪了。

他奇怪的是，为什么朱警官对这个人如此笃定地押宝，有着那样的信任和默契，又那么痛恨他，发狠地说他该被枪毙一千次。

一个该被枪毙一千次的人已经被抓住了，却还能一直活着，究竟有没有道理呢？

2

在这样一所现代化监狱里，朗亚是不可能越狱成功的，除非有狱方的人帮忙。

狱方确实有人帮忙，但帮忙的人不一定就是内鬼。

狱方就是警方，警方安排了朗亚越狱，因此他了无痕迹地越狱了。

朗亚在越狱前，有了一次机会跟夸猜会面。夸猜入狱后，一直要求跟朗亚会面，而朗亚这样的重犯一直是单独关押的，不大有跟其他犯人接触的机会。狱方在过了一段时间后，才走完了批准手续，准许朗亚和夸猜会面一次。这样，在表面上，这次会面是按照夸猜的意愿进行的。

会面的地点在狱中后院的草坪上，夸猜终于见到当年的老大，他对朗亚是心存感激的。如果不是朗亚当初同意他离开、转行，他可能早就在边境火并中殒命了，不可能有后来的经历和生涯。虽然现在身陷囹圄，他仍然期望当面致谢。

两个犯人在并肩行走，看护人员隔着比较远的距离，给犯人一定的空间。世易时移，上一次见面还是在南方的险峻山寨间，此时已是在狱中的草丛小道上。阳光是同样的阳光，洒在两个内外都布满伤痕的男人身躯上。

朗亚突然说出超级暗语。

超级暗语是小野系统中的一个识别暗号，相当于军队中的口令，只流传于辅导员之间，由上线传给下线。所有的辅导员虽然都知道超级暗语，但除了负责传递给下线外，不会主动向任何人提及。

如果有一个不是上线的人主动向一个辅导员说出超级暗语，那么只有一种情况：他本人是小野新平先生。

夸猜马上收到了这一身份信号，而朗亚正是小野新平的情形，并不出乎他的意料。在边境时期，朗亚的帮派权力就有向全球扩张的趋势，夸猜一直觉得本人会洗白转行，不只是得到朗亚的允许，还可能全系这位老大的安排。现在，他终于见到的小野本人，原来正是昔日的头领。

狱方看护人员在不远处逡巡，两个经历过世事的男人不动声色。在短暂而迅速建立起来的沟通里，朗亚用有声加无声的语言向夸猜简介了如下形势：

超级系统的几个局部小组发生了问题，导致出现了运转障碍，因此，才会有小野新平直接跟辅导员接头的需要。

夸猜已经有所体悟，所谓局部问题，在苏卡容和他这个小组就发生了，否则不会有苏卡容猝死的情况发生。

接下来，是更惊险的消息互通，朗亚暗示，他会在近期出去，目的是重新整理小野超级系统，使其恢复正常。

在技术上，从这所监狱越狱的可能性是零，但可能性问题不是夸猜所考虑的。他旋即与朗亚交换了另一个重要信息——他本人的辅导员暗网密码。

在表面的互联网之下，还有一个信息交换呈几何级数的暗网，在那里，所有不能公之于众的信息、数据、交易、社交等以更活跃的方式进行着，在普通公众社会毫无所觉之中，构筑着另一个世界。

在暗网里，每个辅导员都有一个空间，其中存储着他的任务、行动和其他与超级系统有关的信息。

既然已经被确认为小野新平，朗亚就有了被任何辅导员所尊崇、认可的绝对权力，他要搜集辅导员的空间内容，获取全息信息，重新规划系统。

在看守远远的盯视下，在监狱后院有限的草地空间里，他们成功交换了信息。过了几天，朗亚越狱也成功了。

作为小野新平先生的本尊，朗亚在狱中跟辅导员夸猜取得联系、在狱外，他自然还要跟其他辅导员取得联系，从而消除近来超级系统中的种种偏差。

朗亚很有效率地做着这些事情，这些事情是复杂和千头万绪的，一言难尽，当然也不可能在短时间里一蹴而就。

但朗亚却很快就又回到狱中，重新出现在夸猜的面前。

朗亚根本不是自己越狱成功的，而是警方的安排，因此，他也会按照警方的安排，重新回到狱中。

因为朗亚不是小野新平。

在照片上看到按摩师胡辛时，朗亚认了出来，这是曾经的伙伴夸猜。这个时候，朗亚有了一个猜测，虽然不能判定猜测是否准确。

当年，跟朗亚一起在山寨打拼的头领中，有一个日本人，据说是欧美名校的博士出身。几次生死缠斗后，朗亚跟他建立起莫逆之交。日本人很多时候会改换身份，回到日本和其他东亚地区的合法公司，做着互联网、生物科技等生意，有些成果已经成为市面上人人皆知的品牌。这些品牌之后，是一个不为人知的共有组织，叫原谷医会。

日本人姓原谷，或者说，他有时会使用原谷这个姓氏。在山寨期间，日本人原谷屡屡提到毒品生意的落后，他说，未来是人工智能和生物科技的时代，传统的毒品生意应该转型，用高科技的方法去重新塑造世界。

原谷说，生意的奥妙不在于对世界的迎合，而在于对世界的控制，高科技的最高典范不是服务于人类，而是驾驭人类。

对原谷描绘的未来，朗亚表现出极大兴趣，不仅做出积极参与其中的姿态，还给予具体的建议、实际的支持。在得到了朗亚在资金、道义和几次危亡时的扶持后，原谷彻底形成了对朗亚的忠诚和热忱。

原谷说，他要创立一个改变世界的组织，他正在拥有一种特殊的技术，将改变每一个人，从而改变整个世界。

朗亚摇摇头："改变每一个人是不可能的，成本太高，工作太多，不如改变那些杰出的人、那些各行业的精英和领导者，他们控制人类，我们控制他们。"

原谷犹如醍醐灌顶，使劲地握住朗亚的手，摇动了两下。

后来，原谷说，为了实现那个伟大的理想，他要打破原谷医会的原有体系，新创一个组织："那将是个超级组织，是super的，如果取中文的谐音，可以称之为小野新平。"

原谷说，无论何时何地，朗亚都将是这个超级组织的精神领袖。

3

朗亚倾听时，摆出了认真的姿态，在内心将此当作谈笑中的戏言。

原谷还有别的谈笑，他会为这个组织立下一个秘密誓言，在需要时，这个誓言将作为战争中的口令行使。他说，这个誓言可以被看作一个种子。

朗亚也当作一句戏言记了下来。

多年之后，朗亚在照片上认出了夸猜，又从警方的推测里，推估出了超级系统。

朗亚并不能确认当年的谈笑是否变成了现实，他对朱警官讲出“小野新平”这个词语时，也不能确定这是一个已经存在的事实。

朱警官是抱着试一试的态度，在孙艾面前提起“小野新平”这个名字的，如果孙艾没有反应，就只当是一个吹出来又消逝的气泡。

但孙艾有反应，还讲出了小野系统的种种。这样，警方确认了系统的存在，并了解到那些本来毫无所知的情节。

“办案多数时候就是讹诈。”朱警官说。

那种无所不能无所不知的警察是电影里虚构的。警方往往所知甚少，或者什么都不知道，却要做出一副什么都知道，一切尽在掌握的样子。警察的工作，就是抓住一鳞半爪，片言只语，从这个人那里套出一点儿事实，再从那个人那里套出另一点儿事实，拼凑起来。

郝涛觉得尔虞我诈这个词用在警察身上虽不妥，却很形象。

朱警官恨恨地说：“朗亚和我们，其实是互相讹诈。”

既然小野新平系统真的存在，就可以继续验证在山寨时期朗亚和原谷交谈的其他内容。如果原谷真的做了这件事，他又有什么必要在名称和形式上都按照当初的谈笑内容来实施呢？

难道他真那么耿直，信守着将朗亚“永远作为精神领袖”的

“承诺”？朗亚说，那只是一句戏言。

朱警官倒觉得这也不足为奇。当局者原谷除了怪癖般的执着外，还可能认为，越是这样似乎在口头上“暴露”过的计划，反而越隐秘，越安全。

既然这个系统是原谷创建的，那么，原谷本人应该就是小野新平。

朗亚还猜测，也许那句秘密誓言真的被启用了。

既然所有辅导员都是封闭的，小野家族内部的人彼此并不自知，但总得有一种方法，能让小野新平本人在必要时，跟辅导员们建立直接联系。

在这个互联网时代，最安全最无法解开的密码，反而应该是线下的、口头的。

朗亚决定赌一下，警方（主要是朱警官）也决定赌一下。

当初，原谷告诉朗亚的所谓秘密誓言言简意赅，符合当时的话题，是一个短句——

“天才可以统治世界。”

警方和朗亚决定用这个短句去赌一把。

虽已经有决定，但在与夸猜会面前，朗亚一直在斟酌，如果原谷创办的组织在名称、方法上真是按照当年山寨时期的笑谈进行，那么，在更关键的一些环节上，他是会照办，还是会改弦易辙，换一种办法？

如果有这样一个秘密誓言，会是曾经的那个短句，还是另一个他无从知道的词语、句子？

不管怎么样，这是一场赌博。

朗亚决定就使用这个短句。然而，在跟夸猜碰面，有机会张嘴的一刹那，他莫名地改了主意。

仍然是一个类似的句子，他改成了相反的意思。

他说的是："天才不可能统治世界。"

朗亚很了解原谷，反复揣摩着这个人的心理。没有人能真正看透一个人的内心，何况这么多年没有谋面。他猜测原谷在成为小野新平后，会忠实又不完全忠实地进行他的"工作"。比如，他不会完全放弃一个句子，但会做一点小小改变，以防范可能出现的不测。归根结底，这仍是一个赌注。

大毒枭朗亚赌对了，也就是说，警方赌对了。

朗亚当即被辅导员夸猜认定为小野新平本人，其实，连"超级暗语"这个属于小野家族的专门用词，朗亚都是第一次从夸猜嘴里听到。

然而，他掌握的这一点寥寥无几的内容已经足够了。

朗亚在"越狱"后，通过夸猜的密码进入他的暗网空间，取到了一份文件：皇马未来五年的成绩单。

这不仅是一个关于未来皇马成绩的"预测"和"决定"，更包含着苏卡容的命运。

这是一个悖论，夸猜的空间里信息不多，只有一些跟他的辅导员职责相关的内容，这份成绩单本来应该是小野新平所不关心的

“局部细节”，但朗亚首先取出的，却是成绩单。

因为朗亚不是小野新平，小野新平不需要从朗亚这里了解到这个成绩单，但警方需要。

通过这个成绩单，通过夸猜作为辅导员的事实，通过苏卡容的命运，警方推导出一个大致的案情轮廓：

原本面临困境的泰国球员苏卡容被小野系统选为潜天才，这是辅导员夸猜“职责”范围里的决策。

苏卡容在小野系统的打造下，由潜天才迅速崛起，成为名副其实的天才。世界足坛在短时间内见证了一个球员爆发式的崛起，世界由此相信，在人类运动的领域里，什么奇迹都是有可能的，却不知道这奇迹背后的秘密——苏卡容是人工天才。

苏卡容享受到作为天才的一切荣耀，也保守着秘密的真相——他是一个人工天才。

但创造了人工天才的超级系统，对苏卡容的要求不只是保守真相，系统要求的更多。

于是，有了一份苏卡容所在的皇马俱乐部的未来成绩单。

从理论上来讲，一个球队的头号球星并没有绝对的能力操控比赛。操控足球比赛是一个系统工程，降格为按摩师的前球员经纪人夸猜对此有深刻的体验。

经过了小野系统保养升级后的苏卡容，尽管已成为世界头号球星，但他潜在的能力仍然远远高于人们所看到的。苏卡容其实需要抑制住自己的发挥，避免一个球员的表现超出人类极限而引发揣测。针对他的兴奋剂检测近年来明显增多，结果倒是都过关了。

苏卡容隐藏的能力只要在关键时刻有限释放，就足以决定比赛，身为一个前锋，进球就够了。

这样，在未来成绩单上规定的皇马胜绩，苏卡容一人就足以搞定，根据场上形势，他视情况多进几个或少进几个就够了。

稍困难一点的，是皇马的败绩，但这也是可控的。

4

首先，苏卡容是皇马的头号射手，但不意味着场场都以发挥最佳水平。一个顶级球星有些场次状态差，在运动世界是完全正常的，因此影响了球队成绩，也不能算是多么脱离常规。

其次，苏卡容作为头号球星，作用不限于场上的个人发挥，还必然起到球队领袖的作用。球队领袖可以对球员有着种种明示、暗示、潜移默化的影响，这其中有庞大的灰色地带，从来不是无迹可寻的。

再次，苏卡容不仅可以不发挥，还可以有更失常的发挥。一个前锋并不是不参加防守，在防守时有一些失误甚至更离谱的举动，比如乌龙球之类，在一个球员漫长的职业生涯里，也不是什么不可理解的稀奇事情。

最后，操控一场球赛，尤其是要求故意输球的比赛，不能把宝押在一个球员身上，既然已经定下未来的成绩单，着力布置的肯定不限于一个人，很可能这不只是小野系统的单方计划，而是不同组织的合谋，这种庞大组织结构的复杂背景，正类似于当初朗亚和原谷麾下组织的复杂性。当然，首要是搞定最重要的球员，这正是系统对苏卡容的要求。

作为皇马这样一支球队，又拥有了苏卡容这样的超一流巨星，赢球的时候总是多数，输球的时候总是少数，这符合普通人表面的认知逻辑。未来的成绩单也是这样安排的。在少数输掉的球里，包含着多么庞大的利益和奥妙呢。

在小野系统的安排里，苏卡容作为一个被系统制造和输出的超级天才，自然有着责任和义务执行系统的意志，做出符合系统旨意的举动。如果苏卡容有感恩之心，守规矩，一切都将在不知不觉中正常地发生，不会有什么过多的质疑。

然而，如朗亚所说，系统在运作，局部小组的障碍发生了，那就是人工天才出现叛逆，违反了系统的旨意。

警方无法确定，苏卡容是一开始就力图反抗，对系统忘恩负义，还是在接受了一些类似的安排后，终于在面对一张成绩单时，不配合了。总之，苏卡容没有顺从。

这样，苏卡容就进入了反叛灭口程序。

在这样一个系统里，一旦一个人工天才不再遵循系统的旨意，所涉及的问题就不仅仅是一个单一的目标不能实现，还意味着整个秘密暴露的风险。从逻辑上来讲，一个人在一件事情上不配合、不听话，在其他事情上也就有可能不守信、不保守秘密。

因此，苏卡容就必须被灭口了，在所有的灭口方式里，肉体死亡是最保险的一种。苏卡容这样的明星猝死会带来风险，但跟更大的风险相比，这种冒险和牺牲是值得的。

警方推论的案情大体完整，只是细节上还需要加强，最困难的是，相应的证据链没有形成，无法对其进行佐证。

证据链正在陆续补充之中，经过最新一轮对苏卡容身体检材取样的法医鉴定，发现了胰岛素超量的迹象。这是一种极隐蔽的以低血糖导致脑组织损伤和死亡的方法，由于难以确定死因，常常被判定为过劳死，或者误将一些表面的并发症当作死因。这个情况此前无法查出，在采用了先进的玻璃体液糖含量测定方法后，才终于被发现。

苏卡容如何被注入了超量胰岛素，他的按摩师、经纪人和辅导员夸猜是否参与和执行了这个谋杀，都需进一步确定。但朱警官觉得，这已经不是太重要、太紧迫的事情了。

朱警官觉得，苏卡容的事情本身都已经不是当务之急了。

在朗亚短暂的“越狱”行踪里，还包括另一趟更短暂的日本之行。

在日本，朗亚确定了两件事情：精神失常的岩本仓正是一个由系统制造的人工天才，岩本仓的辅导员是他的前妻美惠子。

在此之前，尽管日本警方和国际刑警组织拿到岩本失常前的一段录音，仍然不足以确定岩本是一个人工天才。

中国警察朱海丛的建议本来是被严谨的日本警方所顾虑的，毕竟这个建议涉及跟一个前毒贩合作。

日方最后又接受了。

朗亚得以以小野新平先生的身份，去跟可能的辅导员接洽。前妻美惠子是不是辅导员，岩本是不是人工天才，此前都是无证据的推估。

朗亚一经讲出那个秘密暗语，马上获得跟夸猜一样的反响。

美惠子坦承辅导员身份，并吐露了本人的暗网密码。

实际上，小野系统在暗网中设立了一个超级云空间，为每个辅导员、潜天才和人工天才建立档案，存储信息。

小野系统用最先进的网络高科技进行运作，然而，首领打开系统，确认身份，建立联络的钥匙，反而不在网络上。通过线下的口头传递，是运用原始方法抗击风险的有效举措，对此，朱警官和郝涛都暗中钦佩，因为这正是反其道而行的高明保险措施。

然而，也正是这个线下保险措施，带来了被攻破的机会。

谁也预料不到，会有小野先生本人和所有辅导员之外的一个人猜到这个暗语，就算有，此人又有什么理由会跟警方配合呢？

从朗亚的背景来看，他太有可能是小野了，他竟然不是，还成了警方的线人，超出了夸猜和美惠子的认知。

朗亚进入了美惠子的暗网空间，取得了一些关键内容，与岩本仓有关。

在得到这些内容时，日本警方大吃一惊。

内容实在大大超乎预想。

5

按照国际刑警组织在此案上的合作协定，日方迅速将案情相关内容通过秘密渠道转往中方。中国警方得到这个文件的时限，早于朗亚个人回国提供之前。

与岩本仓相关的内容在被译为中文，打印出来时，不同于苏卡容装订成册的那一份，仅仅是一张Ａ4纸。

朱警官将那张纸举在手里看着，又平放在了桌上，用手指敲打一下桌面："小野先生对岩本的要求，比对苏卡容高得多呀。"

在与苏卡容相关的文件上，尽管列出匪夷所思的皇马未来五年成绩单，但还限于体育领域。

在与岩本有关的一张Ａ4纸上，只有译为汉语的短短四行字。

2024年，接受日本维新党征召，参选参议院议员。

2026年，参选大阪府知事。

2027年，参选维新党党首。

2028年，在日本议会选举中领导维新党获胜，出任日本首相。

郝涛对着这四行字看了一分钟，眼皮激烈地跳动。

小野系统给岩本仓规定的任务，是政治，要求他在如此短暂的时间里取得日本领导人的地位。

这份文档显示：超级系统制造人工天才的目的和目标，远远不止于个别专业领域。

郝涛想起了此前听过的那段录音，岩本在其中提到“罪恶的计划”，他所抵抗的，就是摆在他面前的这张A 4纸吗？他为此付出了精神失常的代价，这究竟值不值得呢？

一个人为了不当日本首相，竟然宁愿死，宁愿发疯。如果不了解其中的详情，只留意这个事实，此人该有多么视权力如粪土，有多强的洁癖呀。

郝涛在内心觉出了一点儿滑稽的味道，想到当事人的悲惨境况，又暗暗自我修正。

日本警察田村始终是神情严肃的。

田村又一次来到中国，是暗中陪同朗亚一道回来的，这种陪同有没有押解的味道，要看警察和毒贩两个人心中的感受如何。

再次同朱警官、郝涛碰面时，那打印着四行汉字的A 4纸摆在了两个国家三个警察眼前。

田村说，这个计划看似疯狂，其实有很大的可行性。

当岩本仓取得对人工智能的胜绩，实现了所谓“捍卫人类尊严”的伟业时，他在日本的国内声望达到顶点。接下来他又横扫中韩两国棋手，为日本夺回第一围棋强国的地位。这个时候，任何一个政党征召他参选议员，他基本都会轻松当选。

维新党作为自民党、民主党两大主流政党之外的第三支力量，只有征召围棋英雄岩本仓参选，才足以打败那些根基深厚的老牌政客，这种以名流出击政坛的方法，在日本政坛被称为“派刺客”。

如果“刺客”岩本仓代表维新党取得议会议席，这个党又不像老牌的自民党、民主党那样各种势力盘根错节，人事纷杂，他可能很快会取得党权，此后，加上日本民众对传统政治格局不满，棋手岩本仓很有可能以一个“政治素人”的清新形象，获得首相职位。

郝涛听得瞠目结舌，似懂非懂。朱警官的眼睛微眯着，像在思考别的事情。

“大阪府知事是什么职位？”郝涛盯着那张纸问道。

不待田村答话，朱警官说：“就是大阪地区的长官吧，有点儿像中国古代的知府、知县，不过日本的县比市高，大阪府的知事是大阪市市长的上级，相当于中国的省级单位领导。”

郝涛又想了想，问道：“那这个日本维新会，是个什么立场的政党，对中国友好不？”

田村凝滞了一下，答道：“按照一般看法，属于极右翼。”

田村只讲了一句，朱警官与郝涛都听懂了。

小野系统制造一个围棋天才，原来不限于让他在围棋上所向披靡，还试图利用其明星声望，挺入政坛，扶持一个本来没机会的极右翼政党取得日本政权。日本是一个在东亚和世界范围里有影响的国家，又是中国的邻国，这样的政治盘算，该是多大的一局棋。

郝涛又挠着头问道：“什么叫‘政治素人’哪？”

田村在讲出这四个汉字时，并不顺畅，此时更难流利地解答。朱警官想了想，代为回答：“就是以前没在政坛上混过，蹚过混水的新人，比如你，要是直接去当个村主任，也是政治素人。”

郝涛说：“明白了，那有素人，就有荤人，咱们都是警界荤人了。”

朱警官故意绷着脸，表示年轻警察的贫嘴没什么好笑的。一直严肃的田村倒是听懂了，少见地露出笑容。

临行前，田村询问道，这次朗亚以小野新平的身份活动，共接触了多少个小野系统的辅导员。

朱警官答道："小野先生要亲自出山，整顿系统，自然是要接触每一个辅导员，他对夸猜、美惠子也都是这么讲的。"

"那么实际上有几个？"

"三个，"朱警官说，"因为咱们中日联手，只掌握了三个辅导员，其中美惠子还是朗亚试探出来的。但既然是小野新平本人在行动，当然要宣称掌握了所有的辅导员。"

"贵国警察真是太擅长尔虞我诈呀，"田村脱口而出，马上自知失言，补充道，"我是说，对罪犯应该兵不厌诈。"

"田村先生的成语用得特别到位，"朱警官说，"不过三个辅导员里，不都是像夸猜和美惠子这样马上有效的。"

郝涛想，除了夸猜和美惠子，警方所掌握的辅导员，就是孙艾了。

十二、曾经

1

孙艾其实早就听到楼下的响动，但她没有动。

最近几天，她发现公司和住地已经常有陌生人活动。来人远远跟随着、逡巡着，甚至完全不避讳地用身体语言告诉她，他们就是针对她的，但暂时不会打扰和干涉她。

孙艾知道，这是警方的姿态，她明确地被监控了，虽然人身自由未被限制。

孙艾索性来个自我限制，不去上班了，也不外出活动了，静等着。

她等到的人是预料之内的。

对方不会粗暴地敲门，更不会破门而入。在一声拖长的门铃后，她无声地在门后等待。

门一开，意料之内，是郝涛。

孙艾做出请进的手势："朱警官没来呀？"

郝涛婉拒进入的邀请，应道："朱队请我来接您。"

"接我干什么，去里面看我老公吗？"

郝涛想了想，答道："是，但不完全是。"

孙艾忍不住笑了，笑声延长了一段时间。她一边笑，一边说：

“早就知道会有这个时候的，那就走吧。”

她伸出双手，请郝涛给她戴上手铐。郝涛摇摇头，说不必了。一个在附近巡视的人走上来，询问需不需要一同坐车前往，这是协助押送的意思，也被郝涛婉拒了。

郝涛开着车，孙艾坐在副驾驶座上，犹如一起奔赴一次朋友间的聚餐。

“你什么时候知道的？”孙艾问。

孙艾没有说明知道“什么”，或者一句话很难说清这个“什么”，两个人都明白方向所在。

郝涛说：“朱队会跟您谈的。”

“你已经工作了这么久，难道就没有一点儿自己的想法吗？什么都是朱队。”

郝涛沉默了一下，反驳道：“有，我有自己的想法。”

“什么？”

“我的想法是，很少见到像您这样智商、情商、颜值都高的美女，可惜……”

“可惜没有走正道，对吗？”孙艾说，“你们警察是不是有教育人的职业病？人是多么复杂的动物，你办了这么多案子也早该明白了吧，不要轻易给别人下结论。什么是正道，什么是歪道？”

郝涛单手转动着方向盘，叹气道：“你现在不像你自己，像另一个人。”

“谁？”

“你的好闺密，莫晓晓。”

孙艾的嘴角不由泛起了冷笑，心想：我何止是像她。

数天前，郝涛前往一个警方备用的住所，通知莫晓晓，她的事情快要结束了。

莫晓晓没有真正失踪，是被警方隐藏了起来。数月前，警方从一群身份不明的人手中接收了她，朱警官对她说，期望她让警方保护一段时间。

莫晓晓刚刚摆脱了险境，就恢复了她的桀骜。她一开始不答应，说凭什么，我没有犯法，还有工作要做。

朱警官说：“同意吧，美女，这次隐藏是为了你的安全，也有助于弄清楚，你是个什么样的人。”

朱警官的说法很奇怪。在听到这个奇怪说法时，一缕阳光突然从窗外落下来，像柱子一样打在莫晓晓的脸庞和身躯上。

莫晓晓微闭上眼睛，还保留着一点视线。周围的一切景象都模糊了，空气里的灰尘却清晰起来，一粒粒变得像核桃那么大，纷纷扬扬，摇摇坠下。

莫晓晓一下子流了眼泪，说：“好吧，我真的很想知道，我究竟是个什么样的人。”

在莫晓晓被警方秘密安置期间，针对外界的消息是她失踪了。警方像处理一起失踪案那样做所有该做的事情，包括郝涛去她的家乡小城调查寻找。

朱警官说："想在一件事情上骗别人，就得连自己都一起骗。"

在莫晓晓"失踪"期间，一些人关心她的去向，另一些人关心的是，如朱警官承诺的问题：她是个什么样的人。

她究竟是个什么样的人，罗迅在分局招待所住宿前后，时时想到这个问题。

他等待了两天，警方告诉他，可以见到她了。

他的心脏像要从嗓子眼里涌出。

这是一个多年来他唯恐避之不及的人，现在，他却比任何时候都渴望见到她。

那个人出来时，罗迅不由站了起来。

"你没事吧？"

莫晓晓打量一下罗迅，笑了，带着素常的玩世不恭。

"什么时候担心起我来了，太阳从西边出来了。"

罗迅想问问她最近都在哪里待着。警方把她秘密地隐匿起来，是怎样跟她讲的，还有许多关于过去和现在的事情，但一下子都说不出来了。

他只说出一句。

"如果你发现，你不是莫晓晓，你会信吗？"

莫晓晓瞪大了眼睛看着罗迅，像是看到世界上最奇怪的生物，尖厉的笑声随后喷薄而出。

“我不是莫晓晓，那我是谁呢？难道是你老婆？我倒想呢。”

罗迅觉得千头万绪，不知从何说起。

“一下子搞不清楚，但是，会搞清的。”

“有法子帮你搞清，”不知何时，朱警官无声无息地出现在近旁，“厉害的技术，不是光犯罪团伙有。”

罗迅转过头，仰视着朱警官，犹如仰视着一幢高大的建筑。他喃喃起来，既像讲给另外两个人，又像是自言自语：“真的可以搞清楚那些我不明白的事情吗？”

朱警官不再搭理这个恍惚的男人，转向莫晓晓：“谢谢这次配合。”

“不客气，你们警察挺逗，”莫晓晓说，“我也没有做什么，只是在那个地方待着不出去。”

“这就够了，”朱警官说，“答应的事情，我们一定做到，会帮你搞清你是个什么人。”

莫晓晓微微动容。当时她突然被这句话打动了，但直到此时，她也并不明了这个警察的意思。

罗迅完全听懂了，他犹如催促：“请帮我弄清楚，她究竟是什么人，还有我。”

莫晓晓还是听不懂，罗迅嘴里的“她”，听上去既像她自己，又像是另外一个人。

朱警官笑道：“她是什么人，可能就要弄清楚了，但我怕你会搞不清自己是谁，就像我有时候一下子糊涂了，也弄不清楚自己是谁了。”

2

“现在，你可以跟朱队好好谈一谈了，我要彻底当哑巴了。”郝涛在一侧坐定，摊开了笔记本。

“这算是审讯吗？”孙艾明知故问道。

“算。”朱警官由外面步入，将桌上的小茶杯推到了一边。

“不过，给孙美女的待遇不一样，审讯的方法也不一样，”朱警官说，“别的犯人是警察问，犯人交代，今天主要是我来讲一些故事，你只需要答是，还是不是，或者什么都不说，光听着就行。”

“谢谢，这么高的待遇。”

“不客气，能跟最接近小野新平的人对话，是荣幸。”

孙艾微微变色，没有回应。

朱警官又把茶杯从桌上拉到近处，在桌面上划出清脆的声响。这时，郝涛觉得碳素笔下水有些不畅，在纸上轻轻划动了几下，跟茶杯的声音混在一处，在屋子里不大的空间里回响。

“当然，真正有趣的故事，您了解得一定更详细。比如，您知道谁不是小野新平。”

那是一个雨天，孙艾打着伞，顺着从小区后门通向超市的小路行走。

一个穿戴着灰色雨衣斗篷的人迎面走来，孙艾本没有在意。就在马上要擦肩而过时，这个人停了下来。

孙艾听到一个沙哑又陌生的声音：“你好，我是朗亚。”

孙艾停住脚步，这时雨更小了，顺着伞檐滴滴沥沥地流着，让孙艾的心情有种说不出的阴郁，她沉住气，保持礼貌：“我不认识您吧？”

对方突然毫无预警地说出了一个句子，没头没尾。

孙艾瞬间屏住了呼吸，这是一个她所不能了解的情形，她听懂了那个没头没尾的句子，但她不能理解，为什么这个叫朗亚的人会说出这个句子。

“天才不可能统治世界。”

对方继续说话：“我需要你的空间。”

孙艾马上听懂了这个句子，因为她是一个辅导员。

一个小野系统的辅导员，如果听到上线之外的人讲出那个暗语，就可以确认对方是小野新平本人，必须按照对方的指令行事。

但孙艾冷漠地摇了摇头：“我不知道您在说什么，我不认识您。”

孙艾扬长而去，把雨中的朗亚抛在身后，朗亚驻足了几秒，笑了笑，这时候雨接近于全停了。

“在警方掌握的辅导员里，你是唯一不接受超级暗语和朗亚指令的人，”朱警官说，“这表明，虽然你收到暗语，但你知道，朗亚不是小野新平，对不对？”

孙艾默不作声。

“超级暗语是小野系统最关键的线下联络方法，是掌握在小野新平本人手里的一把钥匙，任何一个辅导员，在听到一个不是上线的人讲出暗语时，都会认定这个人就是小野本人。你听到了这个暗语，却仍然判定朗亚不是小野新平，只有两种情况。”

“哪两种情况？”一直沉默的孙艾问道。

朱警官和一直用笔在本上写写画画的郝涛交换了眼色，对这个效果表示满意。

“一种情况，你知道小野本人究竟是谁，你是个特殊的辅导员；另一种情况，你本人就是小野新平。”

孙艾的眉头微微拧动了一下，这是个很难察觉的动作，却被郝涛看到了。

郝涛想，美女的每一个表情细节都是值得细看的。

如果孙艾就是小野新平本人，那她算得上一个最美的答案了——假如小野新平是个考题的话。

但朱警官又否定了。

“你几乎是小野了，但你终究不是，你没有那个最终权力。”

郝涛想，可惜了，终究不是。

“你是目前为止，唯一辅导过两个潜天才的辅导员。一个是你先生罗迅，另一个，就是钱良毅教授。”

孙艾面无表情，冷若冰霜，她素来是温和热情的。郝涛想，从来没有见过她这样冷冰冰的，但她这样的时候，也是蛮好看的。

孙艾曾经说过，她的上线是莫晓晓，莫晓晓辅导的潜天才就是钱良毅，钱良毅本来跟罗迅一样，是个普通的化学教师，是在莫晓晓发展他成为潜天才后，才有了事业上的突飞猛进，一举成为国际一流化学家。

孙艾说的一切都没错，只有一点不对：钱良毅的辅导员不是莫晓晓，而是孙艾本人。

莫晓晓根本不是辅导员，也不知道这个世界上有一个天才制造系统。

当孙艾预估到可能会被警方抓捕时，就做好准备，将上线推为莫晓晓，然后，她动用了超级系统的另一种资源——从事传统犯罪的黑帮组织，将莫晓晓劫持，使其失踪。

孙艾没有想到的是，从朱警官第一次与莫晓晓碰面后，她就处于警方的视野之中了。她也想不到，她倚仗小野新平系统所能联络分派的黑帮分子，会听从当年的大毒枭朗亚的指令。莫晓晓确实被绑架了，却无缝对接式地落入警方手中。

莫晓晓不知道关于小野系统的任何事情，如果警方就此讯问，她回答不出任何内容。

但朱警官根本连例行的讯问都不做，只请莫晓晓休息。

此时面对孙艾，朱警官比以往更有耐心。

“所以，你先生罗迅对你充分信任，是对的。你跟钱良毅确实接触密切，但不是那种关系，而是辅导员和潜天才间的合作关系。不仅如此，你自己还故意放出了一些绯闻，形成一种氛围，让人们往另一个方向去传言，去联想。”

郝涛想，孙艾确实是太聪明了，知道运用各种资源、氛围和可能性，亲人的信任、他人的谣传和诽谤，所有的这些，都成了她的依靠和掩护。

当人们认为一男一女有不正当的关系时，就会忽略掉：他们的正当关系其实才是更危险的一种。

“但你还运用这样一种绯闻，来诬陷你的先生罗迅，把他置于疑似谋杀的境地。你简直是要置他于死地。”

“不，我没有置他于死地。”孙艾出言反驳。

“当然，你不想置他于死地。”朱警官说，“你虽然构陷他，发许多短信诬陷他，却是为了救他。罗迅很幸运，因为你这样一个可怕的妻子刚好是真心爱他的，而不是相反。”

郝涛想，有几个男人想要这样的幸运呢？

3

真相总是又曲折，又简单的。朱警官觉得，这么多年下来，没有哪个案子逃脱得了这样的规律。

孙艾辅导钱良毅的过程是顺利的，不是每个人都能成为潜天才。孙艾按照小野系统认定潜天才的条件和规程，确定了钱良毅。

钱良毅很快一跃成为国际一流的化学家，不只是M大学的名片，也是国内业界领军人物。这是一段蜜月期。

蜜月期并不能持久，在钱良毅的事业处于顶峰之际，他的生命终止了。

这当然不是一个预料之内的事情，对系统来讲，也是意外的，被称为运行障碍。

运行障碍来自人工天才的主观意愿。

人工天才由系统打造，必须执行系统的意志。由系统打造的人工天才在收到系统（通过辅导员）下达的指令后，如果不愿意继续执行，这就是运行障碍。

当运行障碍出现时，反叛灭口机制就启动了。

苏卡容被要求提前左右皇马的战绩，他不愿就范，便被反叛灭口了，方式是意外死亡。

岩本仓被要求凭借声望打入日本政坛，改变政局，他不愿就范，便被反叛灭口了，方式是精神失常。

反叛灭口不一定就是肉体死亡，只要达成永久失去表达真相的能力即可（要在物理上保证失去能力，而不只是个人承诺）。当然，肉体死亡是最简便的一种方式，精神失常的操作难度较大，且总有一种不确定的风险。选择精神失常这样的“灭口”方式，一定另有原因。

日本警方全面检查了岩本仓的各类情况，并通过审讯他的辅导员美惠子，找到了原因。

岩本仓跟美惠子有六年的婚姻，离婚时，作为财产分割方式，岩本仓买下了一份人寿保险，根据保险的理赔条款，岩本仓如果在七十岁去世，受益人美惠子将可以一次性得到一亿日元的理赔款，此后每年都以百分之十的幅度上调，而如果岩本仓在七十岁之前故去，受益人美惠子将只能得到一千万，相差十倍。所以，美惠子期望岩本仓能活得长久。

岩本仓在跟美惠子离婚之际，是个有些落魄的职业棋手，经济实力有限，无法支付财产分割的成本，只有向美惠子预支未来，买下了一份有些特殊的保险产品。美惠子出于宽容，同意了这样的方式。那个时候，岩本仓还没有被选定为潜天才，美惠子也没有碰到她的上线，被发展为辅导员。

当两个人以一种新的关系结合时，一切都变得不一样了，但那份财产约定还在。

在出现运行障碍，反叛灭口模式启动时，辅导员在决定人工天才的命运时，有相当大的自主权，利益会被照顾，这是确保辅导员忠诚度，系统持续运行的措施。无论是公开的还是非法的，一个能够顺畅运行的系统，必然有着合理的制度安排。

但辅导员也有难以全然做主的时候，特别是离小野本尊最近的辅导员。

在钱良毅被反叛灭口后，孙艾陷入了困境。

一个辅导员只负责一个人工天才，并且终生负责，形成一个封闭的小组，这是小野系统的一个制度设计。

还有一个不常用的制度设计，就是人工天才出了问题，不执行系统的意志，被反叛灭口后，原有的辅导员要重新寻找潜天才。

反叛灭口的事件一共发生了三起，涉及三个辅导员：美惠子、夸猜、孙艾。

在警方介入前，美惠子已经物色了一位潜天才，夸猜因为在苏卡容猝死后即被羁押在中国，尚未来得及重新物色。

孙艾却早早确定了一位潜天才，就是丈夫罗迅。

从表面上看，孙艾积极地培养罗迅成为人工天才，充当了他的辅导员。其实，她是被迫一步步地走近这个她并不情愿选择的目标的。

因为她看到了钱良毅的命运，她不愿意自己的丈夫也陷入这种命运里去。

跟岩本仓、苏卡容一样，钱良毅制造了运行障碍，这个障碍带来了他因反叛被灭口的结果，就是死亡。

钱良毅的运行障碍，也就是他违拗系统意志的行为是什么，比另两位人工天才更复杂，更隐秘，警方并未完全掌握情况。调查期间，还引入了更高层级的安全部门介入。

朱警官和郝涛掌握加推断的不完全信息是：钱良毅作为顶级科学家，近年来参加多项国家级的重大科研工程项目，了解一些极具战略意义的信息乃至机密。

于是，系统对自己制造的人工天才提出高额回报，就是他掌握的这些信息和机密。

钱良毅因此陷入了比苏卡容和岩本仓更险峻的局面，他是被系统制造为专业天才，才拥有了顶级科学家的地位，得以进入那些项目，了解那些秘密，但系统要求的回报，却是泄露那些机密。如果他不背叛造就了他、给他带来一切的系统，就得背叛国家。

钱良毅选择了一种背叛，保持了另一种忠诚，为自己带来了死亡。

孙艾是整个过程的发起者、见证者、参与者乃至实施者，在这个过程结束时，她作为一个辅导员，又重新投入了另一个过程。

按照系统的设定，一个辅导员会重新物色一个潜天才，重新开始一次工作，是偶发情况。这种偶发情况只发生过三起，孙艾是其中之一。

正是这三起偶发情况，引起警方的注意，首先是中国警方，其后串联到了国际刑警组织。

但孙艾在初期在意的并不是警方，而是小野系统本身，这个她立身其中，发挥才干，又不得不面对其凶险的系统。

辅导员具有寻找物色潜天才的自主权，上线不予干涉，那是一种普通情况，也是所谓的正常情况。还有一种不普通的情况，就是小野新平本人直接干涉。

孙艾是一个直接跟小野新平有联系的辅导员，是特殊的一个。

她不得不被动地接受小野的安排，这种安排就是——小野直接为她指定潜天才。

“所以，你一定不是小野新平，否则不会做出这样的决策。”朱警官眯起眼睛，总结道。

4

孙艾的上线就是小野新平本人。

她必须接受小野直接指定的潜天才。

小野新平的指定，也不是凭空的，是有迹可寻的。这个潜天才不但符合系统的认定条件，而且孙艾早已经让他提前享有了潜天才才有的特权。

孙艾私自让罗迅服用了回忆素。

早在钱良毅还在世时，孙艾尚没有寻找新的潜天才的需要，也料想不到此后的这种任务。为了帮助丈夫突破一些学业和事业上的瓶颈，她让罗迅使用了天才制造工程的辅助药品——回忆素。

在系统的规定里，只有潜天才有权利服用回忆素。孙艾让罗迅服用，是违规的。

寻常辅导员不会有任何违规作为，但孙艾会有，她是特殊的一个。

或许任何一个组织里，越靠近上端的人，就越有违规的胆量和魄力。

孙艾敢违规，是因为她觉得一切是可控的，作为一个不寻常的辅导员，她了解回忆素的效果、功能和可能的副作用，用在丈夫身上，只是一个小小的徇私。即便小野先生本人知道了，也无伤大雅。

一切确实如孙艾所料，罗迅使用回忆素，渡过了难关，达到了孙艾希望他达成的效果。罗迅出现了某种药物依赖的症状，那也是可控的，是可以戒除的。

真正危险的副作用在药物之外。

孙艾没有料到，钱良毅会构成运行障碍，被灭口了。这个时候，寻找一位潜天才就成了她新的任务和使命。

在超级系统里，辅导员寻找有亲密关系的个人作为潜天才，是一种标准结构，比如美惠子之于岩本仓。有时候，系统发展一个辅导员，甚至首先是看到了一个条件极好的潜天才，才由上线在其周围物色到辅导员。

孙艾惊觉她已经处于这样一个结构里，想转换方向时，已经无从逃避了。

罗迅跟钱良毅当初的条件如此相似，又跟她有着这种最亲密的关系，从各方面来讲，都符合潜天才的选定标准。如果开始了辅导历程，他将和钱良毅一样，很快成为一个优秀化学家。

但孙艾觉得这会是一场灾难的开始。

尽管在超级系统的运行中，出现运行障碍的情况在全球一共只有两三例，但那两三例的后果都是死亡，或者精神的死亡，其中包括孙艾辅导的钱良毅。

如果罗迅成为潜天才，会不会成为运行障碍呢?

根据多年的了解，孙艾判定风险很大。虽然罗迅很爱自己，很多时候由于某种不自信而缺乏主见，需要孙艾拿主意，但在另一些时候，罗迅是一个倔强的人，在某些事情上，他会坚持原则。

孙艾努力逃避着，缄默着，寻找别的潜天才，终于没能逃得开，她的上线终于开口了。

她的上线是小野新平本人。

这个神一般的上线清晰地指出，罗迅正是最合适的潜天才。

在孙艾仍抱有抵赖的幻想时，上线进一步指出，罗迅服用过回忆素，这是潜天才才有的特权，如果罗迅被发展为潜天才，这样做就没有违规。

孙艾只有屈服了，是一场真正的屈服。

但孙艾的表现不只是屈服，她积极主动地发展了罗迅，甚至有些欢欣鼓舞。

郝涛在记录时，像孩童一般吐了吐舌头，他又一次觉得，在智力和情商方面，这个女人完全不可理解。

如果不是朱警官的认定，她也许真就是小野本人。

但孙艾确实不是小野，面对小野，也面对一个超人般的系统，她需要周旋、应付、全身而退。

孙艾没有退避，甚至没有表现出一丁点儿勉强之意，她积极应允，也积极实施。从表面上看，这也是合情合理的，一个辅导员最愿意发展的潜天才，往往就是身边最亲近的人。有成为人中龙凤的机会，谁不希望是自己的亲人呢？

所以，孙艾积极打造自己的丈夫，即便在罗迅本人面前，也没有流露出一丝不情愿来。

在这期间，有关罗迅因为怀疑孙艾与钱良毅有不正当关系而谋杀钱教授的传言也流传起来，直至引起警方的重视。

在朱警官连续收到告发罗迅的信息后，警方终于有所行动，拘捕了罗迅。

这正是孙艾想要的。

孙艾的第一步，是要罗迅被怀疑、被拘捕；第二步，她不会坐视丈夫真的被定罪。

在罗迅被拘捕后，孙艾积极寻找证据，为他脱罪，而这个证据是非常容易取得的，罗迅确实没有杀害过钱良毅，不在场证明的人证、物证都有。这样，罗迅很容易地脱罪了。

这个时候，一个奇特而理想的效果达成了：罗迅经过了一番警方的怀疑和侦查后，算是挂上了号，从此被警方关照，有暴露系统秘密的危险，在被要求充分保密的小野系统里成为问题人物。问题人物将不再适合成为人工天才，必须被中止“保养升级”，不再被当作潜天才，不会成为人工天才，因此也不会成为被灭口的对象了。系统总是要遭遇和处理例外的，作为例外，罗通过辅导员的“辅导”，慢慢“忘却”和忽略曾经进入过的世界，也就无须对其进行灭口了。

这样，就产生了两个结果：一是罗迅被系统放弃了，不再作为潜天才，不会成为人工天才，也就脱离了系统；二是罗迅个人经过一次身陷囹圄的劫难，才会最终戒除从服用回忆素就形成的“瘾”，回归到健康而普通的生活。

孙艾为更坏的可能性也做出了准备，如果警方因为某种原因，发现了某些迹象而怀疑到她，最有效的抵抗方法不是抵赖，而是主动招供和说明。她甚至讲出整个小野系统的存在。

她提前做了精确的安排，即让莫晓晓失踪，将她的上线，将诬告罗迅的事情都推到这个“闺密”身上。莫晓晓会有这些作为，看上去是合情合理的。

这样一来，孙艾几乎就全胜了，假如莫晓晓真的被她弄“失踪”。假如罗迅没有发现一个多年视若无睹的细节。

5

朱警官介绍罗迅认识了一个人，一个看上去眼神格外明亮，犹如戴了美瞳的男人。

朱警官说，这是丁学松医生，他也许有办法让罗迅看清一些原来迷惑的事情。

在丁学松的身体姿态里，罗迅感觉到金属般的坚硬。在这个人的眼睛里，又有一丝柔弱的气息。

罗迅想，这个医生看去像有挺多故事的。

“这是记忆修复仪。”不知不觉间，罗迅跟着丁学松来到一个四周矗立着玻璃墙壁的空间，有一张皮制的躺椅，上方是个玻璃头盔，看上去有点儿像理发店里给女性做头发的装置。

“咱们的正经东西，不需要太花哨，是简约的，不用那么大一面电视墙。”朱警官说。

丁医生翘起嘴角，回应朱警官的打趣，转身面对罗迅的样子显出严肃：“记忆修复仪主要用于临床治疗健忘症、脑损伤记忆遗失和老年痴呆症，也可以纠正记忆错置，不过很少用，您是最近几年来的首例……”

记忆错置！

这个有些奇怪的名词让罗迅身体里的某个部位猛烈扭结了一下。他像是明白了什么，又像更加糊涂不清了。

“记忆错置不是一种天然的疾病，”丁医生说，“是人为用科技仪器进行的记忆植入和删除，有一个更简略的说法，叫修脑术。”

如果自己被进行过记忆错置，那是什么时候，什么人，出于什么目的进行的？罗迅觉得浑身的皮肤和肌肉都皱缩起来。

“放轻松，”朱警官一副站着说话不腰疼的可恶样子，“你先试试灵不灵，你行了，才好给莫晓晓治疗，她的病比你严重多了。”

罗迅坐上椅子，在丁医生的操作下，半躺着，用向上的余光看着那个头盔缓缓落下，罩在头部，在医生的操作下，仪器发出微微的热量，包裹在头上，暖洋洋的。

“尽量放松吧，你可能会休息一下。”丁医生的语气更柔软了。

罗迅缓缓闭上眼睛，觉得自己就要睡着了，头部的暖流越来越柔和，整个世界越来越远，他像要沉入一个柔软的草地当中，他希望自己沉进去……

突然，眼前一下子敞亮了，一切变得前所未有的明亮。

一切也变得前所未有的真实，接近冷酷。

罗迅睁开了眼睛，睁到很大，仿佛要把天花板上的无影灯吸进眼眶。

“我好了，”罗迅说，“一切都明白了。”

朱警官疑惑地看着正在注视观测仪的丁医生，观测仪是一个通过暗线连接在墙壁上的显示器，上面闪动着跳跃的波纹线。

“修复程序只执行了三分之一，”丁医生说，“不过，不同的人有不同的反应速度，有的人在程序刚刚启动时，就完成了自我修复。人脑其实仍然是一个比宇宙更大的谜，其中的奥妙我们无法完全掌握。”

“他真的可以了吗？”

丁医生走上前去，举起了一张色彩斑斓的看板：“看看这上面画的，是什么？”

那是一张颜色有层次的彩图，色彩差异并不明显，多数时候是用来检查色盲色弱的。

罗迅看了一眼，思考了一下，答道：“一只猫趴在窗户上。”

“我怎么只看见猫，看不见窗户呢？”朱警官嚷嚷道。

丁医生点点头，点击按键，关掉修复仪，头盔上升，座椅直立，罗迅从椅子上坐了起来。

“你真的好了？”朱警官有些不敢置信。

“好了。”罗迅回答简短，眼神前所未有的明澈。

“你好了，知道自己是谁了吗？你是谁呢，究竟？”

“我就是我，还是罗迅，”在这个时候，这样的回答完全不是一句废话，“但是，别人不再是别人。”

在离开医疗研究所的路上，罗迅问朱警官：“我可以回家了吗？”

“当然，”朱警官说，“你本就是自己非要来的，谁也没想留你，现在一切快结束了，你当然得回家了，不过……”

“不过什么？”

“像上次一样，你回家了，你老婆又得留下来，这一次……恐怕得留得久一些了。”

“我希望她留下来，再也不要出去。”罗迅的面色冰冷如霜。

朱警官向郝涛投去一个怪脸，转头对罗迅开玩笑：“你这个丈夫怎么变得这么狠心了，你们一直那么恩爱，孙艾这个老婆还是不错的。”

“孙艾不是我老婆。”罗迅淡淡地说。

郝涛有些难过。一个人的感情变化这么快，再次说明这个世界沧海桑田，翻手为云覆手为雨，不能不让人寒心。

他又看了看朱警官，这个老警察正饶有兴味地看着罗迅，像在等着看戏。

罗迅终于流露出了一丝微微的痛苦，摇了摇头：“也可以说，我老婆不是孙艾。”

“你老婆不是孙艾，是谁呢？”

“莫晓晓。”罗迅漠然地应道。

这是一笔糊涂账，但朱警官并不吃惊，反而伸手拍了拍罗迅的肩膀，笃定地点点头。

罗迅一直有些冷冰冰的，此时一刹那眼含热泪：“朱警官，郝警官，我要感谢你们。”

“谢什么呀，”朱警官打了个掩饰的哈欠，“别恨上我就行了，本来活得好好的，这下子叫我们给搅了。”

“人在错误中活得再好，也是个幻觉，”罗迅说，“虽然错了这么多年，许多事情已经不可挽回了，但只要能醒过来，就还有纠正的希望。”

“我们警察没有看上去那么神气，”朱警官说，“犯的错儿，肯定比你多得多。”

“我想再见一下孙艾。”

“你要见哪个孙艾？”

“真正的那个，”罗迅说，“我要试一试，能不能把她的过去找回来。”

十三、真相

1

夕阳西下，天空像蒙上了一层彩色玻璃，远远地，杨树在风中摇曳着树叶，空气中散发着校园附近特有的淡淡花香。远远地，一队学生走近又走远了，有自行车铃“叮当”地响了一下，又随着远去的车子消失了，像少年们的笑语一般。

罗迅迎着夕阳向前行走，他的脸庞已经有了类似于青年男子的轮廓，其实他只有十五岁。他疾步向前，希望赶上一个人，一个女孩子，那女孩子的短发在身后摆动时，他的内心会跟着一起微微颤动。

他很快看到那个人，看到那个熟悉的背影，他走上去，有些胆怯地用变声不久的嗓子叫了一声：“孙艾。”

孙艾回过头来，爽朗地笑了一下：“罗迅，是你呀。”

许多年后，罗迅透过岁月，又一次端详她那时的面容。她有着圆圆的脸庞，明澈的眼睛，低平的颧骨。她确实是孙艾，不仅是那时的少女，也是后来多年与他相濡以沫的伴侣，那是无可置疑的少年记忆。

但是，她是有一点不一样的。

在她的额角上，有一抹淡蓝色的胎记，浅浅的，然而确实存在。

在成年罗迅的认知里，孙艾的面庞是无瑕的，没有任何类似的斑迹，那一抹并不明显的淡蓝色，应该在另一个人的额角上，另一个跟他和她从青春到成年有着共同交集的人。

隔着几十年的扭曲和烟雾，罗迅看清了，那个回过头来的孙艾，跟他多年熟悉的孙艾并无二致，但又是不一样的。最明显的不一样，就是那额角上的一抹淡蓝。

这是值得两个人永远铭记的一天。直到发生了一些想不到的事情，他才发觉，在无数次忆起的那一天里，有一点儿不同的地方。

这天下午，轰动小城的中学生话剧《奥赛罗》在学校附近的城市剧场上演，罗迅和孙艾这两个同学分别出演男女主角，在舞台上展现青春的风姿，也留下了后来摆在卧室里的大幅照片。

照片上的那个人，是真正的孙艾，是当年那个确曾跟他一起成长的人，而不是一个被顶替者。

罗迅早已经把那照片从卧室的墙上摘下来，卷起来，拿到公安分局。在警方为他安排的招待所里，他一点点打开照片。在那上面，他看到了他多年没有发现的事情。

其实，说是多年没有发现，不如说是多年没有在意。照片从来没有变过，画面上，那个美丽少女额角的淡蓝色一直存在。

但罗迅从来没有留意过，多年视而不见。

罗迅不知道这是为什么，那么多年过去了，他的眼睛怎么了，他的脑子又怎么了。他也不知道，现在能突然“发现”这个事实，是不是跟“小野系统”的保养升级有关。

他从来没有对照片上的人有过质疑，那就是孙艾，少年时代的美丽同伴。

他现在仍然不怀疑，他确信那一定就是孙艾。

他怀疑的，是不在照片上的那个成年人，他现在的妻子。他从来都认为，她就是照片上的那个少女。

现在，最没有问题的事实动摇了。

多年生活的根基动摇了。

在多年前的那一天里，罗迅和孙艾合演了一出中学生话剧，他和她的朦胧情愫也接近了破晓。他有些胆怯地期望着，一些事情更加明确一些。

孙艾——现在他完全看清或者记起了她真正的样子，与现在的她只有一点点细微的区别——在投入地演出，得体地谢幕，卸妆并和众人告别后，并没有同他有个别的交流，就匆匆离去了。演出是在下午进行的，此时孙艾走在刚好放学的学生队伍里，跟放学回家的少年们一般无二，不像是刚刚从一个绚丽舞台归去。

罗迅追了上去：“明早咱们一起上自习，可以吗。”

“可以，但是，我现在有事，我得赶紧去看看晓晓。”

这个演出莫晓晓并未到场观看。不仅如此，莫晓晓已经连续数天没来上课，孙艾跟她关系要好，罗迅也得拿出一些关切来：“我陪你一起去吧。”

“不用了，男生不方便。”孙艾说着，在路口转弯，向另一个方向快步走了。

十五岁的罗迅站在路口，有些失神，夕阳在他眼里像红色的玻璃球，这时候淡淡的花香混合着附近烧饭的煤烟味儿，涌进了他的鼻孔。

许多年来，那个傍晚特殊的夕阳色彩，那鼻孔里涌入的气味，一直像留存在罗迅的身体里，提醒着曾经发生的事情。

罗迅后来知道，孙艾赶到莫晓晓家中时，莫晓晓正一边抽烟，一边将烟头狠狠烫在自己的胳膊上。

“你干什么？”孙艾劈手抢下烟头，扔在地上，扳住莫晓晓的肩膀，想将对方揽入怀中，却被一把推开了。

“不要你可怜我，最讨厌你这种大好人的样子。什么都比我强，还来关心我，这样就更完美了，更可以显摆了。我不要上你的当，当你的工具。”

孙艾紧紧地抿着嘴，眼含着热泪，听莫晓晓嘶声地发泄着。

“你问我干什么，我怎么知道我要干什么，你看这个家，他们都不回来，他们都各有各的家了，没有人觉得我重要了。”

“我觉得你重要，”孙艾把手掌放在莫晓晓的头顶上，不顾对方将她的手臂甩开，仍然执拗地抚弄着莫晓晓的头发，“莫晓晓，你听着，就算全世界都放弃了你，我也不会放弃你的。”

2

一切都是一样的，一切都是相反和错位的。

孙艾曾经是个幸福完美的女孩，但后来，她不是那个罗迅和众人眼里的孙艾，她是莫晓晓。

莫晓晓曾经是个家庭破裂的不幸女孩，但后来，她不是那个罗迅和众人眼里的莫晓晓，她是孙艾。

每个人自始至终都完满幸福是个不可能的童话，总会有坎坷找上来。少女孙艾也迎来了痛楚的变故，父亲病逝，母亲因为伤心过度罹患了老年痴呆症。好在男朋友罗迅一直陪伴和支撑着她，她挺过了最艰难的时日，成长得比过去更优秀。

一番波折之后，孙艾更加珍惜与莫晓晓的情谊，她说，经历了失去亲人的痛苦，她也更懂了晓晓的痛苦，她要更加善待这个闺密。

记忆在某一个时间点上分岔了。

在孙艾大学毕业后，她并没有留在学校所在的一线城市，而是回到了家乡小城。

孙艾在家乡小城创办了一所针对初、高中青少年的教育机构，她说，自己虽然是个优等毕业生，但扔在大城市里，这样的人多得是。家乡小城的孩子更需要她，还可以就近照顾母亲，此外，晓晓也在这个城市里，可以继续在一起共同成长。

罗迅考取了本校研究生，他决定在取得硕士学位后，也回到家乡，跟孙艾一起打拼。

莫晓晓最终没有完全堕落，这跟两个同学多年来的关心帮助有没有关系，孙艾觉得不必细究。那些年，虽然他们在外地上大学，但能始终保持联系，关系没有淡漠下去，才是最重要的。

莫晓晓在当了几年问题少女之后，还是在高中毕业后上了本地的大专。孙艾高兴地说："太好了，请你帮忙，我们一起做一些事情。"

她不知道，莫晓晓已经拥有她无法理解的秘密。

在少女时代，莫晓晓遭遇了一个未成年人难以承受的不幸，家庭破裂后，父母还分别负担她的生活费和学费，但她没有了家。

比同龄人至少早十年，莫晓晓就开始了一个人的生活。在那个年代的那样一个小城里，还没有未成年人必须有监护人的明晰观念。莫晓晓在没有"监护"的情形下长大了，这是最易发生问题的年华。在某些方面，莫晓晓真的堕落了，辍学、打架、早恋、群殴，做了一个标准不良少女所做的一切事情，直至徘徊在青少年犯罪的边缘。

但莫晓晓的朋友并非只有不良少年，还有两个一直走在所谓健康成长道路上的人，始终跟她保持着联系，关怀着她。莫晓晓看着他们，有时感到温暖，有时又有莫名的愤恨。

这种温暖和愤恨交织在一起，折磨着她疯长的青春期。

在交了好几个男朋友，又分别分手后，有一天她喝了个烂醉，在自己家的小区门口躺了下来，闭上眼睛，身旁有呼啸而过的汽车和摩托，也不管不顾。

她觉得自己就要死了，既然死都没什么大不了的，更何况堕落呢。

“这么美的女孩子，躺在这里很不雅观。”

她睁开眼睛，上方是一个男子，身材瘦削，淡淡的胡须让脸庞更显白皙。

莫晓晓坐了起来，仰望着他，笑了，笑出刻意的放浪。

“你想要我吧，你们这些男人，想的都一样，无所谓，想要就拿去吧。”

男子摇摇头：“我是想要你，但是跟你想的不一样，主要是方法不一样，来，站起来。”

男子莫名地知道旁边就是莫晓晓的家，像父亲一样，把她弄在椅子上，为她拧了一把热毛巾，又取过来一面镜子：“看看，多么干净漂亮的一个女孩子，不应该总是喝醉酒躺着。”

莫晓晓对着镜子看着，看到了自己的面容，又看到面容之后，家中墙壁上零乱的图片，看着看着，眼泪顺着两颊滑落下来，滴在腿上，让她觉得凉冰冰的。

“如果镜子里的人不只会流眼泪，还会透过眼泪看清这个世界，会怎么样呢？”

“我究竟该做什么呢？”

“我希望你为自己做一些事情，”男子说，“如果对自己实在不满意，就想法子把这个世界变得满意一些。”

莫晓晓站起来，转过身，无言地看着陌生的男子。

“当然，还是先把自己变得满意一些吧。”男子说着，递过一个药丸一样的东西。

许多年后，当莫晓晓改变了容颜，改变了身份，被所有人当作孙艾，而另一个原本是孙艾的女孩子被当作莫晓晓的时候，她已经熟稔了这种叫回忆素的药丸。

在少女时代，莫晓晓想，就算是毒品、毒药，试一下又无妨，一个已经堕落、濒临死亡的人，又有什么可恐惧的，又有什么可失去的？

她一下子进入了一个神奇的世界。

她觉得头脑变得澄明了，好的和不好的记忆，像电影一般活灵活现地呈现在她的头脑里，清晰可见，一些原本痛苦的记忆细节更加清楚，她却在其中感到一种难言的欢欣。

“你试着想想你上学时学过的东西。”男子说。

莫晓晓已经辍学两年多了，她不觉得自己是一个学生了。然而，当她回想起那些学生时代的功课时，她发现，她经历的每一堂课，读到的每一本书，演算过的每一道习题，就像插摆在眼前的开放档案，让她随意抽取，清晰识辨。

“如果你愿意，一切可以重新开始，你可以回到所谓的正轨，继续求学什么的，虽然那个正轨对咱们来讲，不是真正的道路。”

“咱们是什么？”

“咱们是什么，叫什么，我最近也在想，你说，不如就叫超级系统吧。”

“超级系统？”

“对，超出整个世界之外，”男子说，“也许，这个超级系统能够成形，还用得着你的少年伙伴呢。”

“你说的是谁？”

“你最要好的那一个呀，本科生的研究总是被忽略，尤其是女生，人家根本不会认真对待，甚至被刻意地打压，但我注意到了。”

“你是说孙艾，你怎么认识他们的？”

“我可以在任何地方认识任何人，就像认识你一样，”男子说，“这不是关键的，关键是，咱们的超级系统要成立了，这不仅会改变你，还会改变整个世界。”

“咱们有多少人？”

“到目前为止，是两个人，你和我，”男子说，“我是你的上线，不久，全世界都会是下线，下线的下线。”

3

当孙艾大学毕业回到家乡小城时，莫晓晓已经不是一个全然没有希望的堕落少女，她上了本地的大专，读了两年时间也毕业了。

那个后来才有“小野新平”这个代号的男子告诉她：“上个大专就够了，不然太明显了。”

孙艾不知道，莫晓晓已经具备了不一般的能力，远远不是一个普通的大专生了。她庆幸闺密没有向错误的方向越滑越深，高兴得满眼泪花：“我就知道，你行的。”

莫晓晓握紧了孙艾的手，做出温暖的回应：“没放弃，是因为有你这样的同学、朋友。”但她在心里讲的，是另一种语言。

孙艾看不到莫晓晓心里的语言，崭新的幸福让她觉得整个世界都是有甜味儿的，她把晓晓的手攥得更紧了：“现在好了，我回来了，打算创业，做个教育机构，咱们一起干吧。”

莫晓晓说：“太好了，只要你不觉得我水平低就行了。”她心里仍是另一种语言。

孙艾听不到莫晓晓心里的语言，她也想不到在未来，她自己将不再是孙艾，对方也将不再是莫晓晓。

莫晓晓心里的语言是：什么叫“你行的”，我没有彻底完蛋，上了个大专，在你眼里就算不错吗，你就应该一辈子志得意满，处处占上风吗？你要创业，拉着我一起干就跟恩赐似的，我好像只能永远躲在你的羽翼之下，你未免太高看了自己。

在不久之前，这些语言会从莫晓晓嘴里直接迸出来，像火焰喷射器一般，朝着孙艾喷射过去。孙艾会难过、解释、无奈，不久后再找机会跟她沟通，这是一个惯常的程式。孙艾会原谅她，会重新拉住她。孙艾一直是宽容的，是不抛弃不放弃的，这种不抛弃不放弃本身，也是莫晓晓所愤恨的。你就是在所有方面都要赢，在人品和善良方面也一样。

但莫晓晓现在不一样了，她的姿态比孙艾还要得体，她有礼节有温度地接受了孙艾的邀约，表达了谢意和情谊。

孙艾拉着莫晓晓，很快忙活开来了。

莫晓晓问道："现在针对小孩的教育机构挺多的，咱们这个小城也有不少，咱们有什么办法去竞争呢？"

这时候，孙艾神秘地笑了："咱们有办法。"

莫晓晓有秘密，孙艾也有不小的秘密。

但孙艾要把这个秘密跟莫晓晓分享。

孙艾胸有成竹地说："咱们会有优势的，咱们有独门的技术，我的专业没白学。"

孙艾的专业是信号处理，在学科上，信号处理是信息和通信工程专业的分支学科，属于研究生阶段的科目。孙艾所在的M大学进行了学科规划改革，在本科阶段就超前开设了这个专业。这是个几乎没有女孩子涉足的专业，孙艾却成绩突出，还在毕业阶段完成了一项不为人知的技术成果。

孙艾说，这是一个秘密，现在可以在创业中实践一下。

莫晓晓已经知道，孙艾拥有的技术是颠覆性的。如果运用在教育领域里，可能会引发一场教育大洗牌，甚至教育革命。

不仅如此，孙艾还要跟闺密分享更大的喜悦，这项技术用在孙艾的母亲身上，已经取得成效。

一项用于教育的技术，为什么会在一个患有老年痴呆症的老人身上使用呢?

事实上，孙艾的这项研发，初衷是为了母亲的治疗。

孙艾的母亲在孙艾父亲去世后罹患了失智症，多年寻医问药未果，这个时候，并非医学专业的女儿有了一个不可思议的想法：能否从自己的专业里找到治疗母亲的途径?

经过无数次苦思和试错，孙艾找到了一个途径，在大学期间，她运用信号处理专业的方法，结合计算机和脑科学，发明了一种跨学科的技术，她自己将其命名为“脑部成像”技术。

脑部成像技术原本脱胎于一种记忆法，孙艾曾有机会接触到一些记忆天才，发现他们记忆方式是记住事物的图像。比如一页文字，要迅速记住全部内容是不可能完成的任务。那些记忆天才的方法，是像照相一样将那一页图像记下来，再读出其中的文字。当然，这种记忆方法也需要超乎常人的脑力，不是普通人能做到的。

如果采用外部技术辅助，让普通人也能通过这种方法提高记忆能力，该会是一种多么杰出的发明。

孙艾竟然在大学毕业时完成了这项发明。

脑部成像技术是结合仪器的，使用者借助仪器，将需要记忆的材料直接在脑海里形成图像，此后可以任意通过图像进行阅取。

经过无数次实验，孙艾发明了脑部成像仪。

孙艾的母亲所患的老年痴呆症，其实是一种深度的健忘症，记不住以前的人和事，记不住刚刚发生的事情，连自己的女儿也不认识了。孙艾使用脑部成像仪，将刚刚发生的人和事在母亲的脑中形成图像，固定记忆，经过一段时间，母亲的记忆力有明显的好转。

孙艾很快意识到这项技术在教育产业上的潜力。

使用者一边学习，一边连通脑部成像仪，借助仪器的力量将学习内容在脑部成像，就可以迅速而长久地通过图像记住学习的内容。

孙艾的专业是信号处理，对计算机也能熟练掌握，但她并不懂脑科学，如何能完成这种跨学科的研发？

“靠许多朋友、老师的帮忙。”孙艾甜甜地笑了，像回忆起许多美好的事情。

“你总是特别有人缘。”莫晓晓说，心里是另一种语言。

孙艾听不到莫晓晓心里的语言，感慨道：“世界上还是好人多。”

不是好人多，是男人多吧，这是莫晓晓心里的语言。

4

无论是在哪个环境里，你总是能得到一大帮男人的青睐、援手，你就是一个十足的绿茶婊。

这是莫晓晓心里的语言，她恨恨地想着。

但莫晓晓不是过去的莫晓晓了，她在外表上没有一点点恨恨的表情，一直跟孙艾一样，甜甜地笑着。

在孙艾的研发过程里，请教过许多人，得到过许多人指点，从外系外专业的本科生、研究生、博士生到教授博导，大部分确实是男性，他们确实都很热情地倾囊相授，有的还给予超出孙艾要求的协助。

莫晓晓愤恨的事情没有错，有哪个男人不喜欢这个美丽聪慧的小女生呢?

“帮过我的老师和朋友，我会永远铭记，将来有机会一定回报。但是，他们不知道这个秘密，或者就算知道了，也不会当一回事。”

有谁会把一个大二大三的小女生的科研多么当回事，他们喜爱她的为人，也欣赏她孜孜求教地求知，他们真的把这当成了单纯的求知，虽然对她知无不言，却不相信也没想到这个女孩会发明出这么威力巨大的技术。孙艾一边求教，一边小心翼翼地隐瞒着真实的终极目的，但实际上，就算说出那个目的，他们多半也会一笑了之。

还有一个关键，他们是一群不同的人，没有直接的交集。他们看不见的交集在孙艾身上。

孙艾犹如拼图，将所需要的各个部分聚合、提炼，达成了她心目中的结晶。

你真是太有心机了，莫晓晓在心里说。

但孙艾的心机从来不指向这个昔日的闺密，她搂着莫晓晓的肩膀：“这个秘密总会让全世界看到的，但是现在，它只属于我们三个人。在咱们这个小城市里，咱们的事业就建立在这个上面。”

孙艾的研发没有被熟人所知晓、重视，却被一个陌生的男人发现了。

莫晓晓再次见到那个后来被称为小野新平的男子："你找我，就是为了这个脑部成像技术吧。"

男子说："是，也不完全是。"

"你为什么不直接找孙艾呢？"

"孙艾呀，是个太有主意的女孩子，是有所为有所不为的人，有些事情，她不会配合，也不会同舟共济，"男子的眉头微拧，"你不同，我看到了你的经历，还有你的不平和愤怒，你正是我所需要的伙伴。"

莫晓晓已经体尝过了回忆素的效果，她觉得，男子所拥有的威力已经超出了孙艾的脑部成像技术。

"你已经这么厉害了，没必要那么在意那个人哪，跟你相比，那个仪器好像都有些原始。"

男子摇摇头："我们有许多技术，但一直缺少一块关键的拼图。在超级系统里，回忆素只是一种辅助药物，让本人的记忆更清晰。若要让非本人的其他内容信息迅速转化为本人的记忆，得靠你闺密的这种发明。更重要的，具体技术都是局部问题，思路和方向才是本质。孙艾带给咱们一种方向。"

这个时候，男子想到了遥远的边境山寨，想到了在那里和一个大人物的交流。

“以前的方向太蠢了,改变世界,这才是一个事半功倍的方法。”

跟脑部成像相比，男子拥有一些改变记忆的方法技术，更超前、更尖端。但是，依靠改变人的记忆来改变世界，需要改变的人太多，需要进行的记忆手术太多，需要担当的风险太大，需要付出的成本太高。

人类是改变不完的。

如果把基于教育需要出发的脑部成像技术向前推进一步，就可以制造出杰出的天才，如果在各个领域制造出这样的天才，就可以依靠这些天才的能力、影响力，掌握和控制人类社会的各行各业。

“一切都是刚刚开始,像你和我。”男子憧憬着,像个年轻人。

莫晓晓突然说：“我有个要求。”

“什么？”

莫晓晓来回地走了两步,冷笑道:“我的要求,你可能做不到。”

“讲讲看，未必。”

莫晓晓声音突然放大，像在咆哮：“我要成为那个女人，凭什么她永远是那个样子，她总是高高在上的，连对我好，都是在赢我，还有……”

莫晓晓的“还有”，是她心里更痛的。

“还有那个男人，对吧？”男人的嘴，是一把不留情的刀子。

莫晓晓更加愤怒：“你告诉我能不能，就算我服用了回忆素，我也不能变成她，她永远是她，我永远是我，这一切永远都不能改变，对不对，对不对？……”

男子来回地踱着步，静待着莫晓晓的歇斯底里过去，静待着她气喘吁吁地平静下来。

“这个年代，所有的问题，都只是技术问题。”

孙艾不知道莫晓晓认识了一个奇怪的男人，不知道莫晓晓还有一个秘密和身份，或者说“事业”。她拉着闺密一起忙碌，选址、招生、规划教材、调试仪器，忙碌而甜蜜。她告诉晓晓，罗迅再过两年研究生毕业，也会一起加入进来。

罗迅在一个假期回来了，看到莫晓晓时，还有些紧张，但孙艾告诉她，晓晓早就不是以前那个样子了。

对孙艾来讲，那是最幸福、最满足的时光，虽然母亲依靠脑部成像仪康复的过程还很缓慢。

她不知道，她马上就不会是孙艾了，她会变成另一个人。

对罗迅来讲，那是松了一口气，又有些莫名担忧的时光。他不知道他究竟在为什么担忧，是不是因为莫晓晓这个共同长大的伙伴呢？她已经变了，他的担忧是没有道理的，是过去年代遗存的后遗症吧，他不该再对晓晓有成见。

他为他的担忧找到另外的理由，是合理的理由。他对孙艾说：“咱们这种教育方法，这种……这种技术吧，蛮超前的，有没有申请专利呀？”

“等你，早就晚了，”孙艾笑着挤对男友，“我正在准备申请资料，毕竟刚从学校出来，好多事情没顾上。”

罗迅仍然皱着眉头，觉得有些事情没有想清楚，顾虑并没有消除。他仔细地寻找着字句，表达着这种没有想清楚的顾虑：“这种方法帮助孩子学习，效果一定是非常明显的，但是，这里面有没有什么问题呢……别人长期努力学习得到的知识，获得的能力，咱们用脑部成像方法短期就能搞定，会不会是不公平竞争呢，有没有……不合法的问题呢？”

孙艾点点头：“你说得对，确实有这种灰色地带。但我想，技术都是中立的，这个技术被咱们开发出来了，要看什么人用，怎么用，现在申请专利，也得到一个向国家和社会公开，取得合法身份的机会。如果国家觉得暂时不能推广使用，或者有别的安排，咱们就也算把自己的智慧财富拿了出来，一切放在法律和公众利益的框架里，就不用太多担心。”

罗迅仍然觉得有些事情不大明了，但接受了孙艾的说法。

孙艾说：“你的担心确实有道理，也是因为有这种担心，这个技术……才仅限于停留在这个阶段，否则，还能继续推进，做到更多……”

5

“这个技术必须向前推进，做到更多。”男子说话的样子和语气是专横的，不容商量。

怎么推进，孙艾从来都是个坚持原则的人。多年来莫晓晓被她善待，却也听她亲口说过，有的东西可以让给你，有的不能让。

把孙艾排除在外，可能吗？

“不可能，必须有孙艾，她还得是系统最早的实践者。”小野说。

“她怎么可能去实践。”

“她不可能，但是，假如你变成了她，一切就都可能了。”

莫晓晓屏住了呼吸，心跳声在耳边犹如擂鼓。

“你不是想要成为她吗，现在有机会。一切问题，都只是技术问题。”

莫晓晓抓住了那个她原本看不清的东西，她激动了，激动中夹缠着恐惧和纠结：“不，不……”

小野说：“我听过一句玩笑话：一个女子嘴上说“不”的时候，心里想的，就是“要，要……”

莫晓晓确认，她将跟孙艾进行一次交换，一次根本性的交换。

这是一种什么样的交换，一种什么样的命运，一种什么样的未来？……

“外表的改变是最容易的，关键是内在，是灵魂。你的闺密触及一些大脑的秘密，但这不是最根本的。”男子说。

第一次见到这个男子后不久，莫晓晓曾经脱口道：“怎么感觉到你有点儿像个日本人哪。”

“你说是，就算是吧。”

没有人知道他究竟是什么人，也难以揣测他究竟有多大年龄，连他的容貌都像是可以随时改变的。到了某个时候，他的名字叫小野新平。此前，莫晓晓慢慢了解到，他有时候也会姓原谷，拥有一个叫原谷医会的组织。

“你要不要马上改变，变成她？”

莫晓晓做出了双手抱肩的动作，代表着恐惧，也表明了渴望。

“除了天才制造外，记忆置换带来的身份置换，也还从来没有实践过，你的两个闺密，就作为第一批试验者吧。你的那个心上人，男闺密，只需要进行一点点记忆更改就够了，”男子向着虚空做出手势，像玩弄着空气，“还有你，也需要拥有一部分孙艾的过去，要哪些由你自己定。”

记忆置换术本来不够成熟，有不少缺陷，还有一些难解的问题，现在结合了脑部成像技术，就完善了。

“你不仅是个大专生，简直是个博士。”男子说。

“我自己做不了什么，达成这样的成果，还是得靠你，小野先生。”莫晓晓说着感谢的话，嘴唇却不住地发抖，牙齿紧咬。

男子笑了：“你还是抛不下一些东西，你抛不下你的愤恨，抛不下你的情谊，这本是相反的东西，证明人是多么矛盾。不必担心，一旦那个新的境界来临，你会把这些矛盾抛掉，进入美妙的平衡状态。”

真的可以吗？

不管可以不可以，行动已经停不下来，阴谋必须实施。

当三个人聚在一个空间里，又一次看到孙艾大眼睛里的笑意，罗迅略显严肃的沉默时，莫晓晓知道，这是她作为莫晓晓的最后一个黄昏。

她借故走近墙壁交界的角落，拧开准备好的空气麻醉剂。

男子很快到了，跟他前来的，还有最好的整形外科医生，所有仪器和手术器材也早就在这个空间里准备好了。

整形外科医生负责改变两个女孩的容貌，事实上是将两个人的外表彼此交换，在这个时代，看似神奇的手术并不算特别复杂。

电脑模拟系统可以迅速扫描两个人的头部和面部，形成多维立体图像，进一步形成数据，整形医生借助的手术仪器也并不限于传统的手术刀，而是还有更精密的数据化整形仪。

“曾经有个叫《变脸》的好莱坞电影，轰动一时，”男子说，“那时候他们想不到，有一天，可以脸和心一起变。”

整形医生询问技术问题：“是否进行全息外表置换？”

“这是什么意思？”莫晓晓反问道。

男子帮忙解释道：“就是说，你要完全变成孙艾的样子，还是留下一点儿什么，不过要注意，留下的东西不能太多太明显，妨碍别人认为你就是孙艾。”

孙艾就躺在不远处的手术椅上，闭着眼睛，均匀地呼吸着，进入了甜美的熟睡。她不知道，她将从外表到内心变成另一个人。

在男子和整形医生的眼里，莫晓晓看她的样子，有着一种难言的不舍和怜爱。看了一会儿，她昂起头：“我不要她额角上的那个蓝记，那个就留给她吧。”

男子也仔细地看了一下，笑道：“这个不成问题，非常小的痕迹，你不说，我都注意不到。”

整形医生郑重地点了点头。

男子想起了什么：“你说，罗迅会留意到这个蓝记吗？”

“一定会。”

“好，这不是什么问题，可以给他在脑子里进行处理。”

过去复杂的整形手术已经完全没有问题了，与之同时进行的脑部记忆置换，才具有相当大的难度和风险。

融合了脑部成像技术的记忆置换此前从未在真人身上进行过，这是第一次“实战”。

这次实战在三个实验者的身上有不同的目标，将带来不同的后果。

首先是莫晓晓本人。虽然会在外表上变成孙艾，但她将保留住自己的全部记忆，全部自我意识，同时被输入一部分他人的记忆，就是孙艾的记忆，这样，她才可以在今后的人生中充当孙艾。被麻醉的孙艾此时就躺在身边，那些记忆要从她的脑中提取，这是一个复杂的手术。

但这仍然是简单的一个。

莫晓晓将保留住自己的所有，她以后所做的，是躲在孙艾的外表下伪装，长时间伪装成另一个人也许不是一件容易的事情，但伪装久了，自己也就相信真的变成了那个人。不是所有的人都能够永久保守秘密，但有一部分人可以。小野新平在挑选合伙人也就是挑选第一个辅导员的时候，按照大数据的搜寻，按照人的行为模式分析，确定了莫晓晓这样一个人。她一旦拥有孙艾的外表和部分记忆，开始扮演孙艾，就再也不是莫晓晓。这是第一个辅导员的人格类型，此后所有的辅导员都照此办理，具有同样的人格特质。这当然有着巨大的难度。

但在那个时刻，这是最简单的一个。

比单纯的记忆输入复杂的，是罗迅要接受的记忆置换。

十四、世界

1

罗迅的所有记忆都将保留。他不会失去他的自我意识，他只是进入了一场熟睡，醒来后，他仍然是罗迅。

但一点点变化要在他的头脑里悄然完成。

那只是一点儿非常细微的印迹，不特别熟悉的人一般都看不出来，或者对这样的细节根本不会留意。

但罗迅会留意，因为孙艾是他最亲近的人。他熟悉她身体和外表的每一寸，标记般的一抹蓝色消失了，而且跑到另一个人的额角上去了，他不会无动于衷。

这个时候，脑部成像技术要发挥作用，相当于在罗迅脑子里进行一个几何级数的ＰＳ。在罗迅的记忆里，原本孙艾额角上的蓝记没有了，挂在了莫晓晓额角上。这个简单的转换其实有着相当的难度，是结合了孙艾研发的脑部成像技术，才突破了技术瓶颈。这种结合并没有实践过，要在罗迅的身上实施。这是更困难更有风险的一种记忆置换。

但这也不是最难的。

最具挑战性的，是针对孙艾进行的身份置换。

孙艾的外表将彻底改变，她将变成莫晓晓的样子，更重要的是，她的自我身份认知也要改变。

如果这个手术成功，她醒来后，将不再自认为是孙艾，而认定自己是莫晓晓。

三起置换都成功了，世界由此改变。

这个改变无关其他人，只关于三个年轻人，他们迎来新的宇宙，这其中的凶险可怖，改变的剧烈和黑暗，其中两个毫无所觉，一个在内心狠狠地消化后，在表面上欣然进入。

“多么令人难以置信的技术成功，都来源于理论和模拟上的成功准备。”

身份置换的原理，基于记忆置换，是一个从量变到质变的过程，当一个人的记忆被大批量地替换成另一个人时，当被替换的记忆量达到临界点时，他（她）就变成了另一个人，他（她）的自我认知和自我意识，变成那个记忆带给他（她）的自我意识，也就是说，他（她）的身份被置换了。

这本是理论上的推估假设，此前没有验证过，在孙艾身上第一次实践。

谁也不知道那个临界点究竟在哪里，虽然有“记忆量”这个名词，但记忆并不能完全等同于电脑数据，记忆的量化并非精确的概念，而是具有一定的模糊性。这也都是理论上的推演。

这个没有把握的实践在孙艾身上成功了。

孙艾被输入了莫晓晓的全部记忆，她自己的原有记忆经过筛选，一部分为莫晓晓所用，其余的全部删除。这样，她其实只剩下了莫晓晓的记忆，临界点早已越过了。

原来的孙艾，其实以一种特殊的方式被谋杀了。

这个实践是一场阴谋，对于不自知的“志愿者”孙艾来讲，是一场令人发指的悲剧。但是，当她醒来后，她完全不知道悲剧的发生。

她已经变成了另一个人，她的外表是莫晓晓，她的自我认识是莫晓晓。于是，她也就是真正的莫晓晓了。

原来的莫晓晓被输入了一部分孙艾的记忆，但远远未达到临界点，那些孙艾的记忆，恰恰足够她在罗迅面前充当孙艾。在以后的日子里，她由表演、伪装到完全喜爱上了这样一个身份。她完全就是孙艾。

“记忆的大量输入可以改变一个人的身份，有限量的输入，有时候也会带来一个人性格上的改变。”

是的，她的外表是孙艾，她的脑子里装着孙艾的记忆，她要长期扮演孙艾，她甚至在内心也变得柔和大度了，她的优雅和善良也完全不是假扮的，她真的发自内心地成了孙艾。她确实像孙艾一样珍惜着爱人、朋友，甚至宽怀地照顾着对她并不完全友善，又觊觎着她的爱人的闺密。她知道，孙艾经历的事情，曾有的想法，已经在她体内发挥着作用。她拥有孙艾的一切，最重要的，是她还拥有了孙艾的爱情，乃至进一步的婚姻。她在卧室里挂着罗迅和孙艾的剧照。那上面确实是当年的孙艾，不是她，她丈夫却满心相信，那就是身边的妻子。

在内心，在一个人独处的时候，在罗迅熟睡至夜半时分，她不仅保留着原来的一切，还把握享受着这新的一切。这就是现状，是她通过高科技谋求的现状。多少年来她嫉妒的人，那个处处赢她的人，在善良和为人方面都压制她的人，变成了刻薄、尖酸的莫晓晓，而她本人，是优雅而拥有一切的孙艾。

那幅剧照上其实留下了一点点痕迹，表明了原来孙艾全部的真实。

也许这算是留下的一丁点破绽和风险吧，但她不担心。

她从来就知道罗迅对孙艾的信任和爱恋有多深，罗迅永远不可能知道她已经换了一个人，就算他看到照片上的少女有那么一丁点不同，那又有什么关系？当时的化妆、灯光效果、照片的角度都可以造成一些效果，此外，在医学上，一个人在成长过程中，也有原来的身体标记被吸收而消逝的情形。

罗迅是个坦率正直的人，他从来没有提起过，也从来没有生疑过，时常幸福地被那照片上的事情带往过去。

连她自己都完全相信，那确实是属于她的过去。

但是，她还是狠狠地留下了那一点痕迹，她本来是可以完全去除而消除风险的。像一个人额角上的胎记表明了真实的身份一样，她要用那一点点痕迹暗中表明真实的过去。她要在其中得到满足，满足于照片上的那个人已经被她彻底篡夺了，她自己变成了那个人，抢夺了那个人的生活，把那个人变成另一个人，并且以帮助和善待闺密的名义，将那个人控制在眼前。

她才是真正的胜利者。

2

一次复杂的置换在三个年轻人身上悄悄实施，从技术角度讲，都获得了完满的成功。

罗迅只是在一个普通的清晨一觉醒来，没有觉出任何改变。在假期里，他同女朋友孙艾一起回到家乡小城，把与昔日的女同学莫晓晓碰面打交道当作一个义务。

莫晓晓也醒来了，她当然就是莫晓晓，有谁会想到自己在沉睡之前会是另一个人。

孙艾一直是醒着的，哪怕是睡去时，她永远知道自己的根本，今后，她要演好孙艾这个角色。

当三个年轻人再度醒来时，人生的剧本也作了调整。

在新的剧本里，孙艾从来没有发明脑部成像技术，她虽然学业优秀，但并没有什么出奇的技术发明。她虽然回到家乡小城一段时间，但并没有在那里创业的打算。她仍然回到了求学的城市，以M大学毕业生的身份参加工作了。

原有圈子里的熟人无人生疑，原本就没有谁知道这个女生发明过什么超新技术，只觉得这个年轻人终究还是在家乡待不住，回到一线城市了。

“你从此只有一个身份，就是孙艾。”男子一边说，一边拿起一把巨大的钢锯，在噪声中，向一台电脑大小的装置切割下去。

那是一台脑部成像仪，是孙艾——过去的孙艾的心血发明。

男子将仪器切割成几段，又用锤子砸到变形。

“这有什么意义呢？只是一堆材料而已，”现在的孙艾、曾经的莫晓晓说。

“这是一个仪式，”男子说，“消灭一个仪器，代表着消灭一种技术。从此，世界上没有独立的脑部成像技术，只有融合了各种技术的超级系统。”

那个叫孙艾的年轻女孩是不是也被消灭了呢，虽然她的容貌、身份、记忆都继续活动着，无人质疑。

在新的剧本里，罗迅根据和孙艾的商量、安排，在原来的M大学读完硕士，留校任教。他觉得他一直跟孙艾在一起，从小到大，恋爱结婚。

但他对孙艾的一种安排不解:“为什么把你妈留在小城，送进养老院呢，为什么不带她去咱们身边一起生活呢，这样能放心吗?”

孙艾感动于罗迅的关怀。她说，妈妈年纪大了，离开家乡水土不服，身体受不了，这家养老机构专门针对失智老人，陪护条件好，在这里生活，对老人有好处。

罗迅仍有疑虑，但既然这是孙艾的决定，他就释然了。他相信她，也相信一个女儿对母亲的情感。

孙艾真的作为女儿去养老院里看望过母亲。母亲的症状加重，完全认不出女儿来。但在某一次，母亲突然伸出双手，喃喃道：“仪器，给我用仪器。”

没有人能听懂老人在说什么，要求什么，包括罗迅在内，都只觉得这是老年痴呆症患者无意义的呓语。

孙艾听懂了，感到辛酸，是真正的辛酸。

妈妈，您用过的仪器已经消失了，连那个真正的女儿孙艾，也已经消失了。

老人曾经用过的脑部成像仪已经不存在了，曾经进行的治疗当然也中断了，或者可以说，从来就没有进行过那样的治疗。

妈妈，其实要庆幸于您得了这样一种病，否则，就算罗迅不知道孙艾换了一个人，谁能保证母亲不会看出女儿的破绽呢?

在新的剧本里，莫晓晓即使上了个大专，也终究无法在留下太多是非的家乡小城立足。父母犹在，却多年未曾谋面。她只有在一直关心她，不离不弃的少年伙伴帮助下，离开小城，到一线城市的大学图书馆里当一名图书管理员。她虽然受惠于人，性格却始终未变，并不能以感恩的心完全接纳对方的情谊。她仍然妒忌、刻薄，时时用一些拙劣无效的方法，试图抢走那个从小就未对她心仪过的男人。

她不知道，她原本就完全地拥有着他。她不知道，她的外表、身份、记忆乃至性格都来自另一个，那另一个人窃取了她的身份、记忆、事业、性格和爱情。

他们离开了那座小城，出于种种原因和选择，他们也几乎彻底斩断了和那座小城间的联系。

在阳光下的人生轨迹之外，还有暗地里进行的庞大计划。

超级系统展开了运作，有多少辅导员，在多少地方发展了多少潜天才，连曾经的莫晓晓、现在的孙艾也无从知晓。

达成了人生目标的孙艾成为一名辅导员，作为小野新平本人的直接下线，也开始了“工作”。

她选定的第一个潜天才，叫钱良毅。

系统运行的意外在情理之中，但她没有料到，在总共出现的三起意外之中，就包括她亲自发展的钱良毅。

按照系统的指示，也就是小野本人的直接安排，她“清理”了脱轨天才钱良毅。

她并不情愿的事情发生了。系统，也就是小野新平本人，为她选定了她的下个发展对象——她的丈夫罗迅。

“这是我最了解的一个潜天才了，我是在认识你的同时，就认识了他。”

3

“你怎么看上去魂不守舍的？好好开车。”朱警官讽讽道。

“我就是觉得，这不像是真的，”郝涛把着方向盘，一面摇摇头，“两个大活人，真的就这样换了？”

“谁知道我们自己有没有换过呢？”朱警官说，“没准咱的人生，都是被谁换走的。没准我本是个国家领导人，或者大富豪呢，被人家弄成了个小警察。”

“朱队，你这样说我会更晕的。”

没有警车特征的轿车在环路上匀速地行驶着，接近了机场高速。

“我们就算能破了案，但那么多年过去了，那些失去的岁月，孙艾和罗迅永远要不回来了。”

“就别伤感了，没用，”朱警官掏出手机看了一眼，“时间还挺宽裕，一会儿就要迎接贵客了，你到时候要哭鼻子吗？”

在高速公路上，一些迎面扑来的昆虫砸在挡风玻璃上，砰砰作响。

“这也是生命啊，”朱警官叹息道，“它们不怕死吗？”

“谁说它们不怕死，它们是不知道撞上来的东西是什么，想不到会有死亡等着它们。蝼蚁也是贪生的，跟人一样。”

人会知道撞上来的东西是什么吗？

郝涛想起了一个关键的人：“朗亚这个人……您跟他的关系，真让人有些糊涂。”

朱警官不耐烦：“我说过，这个人死一千次都不嫌多，我恨不得亲手毙了他……他害死过很多人。他之所以一直活着，是因为，他活着能让更多的人不会死。”

“他为什么愿意听咱们的，咱们跟他有什么交易吗？”话一出口，郝涛就自知失言，吐吐舌头，等待数落。

果然，朱警官的目光像两道火焰，通过后视镜反射，都让郝涛觉得腮帮子上被烫得要起泡。

“人民警察从来不会跟罪犯进行什么暗中交易。”

“嗯嗯。”

“人民警察依靠的是法制，还有强大的政策攻势。”

“嗯嗯。”

“至于这个朗亚，他愿意配合，很简单，”朱警官拉下遮阳板，挡住剧烈的夕阳，“他希望不要碰上挡风玻璃。”

又有几只蜻蜓砸在玻璃上，发出清脆的响声。郝涛想，这样的大毒贩，按说早就不怕死了，结果还是这个样子。

“给你讲点儿历史，愿不愿意听？”

不待郝涛应答，朱警官便自顾自地讲下去。

“明末清初，清军把明军打得大败，抓住一个明朝将领，叫史可法，清军的统帅一看，说不用劝降了，直接杀了吧，这个劝也没用。又抓住一个明朝将领，叫洪承畴，一开始也是誓死不降，也说直接杀了算了，清军统帅却说，等等。你看这个人，嘴里说着誓死不降，可都被咱逮住了，袍子上落点儿灰尘，都要掸干净，说明这个人太喜欢活着了，太享受活着的好处了，一定会降的。后来，洪承畴果然降了。”

郝涛用左手握着方向盘，伸出右手挠挠头，表明他在故事里听出了味道。

“朗亚这个人，说是出生入死都不怕，其实就是洪承畴。”

“朱队，一个毒贩子，你把他比得太高了吧？”

“他可不只是个毒贩子，还是个差点儿把全世界都搅乱了的人，”朱警官说，“马上下飞机，从机场出来的这位，已经把这世界搅得有点儿乱了，不知道是不是又一个洪承畴。”

M大化学系系办秘书小黄拖着行李箱，步出候机大厅，走了几步，看到了站在通道尽头的两个人，犹豫了一下，继续迎上去。

“小黄老师，去日本这一趟，还开心吗？”朱警官说，“究竟该叫你小黄老师、小野先生，还是原谷先生？……”

小黄站住脚，面色从容：“知道你们早晚会来的。”

“好吧，那咱们一起回去吧，但不是你的家。”

“我会跟你们走，不会跑，可以不上手铐吗？”

“在这里可以，上了车，就得上铐了。”

在车上，小黄和朱警官一起坐在后座。

“怎么知道的？”小黄的问题没头没尾，因为对于车里的三个人，不需要头尾。

“你的辅导员非常可靠，表面说了好多，但从来没有说出谁是小野新平，”朱警官说，“是你的严密系统出卖了你，如果有一个人既跟中国的化学老师之妻有接触，又跑到日本去试图跟棋手的前妻建立联系，这个人不一定多喜欢女人，却很难不是小野先生。我们用联系排除法。当然，还有另一个跟你相识很久的人，但我不会直接说出他是谁。”

小黄微闭双眼，凝神静思了一下：“我知道了，不会是别人，一定是他，但他不会认识我现在的样子了。”

郝涛突然有些愤怒：“你老实交代，真正的小黄被弄到哪里去了。”

“我都快忘了，”既是小黄，又是原谷，又是小野新平的男人有些失神，“曾经有一个小黄，他消失了，他是完全消失了，还是变了一个样子，变了一个脑袋，变成了另一个人，我真的忘记了。本来我已经是小黄了，到今天为止我也不是了。你们是警察，这不又是一个你们破案的机会吗？”

4

罗迅又一次见到了莫晓晓，不，他见到的，是有着莫晓晓外表的孙艾。

她的额角上还留着孙艾的痕迹，她的样子变了，但有些东西还永远留着。

虽然那东西已经变成了唯一。

罗迅泪眼模糊，他不知不觉地伸出手去，指向她额角的方向。

他已经讲过了那个故事，他已经用所有的语言，全身的力气讲过了那个故事。

又是莫晓晓又是孙艾的女子瞪大了眼睛，又是孙艾又是莫晓晓的女子两手抱住肩膀，像个受惊的小动物。她再也无法对一切刻薄又恶意地嘲讽了。在她的眼睛里，他看到了害怕。

有谁在听到那样的故事后，不感到害怕呢？

“不，我不相信你说的。”

“相信我，不信，你可以看看这张照片，在那上面……”罗迅想又一次拉开卷起来的剧照。

“不，我不想看那个。”她背过脸去。

罗迅已经完全醒了，从一场长达十几年的梦中醒来了。

醒来之后，他看清了一切，却仍然难以说出一切。

那张剧照一直伴随着他，有时候，他似乎也看到了那一抹蓝色，但固有的思维在左右着他，让他从来不觉得有什么异常。那可能是角色化妆的痕迹，可能是拍摄角度的效果，可能是灯光等等原因，谁又能因为那一点点痕迹，而对身边亲人的身份产生怀疑呢？

在那么多年里，他其实从来没有正眼看过莫晓晓一眼，每遇到她，都匆匆躲过，即便在说话时，目光也落在别处。其实她也算是他最熟悉的一个人了，但他对她又是陌生的，以至于没有注意过她外表上的某些细小特征。

在那段日子里，他在妻子（他不愿再将她称为孙艾了）的辅导下，接受了所谓“保养升级”。在那个虚拟世界里，他除了见识到宏伟的化学大厦之外，还见到一些奇怪的人和事，其中包括他本人和已故的钱良毅的种种，甚至有他谋害钱良毅的情节。

他现在知道，那是妻子兼辅导员违反小野系统规定，在他的

“保养升级”过程中，夹带私货，运用记忆置换技术，将一些编造的信息输入到他脑中，目的是扰乱他的思维和心智，在让警方注意到他的同时，使他在精神上也成为系统认定的问题人物，从而被系统放弃，逃脱成为人工天才的命运。

他是应该恨她呢，还是应该感谢她？

她是个精细的人，但没有人能精细到毫无疏漏和瑕疵。

丁学松医生说，人的大脑终究是个复杂胜过宇宙的场域，人为地操控记忆，无论是哪种技术，终归是以确定的数据输入。这样的输入能够达到单一目标，但是会引起哪些附加效应，会引发大脑何种反应，不能完全预料，甚至超出操控者的掌握。简单地讲，记忆置换和输入是可以成功的，但被输入的人除了接纳外输的记忆内容外，还会产生哪些情感、幻想和思维，是无法计算的，是输入者无法估量和掌控的。这类现象属于大脑的应激反应，内容和程度因人而异。

罗迅分不清楚，在那段时间里，他在那个世界里看到的种种，他的梦境，他的幻觉，尤其是说不出来的奇特心情，哪些是被输入的，哪些是大脑的应激反应。

但他看清了一件事情。

在那个世界里，莫晓晓也出现了。在现实中，他从来没看清过她的完整面目，但在那个空间里，他出于紧迫的需要和心情，看清了。

这算不算是辅导员的疏漏呢？她采用脑部成像技术，全息复制了莫晓晓的样子，也就复制下了她外表的所有特征。她没有进行什么痕迹的清除，不知道是忘记了，还是不屑于那样做。

罗迅终于看清了莫晓晓，也看清了孙艾。在狱中的那段时间，他透过记忆反复地看，一次次地看清了。在被妻子“营救”回家后，在卧室里，他看清了本来就一直清晰的昔日剧照。

一个人要付出多少代价，才能看清楚另一个人呢？

罗迅哽咽着：“不管你是什么样子，你都是孙艾，那个从小跟我一起长大的人，我们一起上学、骑车，我们一起演过戏，你那次得到了连续六次掌声……”

“我不记得这些事情，我只记得那时候我是莫晓晓，”她的声音像掉在地上摔碎了的玻璃瓶，让罗迅的痛楚和激情戛然而止。

许久，她说：“好，我相信这个故事了，我相信你了。”

罗迅重新燃起希望：“孙艾，让我们重新开始，你还可以重新做回孙艾，这只是一个技术问题，可以通过技术……”

“我不想做回孙艾了，”她说，“也许这确实是一个可怕的错误，是一个悲惨的阴谋，在你眼里，在所有的人眼里，需要重新纠正，但这不是我的愿望。我已经习惯自己是莫晓晓了，做莫晓晓看上去可能有种种不如意，我也确实时常不如意，甚至恨这个世界。可我更有自得其乐的时候。我对我自己的认识，就是莫晓晓，不是别人。”

“但是……”

“但是，跟你一起生活了将近十年的人，不是我，即便我才是真正的孙艾，可你的妻子孙艾不是我，这些都已经无法改变了。”

罗迅紧紧闭住眼睛，泪水顺着两颊滑落。

“我不想重新做回孙艾，不要做整容手术，也不要做记忆恢复手术，让我继续做莫晓晓吧，这样很好。”

罗迅睁开眼睛，眼前是一个背影，一个过去让他逃避的背影，现在，他想对着那个影子倾洒一腔的热血。

他知道，失去的无法再找回来，他是爱她的，从小到大都没变过，但现在，爱可能就等于尊重。

“我走了，你休息吧。”

她没有转过头来，背对着他点了点头。

5

罗迅走出屋门，走出院门，面对着一片郁郁葱葱、水流潺潺的风景。

这是医院附属的疗养院，建筑在依山傍水的地方，一些身心受创，完成医疗流程的人被安排到这里休养，以找回完全破碎的小世界，重拾生活的勇气。

罗迅自己可能也有留下休养的需要，但他顾不上，他也不能忘了自己是个男人。他最终不是天才，但要做个堂堂正正的普通男人，还有许多事情等着他。

当然，那些事情没有一件比留在这里的这个人重要。不知道她要多久才能恢复到正常，她有没有办法像原来那样，作为莫晓晓生活下去。

如果必然是这样的结果，还不如完全不告诉她，让她活在已经运行多年的轨道上，永远做单一的莫晓晓好了。现在这样，对她何其残忍。

现在这样，对罗迅自己又哪有半点宽容？

迎面走来一个人，外表端正，是让自己恢复了真实的丁医生。

“她不做记忆恢复术，可以避免风险，以目前的情形看，她继续做莫晓晓比较保险，”丁医生说，“孙艾的全部记忆并未完全保存下来，只有大约百分之四十，当初被输入到莫晓晓的头脑当中，其他的都被删除了。将这百分之四十重新在她头脑里恢复，并未达到自我身份认定的临界点，不能保证她在术后能恢复孙艾的自我身份认知。她现在所有关于莫晓晓的记忆，是保留还是删除，分别会产生哪种效应，虽可以做理论上的研究，但在实践中会导致什么后果，没有把握。我们不是小野系统那样的非法犯罪组织，不能让人冒这样的风险。”

原来记忆真的可以像数据一样处理。孙艾百分之六十的记忆被删除，永远地消失在空气中，无法恢复了。没有这些跟一个人的自我认知息息相关的信息，一个人就无法建立自我。所以，这个人已经不是孙艾了，但是，她也不是真正的莫晓晓，她是人工制造出来的一个莫晓晓。

那另一个呢，那个人是谁？她有着孙艾的外表和百分之四十的记忆，可她是一个伪装的孙艾，她本来是莫晓晓，但她扮演另一个人多年，也早就不是莫晓晓了。

她们究竟是谁呢？我又是谁呢，我是我自己所知的那个人吗？

罗迅回过头去，仰望着二楼的一个窗口。他看不见里面的那个人，就算看见，他也不知道最得体的暂别是什么样。

“丁医师，她后半生只能作为莫晓晓生活下去了？”

“要看技术成熟的进度，还有……关键是她本人的意愿。”

她已经宁愿作为莫晓晓生活下去了，她已经不愿意再重新成为孙艾了。

丁医生很清楚地掌握到罗迅此时的心情，慰解道：“一切都还不是定数，只要她还在继续生活，我们也还继续生活工作，总会有新的局面和希望出现的。”

罗迅沉重地点头，两人都不知道，这点头是代表认可，还是仅仅出于礼貌。

丁医生适时地提起另一件事情：“明天去配合进行脑联网测试，您的决定不变吧？”

这是罗迅同意的事情，是他接下来的一个“任务”，也成了他的责任。

他不再是人工天才，他也不再是潜天才，但他还会当一个志愿者，为更深入的研究提供体验和参考。

这一次，是真正的国家行为。

第二天，朱警官再度出现，让罗迅感到亲切和轻松，虽然这些正面情绪并不足以缓解他最近经历的巨变。不知需要多少时日，才能平息这些前所未有的创伤。

“刚经过这些，就又来参加到这个里面，不需要再多休息一阵子呀？”

罗迅苦笑了一下：“参加这个，会让我暂时忘掉一些事情吧。”

朱警官点点头。

投入下一个需要耗费精神和体力的事情，有时候是最有效的治愈良药。

“朱警官最近办案不忙吧？有空来这里关心这个项目。”罗迅没有问出另一层意思——这个项目应该是高度保密的，朱警官作为一个警察，能深入进来进行观摩，证明他不是一般的警察。

“我就不能来看看热闹吗？”朱警官笑道，“也是来见证，技术不会只是掌握在坏人手中，国家合法机构的研究，肯定更高端。”

罗迅说：“希望能为公共事业做一点贡献，而不是像过去……”

朱警官说：“不开玩笑了，这玩意儿现在是高端机密，但是，只要是技术，早晚对全人类都是公开的。尤其现在这个阶段，我们警察有人了解科技前沿的动态，对马上面临的高科技罪案刑侦太重要了。其实各国都在努力探索研究。今天可不止我一个警察，也不止中国的，在技术进步和打击犯罪的领域，没有谁可以独善其身。”

这是一间宽阔的大厅，人们三三两两地站立交谈着。如果不是隔着全透明落地玻璃墙的隔间，可以看到设置好的特殊座椅和一排硕大的一体机电脑，这里看上去不像一个实验场，倒像一个鸡尾酒会。

除了朱警官外，在这些人当中罗迅认出日本的田村警官，还有三两个不认识的白种人。在一个靠门的角落里，郝涛抬起头来，跟他微笑致意。罗迅知道，如果不是跟随朱警官，郝涛没有机会来到这个场合。但这个年轻警察可能终生跟这一类的案子脱不了干系。

另外一些不是警察的人，就是真正实施这次实验测试的人了。

丁医生正跟一个头发稀少的中年人交谈，那是这次测试的首席工程师。

丁医生说：“志愿者各项生理指标正常，脑部扫描状况完全处于适宜阶段，可以进行测试。”

工程师点点头：“这名志愿者是唯一进行过能力升级，又中途中止的人，也是进行过记忆置换的人，有过独一无二的经历和体验。他进行脑联网测试所留下的数据、他本人的直观感受，将给脑联网研究的发展留下宝贵的资料和数据。”

罗迅在工程师的指引下，坐上实验椅，戴上头盔，感觉到冰凉的传感仪按动在头皮上、额角上、脸颊上。这样的椅子，这样的头盔，这样的传感仪，他坐过三种了，每一种都有类似之处，每一种都有说不出来的不同。

人类技术发展到今天，太过纷繁复杂了，人类的生活方式，是不是也因此变得太过复杂了？

我们是不是已经忘记了人生的初衷？

6

首席工程师做测试前的询问：“根据志愿者协议，您已经充分了解脑联网实验的目的，可能发生的正面和负面效果，您在完全知情的情形下进行这项测试，是否需要重复一下实验规程。”

罗迅回答不需要再重复，但工程师仍然不厌其烦地重复了一遍。

“脑联网是将人脑与海量信息的互联网连通的技术，被接入脑联网的大脑将直接从互联网获取网上的所有公开信息，并经过授权获得相应的不公开信息……”

在隔着玻璃的观摩区，郝涛小声嘀咕：“这个脑联网究竟是什么东西呀，我还是一知半解。”

站在近旁的丁医生说：“脑联网，顾名思义，就是直接将大脑连入互联网，以前需要用手机、电脑上网，用眼睛读取来接受信息。现在，所有网上的信息，可以按照人的意愿，直接进入大脑。简单地讲，就是想得到什么，就能得到什么。”

朱警官摆出内行的样子：“对我们这样的高科技ＩＴ专家来讲，这个不难理解。比如小野新平系统，其中的信息和数据再厉害，输入人脑中能造就超级天才，但那也只是一部分有限的信息，好比存储在一张硬盘上，是封闭的。但脑联网不同，在全球的互联网大海里，你的脑子可以随便取东西，取信息，那个可真不得了……”

“脑联网要是被罪犯掌握了，得造出什么样的怪物来呀，还不够咱们喝一壶的？”郝涛忧心起来。

“我说你小子，什么事情不能从正面看吗？为什么这就一定会被罪犯掌握呢？咱们好人这不是正在掌握吗？用在好的地方上，造福你家的子子孙孙不行吗？还有，就算以后罪犯有这么厉害，不正好让咱们警察大显身手吗？你就不用担心在未来社会失业了。”

丁医生说：“到底未来的技术更新会是什么样，确实谁也不知道。有的前沿科学家认为，如果类似脑联网这样的技术被推广，传统的人类就将不存在了。不管是好是坏，有一点可以肯定，技术进步还会以几何级数增长，一切，都不可能停下来了。”

玻璃墙内，首席工程师的声音通过外联的扩音器传来：“脑联网接通了五分钟，可与志愿者进行沟通。”

罗迅刚才一直闭着双眼，此时猛然睁了开来。

在技术进步的程度达到今天的高度，类似这样的高精度实验，反而不需要多么严格的环境，就可以抗干扰地进行了。实验空间跟观摩者仅仅隔了一面封闭并不严密的玻璃墙，工程师、医务人员可以无障碍地同志愿者交流。

罗迅的表情是平静的。

但是，谁也不能理解，他进入了一个前所未有的境界，他内心的空阔达到了人类无法想象的地步。

“感觉怎么样？”

“说不出来。”

“能讲一讲你看到的东西吗？”

罗迅找不到语言来回答。

以前在回忆素的药效下，在小野系统的升级中，他看到的世界是神奇的，但还有法子向别人描述。现在，他真的进入一个不能用语言表达的世界。

在旁人与他对话之际，身边这个具体可知的环境仍在，可同时又有另一个浩渺万端、时空融合的世界，不是在理论上，而是与他血肉相连，那个世界的阡陌纵横，都纤毫毕现地被他洞察着。

那是一个远远超出这个星球，也远远超出这短短人类历史的世界，像多维电影一般，分明地展现在他面前。

“不管怎么样，仍然期望您努力讲一讲您的体验，您看到了什么？”

罗迅想了想，笃定地答道：“宇宙。”

尾 声

观摩区外，众人全神贯注之际，朱警官用眼神招呼郝涛，一起悄然离开了。

走出大厅，郝涛嘟囔道："这就不看了。"

"看个热闹就够了，你也看不见罗迅脑袋里到底是什么呀？再说咱们还有活儿要干呢。"

"你说他到底能看到什么呢？"

"看到什么说不清，这不重要，他会成为什么才重要，没准儿成为上帝呢。"

"要是能给我接个脑联网试试，就过瘾了。"郝涛遐想道。

"你还以为是好事儿哪？"朱警官说，"这玩意儿，目前阶段跟小野系统一个道理，不是每个人都能试的，罗迅能试，是因为此前已经有了验证，你要接上，弄不好直接成白痴。"

"感觉现在大部分普通人马上都要变成白痴了。"郝涛感慨道。

朱警官白他一眼："活儿还得咱们这些白痴的普通人干，那案子还不算全完呢，你说说，咱们能搞定这件事，靠的是什么？"

郝涛想了想，说："咱们抓住了案情的重点。"

朱警官摇摇头："咱们靠的是运气。"

朱警官说，这次破案，靠的是以点打面的方法。超级系统的组织极其庞大，绝大部分人工天才和辅导员都不在警方掌握之中，那么多人究竟是谁都不知道。警方其实只掌握了三起系统意外运行的事件，能靠着原来的犯罪头目顺藤摸瓜，一下子就追溯到小野本人，只能说是天大的运气。其实，其他的人工天才都没有出事，也就是说，全球各个领域，那些市面上的杰出人物，顶级巨星，还有很多都是人工天才，只是旁人都无从知晓，警方也难以了解。一些人根据超级系统的指令，可能已经改变了原有的行业，原有的国家和地区。

回到办公室，有同事送来两份材料，一页页堆满了字。

“小野终于招供了，列出了一份人工天才和辅导员的名单，这些还需要咱们处理，不光是咱们，全球各国刑警组织这下都得折腾一阵了。”

“这是一条国际体育新闻，跟咱们这个案子的后果有关。”

郝涛看了一眼，笑道：“还专门打印出来了，我在手机上早看到了，刷屏了。”

国际奥委会通过决议，将通过人工智能植入信息来提高运动成绩的行为定性为违规欺骗行为，视同为服用违禁药品，称为超级兴奋剂，凡被查出使用超级兴奋剂的运动员，将被终身禁赛。

“死了一个苏卡容，换来一条新规定，”朱警官说，“反应倒是够快的，这案子还没完全结til呢。”

另一份材料是手写的，所有警察对它的关注，远超第一份。

“这是小野新平招供的名单，请他口述，咱们记录即可，他非得亲笔写，也是个怪人，不过记性可真够好的，这么多，都写下来了。”

朱警官翻看着一页页的名单，没有看完，就递给了郝涛。

看了第一眼，郝涛眼睛睁到不正常的大，到第二页，不禁惊呼：“原来这些人……他们都是人工天才呀，世界早已经完全改变了。”

图书在版编目（CIP）数据

人工天才 / 亢霖 著.--贵阳：贵州人民出版社，2019.7

ISBN 978-7-221-15371-5

Ⅰ.①人… Ⅱ.①亢… Ⅲ.①长篇小说－中国－当代 Ⅳ.①I247.5

中国版本图书馆CIP数据核字（2019）第152865号

人工天才

亢 霖 / 著

总 策 划 陈继光
责任编辑 陈继光
特约编辑 Echo
装帧设计 陈 晨
封面设计 源画设计
出版发行 贵州人民出版社有限公司（贵阳市观山湖区会展东路SOHO办公区A座）
印 刷 长沙鸿发印务实业有限公司（长沙市黄花工业园3号）
版 次 2019年8月第1版
印 次 2019年8月第1次
印 张 20
字 数 190千字
开 本 710mm × 1000mm 1/16
书 号 ISBN 978-7-221-15371-5
定 价 42.00元